古典詩歌研究彙刊

第九輯

龔鵬程　主編

第 8 冊

唐詩中夫婦情誼之研究

吳 秋 慧 著

國家圖書館出版品預行編目資料

唐詩中夫婦情誼之研究／吳秋慧 著 — 初版 — 新北市：花木
蘭文化出版社，2011〔民100〕

目 2+208 面；17×24 公分

（古典詩歌研究彙刊 第九輯；第 8 冊）

ISBN 978-986-254-526-3（精裝）

1. 唐詩 2. 夫妻 3. 詩評

820.91 100001463

ISBN-978-986-254-526-3

9 789862 545263

古典詩歌研究彙刊
第九輯 第 八 冊 　　　ISBN：978-986-254-526-3

唐詩中夫婦情誼之研究

作　　　者　吳秋慧
主　　　編　龔鵬程
總 編 輯　杜潔祥
出　　　版　花木蘭文化出版社
發 行 所　花木蘭文化出版社
發 行 人　高小娟
聯絡地址　新北市永和區中正路五九五號七樓之三
　　　　　　電話：02-2923-1455／傳真：02-2923-1452
網　　　址　http://www.huamulan.tw 信箱 sut81518@ms59.hinet.net
印　　　刷　普羅文化出版廣告事業
初　　　版　2011 年 3 月
定　　　價　第九輯 20 冊（精裝）新台幣 28,000 元

唐詩中夫婦情誼之研究

吳秋慧　著

作者簡介

吳秋慧，臺南市人，國立政治大學中國文學系博士。著有《唐詩中夫婦情誼之研究》、《唐代宴飲詩研究》二書。現任教於德明財經科技大學通識教育中心。

提　　要

　　夫婦為人倫之始，自古重之，禮規義範。唐代社會開放自由，男女社交頻繁，少有禁忌，當是時之夫婦情誼，或有以異於古。詩言志，寫人胸臆之情，本論文試以詩歌觀察唐代夫婦情誼，依其情境，分為相處、分離、關係消失後等三類，歸納呈現不同狀況下唐詩中所表現之夫婦情感。

目

次

第一章　緒　論

第一節　研究動機

　　夫婦是人生旅途中，關係最密切的伴侶。中國人很早便已注意到夫婦關係的重要性，《易・序卦》云：

> 有天地然後有萬物，有萬物然後有男女，有男女然後有夫
> 婦，有夫婦然後有父子，有父子然後有君臣，有君臣然後
> 有上下，有上下然後禮義有所錯。

是以夫婦爲人倫的起點，而天下之序，人生之道，皆始於夫婦。由於對夫婦關係的重視，因此自古以來，便有種種的禮教，將夫婦間相處、進退儀常等關係，做了一詳細的規範。而這種規範，更直接影響到夫婦情感的表現。

　　唐朝，是中國歷史上文治武功均達到鼎盛的時代，且有唐承繼魏晉南北朝三百年民族大融合，胡漢觀念最爲淡薄，受胡俗影響深刻，社會風氣開放自由，男女社交頻繁，少有禁忌。在這種情況下，唐代夫婦的情感將是如何呢？

　　詩言志，是抒發情感的語言表達工具。且詩至唐朝極盛，無論是詩的體裁、內容、題材、技巧等各方面，都比過往有著更寬廣的發展，更臻高明純熟之境；而在另一方面，詩至唐朝，更普遍深入社會、人生，不再爲少數文人的專利，所謂「老嫗解吟」、「童蒙能唱」，詩已

儼如唐人的代言者，抒寫出唐人內心的情感。因此以詩觀察唐代夫婦間的情感，當是最能得其內心真意的。是以本論文嘗試以唐詩為主，深入觀察並體現潛藏在詩中唐代夫婦的情誼，反映出在當時開放自由的社會環境中，詩人對夫婦關係所抱持的態度，並呈現出當時夫婦關係的一二現象。

第二節　研究範圍

　　現存唐人詩歌，主要均收錄於清聖祖御定的《全唐詩》一書中，外此，後人輯逸所得，今木鐸書局統匯為一冊，名為《全唐詩外編》，唐人詩歌今可見者，約盡於此二書中。本論文的研究，主要根據此二書，並參校以唐人別集、後人疏注，檢擇其中有關夫婦情誼的詩篇，以為研究。檢擇的原則有：

　　（一）作品年代以政治上的唐朝為斷限。即以唐高祖武德元年至哀帝天祐四年（西元 618～907）間所創作的詩歌為研究對象。外此者，雖見錄於《全唐詩》中，亦不引為研究。

　　（二）研究對象，僅限於詩歌，故《全唐詩》卷八八九至九〇〇所錄諸「詞」，皆不引用。

　　（三）所謂夫婦情誼，乃指男女兩人在確實、已建立、並曾經存在、合於禮法的婚姻關係下所產生的情感。因此凡男女但有婚約而未及成婚；或以私自傾慕，有夫婦之實而無夫婦之名，如會真記中的張生與崔鶯鶯；或文士與妓女的交往；或年少入宮，始終未得君王恩幸的後宮佳麗等等，所產生的情感，雖和夫婦之情頗相近似、雷同，然而終究不能稱為夫婦，故不在本論文的研究範圍內。

　　（四）唐人抒寫情感的詩作，代擬的情形頗多；或但云思慕、幽怨的情懷，難以辨別所寫是否即為夫婦情誼，此類詩作，唯多從他書中考證；若仍難明的，則寧捨而勿用。

　　（五）或一詩之中，其旨意後人注疏見解差異頗大，則此類詩作，儘量避免使用；若不得不引用時，必另加註解以為說明。

第三節　研究方法

本論文的研究，主要可分爲外緣和內在兩部份：

（一）外緣研究

詩抒寫情感，而情感根植於社會之中，因此欲探求唐詩中夫婦情誼的表現，必先對當時社會制度與現象略有了解。是以本論文先介紹唐代的社會概況，從廣泛而普遍的角度反映出唐代男女的生活，以明其社會背景；而後再將社會現實與傳統結合，探討唐人婚姻的種種現象與制度。

（二）內在研究

對唐代社會現象、婚姻制度有所了解後，以此爲基礎，依婚姻生活的變遷，從夫婦相處、分離，到婚姻關係的結束等層面，分別探討各種情況下夫婦彼此間情感的表現，又因其產生情感背景的差異，分別呈現不同因素下情感的表現。先求其共同特性，而後再明其個別差異。最後再打破類型的束縛，反映出當時的社會現象，及詩人對夫婦間情誼的基本態度。

大抵而言，本論文的研究，先由外而內，從對當時社會的普遍認知與婚姻現象的了解，來探求詩中所表現的夫婦情誼。找出詩中情感的共通性，而後層層剝解，分析。最後歸納所得，綜合觀察詩人的表現，和現實社會狀況加以比對，發現詩人對夫婦情誼的基本抱持。

第二章 唐代男女與婚姻

第一節 唐代社會中的男與女

  唐代的社會，是一個融合胡漢的社會。自東晉以來，中國北方長期淪於胡人統治，胡人雖以嚮慕中原文化而傾心學習，胡人漢化，但胡俗卻也自然傳入中國，而使得漢人胡化；在另一方面，魏晉南北朝三百年的動盪不安，政治黑暗，使得儒家禮教對社會無法充分發揮規範力量。儒教的衰微和胡化的影響，整個社會逐漸趨向於自由開放。而李唐皇室以北方胡化漢人〔註1〕身分，結束長期的紛亂，統一中國，對於所謂的夷夏觀念，本來就很淡薄，因此對來到中國的異族人士，抱著寬容的態度，十分禮遇〔註2〕。於是隨著大唐帝國的強盛，胡人大量地來到中國，而胡俗也隨著胡人的到來流入中國，豐富唐人的生活內容，使得唐代社會，更形多采多姿。

  風氣的開放和生活內容的豐富，在安定富庶的社會中，使得唐

〔註1〕史書所載李唐世系，多出於依託附會，其不可憑信乃眾所公認之事。則李唐究竟系出何方，以其深雜胡風，故學者多懷疑，然大致皆以爲其先世乃漢族，唯久居北方，故薰染胡俗至深。

〔註2〕如《資治通鑑》卷一九八載唐太宗之言：「自古皆貴中華、賤夷狄，朕獨愛之如一，故其種落皆依朕如父母。」太宗以後諸帝，對異族亦有如此寬容的態度。唐朝對蕃胡禮遇的情形，詳見謝師海平《唐代蕃胡生活及其對文化之影響》一文。

代的男女，比起歷史上其他朝代來，有著更寬廣的空間得以發展自我。而大唐帝國的富強，使唐人眼界擴大，心胸也隨著開朗，不再拘束於蕞爾小事，外在看得見的光顯與榮耀，遂成為唐人熱切追求的目標，希望的是立即成功，立即富貴。功利的想法，成為唐人普遍的心態。

唐人所熱烈追求的，在知識份子方面，是經由科舉入仕，施展抱負，並求得高官厚祿。而在眾多考試科目中，尤其以進士科最為世人敬重，也最難考，所謂「三十老明經，五十少進士」，五十歲進士及第，尚稱年少，其難考可見一斑。但唐代文人並不因此而減低其對進士的熱衷程度，反而因為社會的敬重，更增強其對功名的熱衷。在錄取名額有限的情況下，於是有更多的舉子落魄在外，甚至一、二十年不曾回家，甚至有因此而貧死異鄉者。〔註3〕

在另一方面，由於進士科的以詩賦取士，隨著唐人對科舉仕途的熱烈追求，詩歌在唐朝遂蓬勃發展。唐代文人，幾乎無一不是詩人。更由於帝王對詩歌的喜好，每以詩歌拔擢人才，如韓翃因詩而知制誥〔註4〕，李白因詩而特受聖眷〔註5〕。詩成為文人成名的捷徑，於是唐代的詩歌創作特別繁榮，文人相聚，莫不吟作詩歌，成為風尚；而

〔註3〕久不還家者，如《唐詩紀事》卷六七載歐陽解：「娶婦經旬，而辭赴舉，久不還家。詩云：黃菊離家十四年。……出入場中，僅二十年。」貧死異鄉者，如《雲溪友議》載廖有方遊蜀，路遇一貧病兒郎，自稱「辛難數舉，未遇知音」，以殘骸相託後即亡故，連姓名皆未曾留下。如此者甚多。

〔註4〕《本事詩・情感》：「……翃殊不得意，多辭疾在家，唯末職韋巡官者，亦知名士，與韓獨善。一日，夜將半，韋叩門急，韓出見之。賀曰：員外除駕部郎中知制誥。韓大愕然，曰：必無此事，定誤矣。韋就座曰：留邸狀報制誥闕人，中書兩進名，御筆不點。出，又請之，且求聖旨所與。德宗批曰：與韓翃。時有與翃同姓名者，為江淮刺史，又具二人同進。御筆復批曰：春城無處不飛花，寒食東風御柳斜；日暮漢宮傳蠟燭，輕煙散入五侯家。又批曰：與此韓翃。韋又賀曰：此非員外詩也。韓曰：是也。是知不誤矣。」

〔註5〕事見《舊唐書》卷一九〇〈文苑傳下〉、《新唐書》卷二〇二〈文藝傳中〉。

里巷街陌，亦到處傳唱。

　　除了科考以外，大唐國威的日益盛大，更吸引著一般人，馳騁疆場，追求著邊塞軍功，將滿腔的豪情壯志，揮灑在國土的開拓上，得到另一種方式的榮耀。隨著戰役的增多，所需的兵士也增多，唐代實施府兵制，「凡民年二十為兵，六十而免」〔註6〕，於是大量民間男子馳往疆場。天寶以後，府兵制漸敗壞，然以戰亂頻仍，征夫更有加多的現象。

　　唐代科舉考試與後代不同的是，士子經禮部試進士及第後，並不能立刻授官，必須再經過吏部試，試以身、言、書、判四事，中者方能授官〔註7〕。禮部試已十分難考，而吏部試更難，尤其在安史之亂後，吏部試轉難，如韓愈便曾三舉吏部試不第〔註8〕。由內升任為官既然困難，而在另一方面，藩鎮卻有辟署的權利，自由引用人才。且經安史亂後，中央權勢萎縮，藩鎮勢囂塵上，與中央執政者的關係密切，今人王壽南先生研究，發現唐代宰相先後曾任職藩鎮的，為數頗多〔註9〕。出將入相，於是藩鎮自然能夠向中央推薦幕佐。權德輿〈送李十兄判官赴黔中序〉中即提到：「今名卿賢大夫，由參佐而升者十七八，蓋刷羽幕廷，而翰飛天朝。」〔註10〕由藩鎮升官顯然較吏部試容易且快速。而在另一方面，唐中央政府在戰亂之中，經濟屢陷困境，京官俸祿，常不足以自給，須從外官乞貸〔註11〕。在這樣的情況下，

〔註6〕見《新唐書》卷五十〈兵志〉。

〔註7〕《新唐書》卷四五〈選舉志下〉：「凡擇人之法有四：一曰身，體貌豐偉；二曰言，言辭辯正；三曰書，楷法遒美；四曰判，文理優長。……凡試判登科謂之入等，甚拙者謂之藍縷。選未滿而試文三篇謂之宏辭，試介三條謂之拔萃，中者即授官。」

〔註8〕見羅聯添《韓愈研究》，頁446，〈韓愈年譜〉。

〔註9〕見王壽南《唐代藩鎮與中央關係之研究》，頁411～413，〈藩鎮任宰相表〉。台北：嘉新水泥公司文化基金會出版，民國58年。據王氏統計，任鎮前曾任宰相者，有九十五人；罷鎮後官至宰相者，有七十九人；現任宰相兼任藩鎮者，有十八人。

〔註10〕見《全唐文》卷四九二。

〔註11〕《舊唐書》卷十一〈代宗紀〉：「（永泰二年十一月）丙辰，詔……在

許多想在政治上求得發展的貧窮士子，在史部試難舉的情況下，於是很自然選擇藩鎮幕府為升官的途徑。中晚唐時，輾轉於幕府的文人特別多，但其最終目的仍是入朝為官。

當唐人熱烈追求理想實現的同時，表現出來的，是狂放不羈、縱情酒色的行為。社會的自由開放，使得唐人能毫無保留地表現出自我內在的情感，這種狂傲的行為，尤其以文士最為明顯。和唐人狂放作風相伴合的，是唐人嗜酒的風氣。杜甫〈飲中八仙歌〉一詩中，生動地描寫出唐代上自王公宰相，下至詩人布衣縱酒狂放、淫靡奢侈的景象：

> 知章騎馬似乘船，眼花落井水底眠。汝陽三斗始朝天，道逢麴車口流涎，恨不移封向酒泉。左相日興費萬錢，飲如長鯨吸百川，銜杯樂聖稱世賢；宗之瀟灑美少年，舉觴白眼望青天，皎如玉樹臨風前；蘇晉長齋繡佛前，醉中往往愛逃禪。李白一斗詩百篇，長安市上酒家眠，天子呼來不上船，自稱臣是酒中仙。張旭三杯草聖傳，脫帽露頂王公前，揮毫落紙如雲煙。焦遂五斗方卓然，高談雄辨驚四筵。

當時市街中，到處設有酒肆，飲酒是一種很普遍的事。而唐人飲酒，又往往喜歡呼朋引伴，以歌舞助興。江湖載酒，青樓狎妓，遂成為唐代社會中普遍流行的風氣。不論有錢沒錢，但求一醉解千愁。

然而科舉仕宦、沙場軍功，這等遠大事功的抱負，畢竟只是男子所嚮往、熱烈追求的。在女子方面，由於自小教育的差異，因此長大後的發展和男子所嚮往、熱烈追求的。在女子方面，由於自小教育的差異，因此長大後的發展和男子有些許的不同。唐代社會雖然開放、

京諸司官員，久不請俸，頗聞艱辛。」卷一九五〈迴紇傳〉有「時（永泰元年）帑藏空虛，朝官無祿俸，隨月給手力，謂之資課錢。」等語，是安史之亂時，唐朝經濟曾困窘到發不出京官俸祿的地步，後來雖稍有改善，但以元載當國（元載任宰相在肅宗寶應元年至代宗大曆十二年之間），「以仕進者多樂京師，惡其逼己，乃制俸祿，厚外官而薄京官，京官不能自給，常從外官乞貸。」（《通鑑》卷二二五），這種現象一直持續到大曆十二年元載罷相後，才稍見改變。

帶有濃厚胡化的色彩，但在子女教育方面，畢竟還是傾向於傳統中國的。李義山《雜纂》一書中即記載了唐人教育的差異：

教子

習祖業　　立言不回　　知禮義廉恥　　精修六藝
談對明敏　　進退威儀　　忠良恭儉　　　孝敬慈惠
博學廣覽　　交遊賢者　　不事嬉遊　　　有守
遇事有知識

教女

習女工　　議論酒食　　溫良恭儉　　修飾容儀
學書學算　　小心軟語　　閨房貞節　　不唱詞曲
閒事不傳　　善事尊長

有唐一代，關於女教的書不少，《新唐書‧藝文志》中所載即有十七家，二十四部。除前代著作外，至今尚存鄭氏《女孝經》（註12）、尚宮宋氏《女論語》二本唐人著作，其內容大致皆以班昭《女誡》為本，責求女子婦德、婦言、婦容、婦功等所謂「四德」。在這樣的教育觀念下，雖然不禁止女子讀詩書，但「婦女解詩，則犯物議」〔註13〕，是以唐代女子，能以詩文擅名的並不多見。且唐代的學校雖多，但入學就讀卻只是男子的權利，除了宮中設有習藝館〔註14〕，專教宮人書算眾藝外，其他一般女子的學習，皆不出閨閣門外。在這樣的情況下，於是唐代女子的教育，受到家庭因素的影響十分巨大。

　　雖然女子教育受到傳統的限制，不能如男子般自由適意，但受社會風氣開放的影響，一般而言，唐代女子受教育的機會還是比其

〔註12〕本書不在《新唐書‧藝文志》所載二十四部之列。

〔註13〕見李義山《雜纂》〈不如不解〉條。

〔註14〕《新唐書》卷四七〈百官二〉：「初，內文學館隸中書省，以儒學者一人為學士，掌教宮人。武后如意元年，改曰習藝館，又改曰萬林內教坊，尋復舊。有內教博士十八人，經學五人，史、子、集綴文三人，楷書二人，莊老、太一、篆書、律令、吟詠、飛白書、算、碁各一人。開元末，館廢，以內教博士以下隸內侍省，中官為之。」《舊唐書》卷四三〈職官二〉中亦有相同話語，唯「萬林內教坊」作「翰林內教坊」。

他朝代多的。且由於風氣的開放，對於眞正有才華的，唐人照樣予以尊敬，並不因爲性別而有所貶抑，如上官婉兒權傾宮中，朝臣大官多受其教；宋氏五姊妹才學名世，獲召入宮，掌朝廷記注簿籍、宮中女教，呼爲學士先生。唯一不同的是，男子可經由科考肯定才華，施展作爲；而女子卻只能憑藉機遇，獲君王賞識，且一入宮中，便終身不出。

唐代的開放，使得男女間的界限不甚森嚴，禮教的約束力因而轉弱，於是在政治上，有武則天的公開干政、稱帝；而在社交娛樂，傾向男女平等，個人但求盡其快樂適意，絲毫不以男女有別而相迴避，如騎馬、擊毬、泛舟，行獵、博戲、蒔花、飲酒、鬥雞等等，皆叢雜男女，共事嬉遊。但有一點需要注意的是，眞正有能力盡情嬉遊的，以貴族、士大夫等富家子弟爲主。一般而言，這類家庭對於女教較爲重視，而這種家庭中的女子，往往結婚較早，約十三、四歲即已出嫁，因此雖說叢雜男女，共事嬉遊，但其中的女子，多半是已婚的；除此之外，以唐人挾妓風氣頗盛，男女同遊之女子多爲娼妓。未婚的良家女雖可出遊，但大多女子結伴同行，少和異性混雜出遊。而一般民間男女，雖不能像貴富人家到處遊樂，但平常生活居處、工作、亦不以男女有別而迴避。男女相見容易，致使情愛自然萌生，南宋朱熹便以爲：「唐源流出於夷狄，故閨門失禮之事，不以爲異。」〔註15〕今觀唐代詩文小說中，如晁采和文茂的自由戀愛，越溪楊女的試對聯姻、元稹的〈鶯鶯傳〉、皇甫枚的〈飛煙傳〉等等，都顯示出唐代男女行動的大膽自由與開放，是不分貴賤的。

而在另一方面，娼妓和尼冠構成唐代社會的特殊現象。在傳統社會中，娼妓是屬於「賤民」階級，在唐代亦是如此，然而因爲社會風氣的開放，挾妓而行竟成爲文人的風雅韻事。唐代娼妓可分爲公妓、私妓和家妓三種。公妓由朝廷設立，有專供皇室娛樂的宮妓，和供高官、軍士享樂的官妓、營妓三種。家妓則爲一般貴族士大夫家

〔註15〕見《朱子語類》卷一三六，〈歷代類三〉。

中所豢養，專用來娛樂自身或接待賓客的，如自詡為道繼孔孟的韓愈，家中亦有絳桃、柳枝二妓，唐代娼妓的普遍可見於一斑。至於長安私妓，則多集中於北門附近的平康里，唐代士子入京應試，或宿於妓館。由於唐代權貴、文士的好妓風尚，使得唐代娼妓的教育素養無形中提高，談吐風雅、多才多藝者不在少數。前已提過，唐代社會風氣雖然開放，但對女子仍保持傳統「四德」觀念，甚至以為「婦女解詩，則犯物議」，於是只有娼妓這種賤民，和名為脫離塵世的「尼冠」二類女子，方能不受正法常禮的約束，放蕩形骸，恣行嬉樂，吟詠情性，和唐代文士的狂放行為，正相呼應，於是唐代的娼妓和尼冠，遂在唐人（尤其是中上階層）的生活中，扮演一個重要的角色。

和狎妓風尚正好相反的，是唐代佛道思想的盛行。上自帝王，下至黎民百姓，不分男女，多對佛、道產生幾近瘋狂的喜好，或鍊丹服藥，或潛心修習，因此而度為僧尼道士的，更是不計其數。而唐代文人，在經歷長期的人事滄桑後，也有不少人選擇佛道做為最後的依託，如王維、白居易等即是。寺院道觀到處林立，佛道的教義，普遍深入人心，對當時的社會產生廣泛而深遠的影響。

唐代社會，有如萬花筒般，絢爛奪目，生活其間的男女，蒙受這種繁華的景象，莫不熱烈追求自我的伸張，打破禮教的束縛，盡情盡性。然而人的際遇，各有不同，嗜好興趣又不一，很難以短短數語概括。尤其在安史之亂後，大唐帝國由盛轉衰，這種改變，唐人是心感身受的，表現在行為上，不可能絲毫不受影響。本節僅是對唐代社會中男女做一重點式的摘要，概述唐人的生活而已，對細節的變化，並不多做敘述。

第二節　唐人的婚姻

中國的夫妻關係，早在周朝，便已書為典章制度，有一套完整的禮法，作為社會的規範。由周至唐，經過一千多年的演變，雖然有時

因為時代的不同，社會風氣的影響，而略有變化，但大致的脈絡卻是相同的。唐代的夫妻，便依循著這主要的脈絡，在唐代自由開放的社會環境裡，發展、並建立出他們的婚姻關係。本節僅大致從一些現存可見的唐代法規中，勾勒出唐人婚姻的面貌，間或以當時社會現象來補充。

一、婚禮的意義與期望

有關婚禮的意義，最早見於《禮記‧昏義》：

> 昏禮者，將合二姓之好，上以事宗廟，而下以繼後世也。
> 故君子重之。

這種觀念一直影響到唐朝。貞觀年間呂才進〈大義婚書表〉〔註16〕中即提到：

> 臣聞婚者，是興萬世之始也。合二姓之好，繼先聖之後，
> 為天地宗廟社稷之主，寧不重哉？

雖然此段文字和《昏義》稍有變動，但內容意旨卻和《昏義》一般無二。其他如開元二十一年〈皇太子納妃敕〉：〔註17〕

> 爰從吉辰，式備嘉禮，上事下繼，君子重之。

反映在唐人詩句中，雖然不如文句明顯，但理念卻是相同的。就「合二姓之好」意義來看，韋應物〈寄令狐侍郎〉：

> 始自風塵交，中結綢繆姻。(《韋蘇州集》卷三)

一語道出兩人的交情因兩家聯姻而更為密切。而盧綸〈王評事駙馬花燭〉中亦提到：

> 人主人臣是親家，千秋萬歲保榮華。(《全唐詩》卷二七七)

期望由君臣的結親，結合兩家的歡好，而共同促成永久的美業。這也是從「合二姓之好」的觀念中產生的。

就一般而言，婚禮的「合二姓之好」意義，乃是藉婚姻增進兩家關係的歡好、密切；但有時因政治上的運用，而擴大為兩國間以婚姻

〔註16〕《全唐文》卷一六〇。
〔註17〕見《唐大詔令集》卷三一〈納妃〉。

來促成和睦的關係，減少戰爭的發生。如唐中宗景龍四年正月〈金城公主降吐蕃制〉〔註18〕中提到：

> 彼吐蕃，僻在西服，皇運之始，早申朝貢。太宗文武聖皇帝，德侔覆載，情深億兆，思偃兵甲，遂通姻好，數十年間，一方清靜。

而杜甫〈送楊六判官使西蕃〉亦提到：

> 絕域遙懷怒，和親願結歡；敕書憐贊普，兵甲望長安。(《杜工部詩集》卷三)

蘇頲〈奉和送金城公適西蕃應制〉：

> 帝女出天津，和戎轉罽輪；……旋知偃兵革，長是漢家親。
> (《全唐詩》卷七三)

唐朝與四鄰間的征戰頻繁，而李唐皇室於夷夏觀念又特別淡薄，為了促進兩國間關係的友好，因此唐朝以公主為名的和親事件最多〔註19〕。除此之外，中唐以後，李唐皇帝亦常常透過婚姻，和國內擁兵據地，跋扈不聽指揮的藩鎮結好，以達到安撫的作用〔註20〕，維持帝國內的安定。不論是與外蕃的和親，或是以婚姻安撫藩鎮，都是由「合兩姓之好」的觀念衍生而來的。在政治的作用下，這類的婚姻中，「合兩姓之好」的意義特別突出。

其次，對中國人來說，「祭祀」是很重要的一件事，因此在婚姻成立時，「上以事宗廟」一義格外受到重視。張說〈闕題〉一詩中提到婚禮：

> 遙知桃李日，應賦采蘋歸。(《全唐詩》卷八七)

鮑溶〈古意〉中亦有：

> 恭承采蘩祀，敢效同車賢。(《全唐詩》卷四八五)

〔註18〕見《唐大詔令集》卷四二〈和蕃〉。

〔註19〕有關唐代公主和親，《唐會要》卷六有載，但不詳盡。宜另參閱林恩顯著〈中國歷朝與邊疆民族的和親政策研討〉一文，中央研究院國際漢學會論文集民俗文化組。

〔註20〕見王壽南〈唐代公主之婚姻〉，《中國婦女史論文集》第二輯，頁120。

劉商〈賦得射雉歌送楊協律表弟赴婚期〉中亦有：

> 手奉蘋蘩喜盛門，心知禮義感君恩。（《全唐詩》卷三○三）

「采蘋」、「采蘩」皆是《詩經・召南》篇章，〈詩小序〉云：

> 采蘋，大夫妻能循法度也。能循法度，則可以承先祖，共
> 祭祀矣。

> 采蘩，夫人不失職也。夫人可以奉祭祀，則不失職矣。

「采蘋」、「采蘩」二詩皆著重於婦女的能奉祭祀，由此可知能否承祭祀，以事宗廟，是唐人評斷婚姻的一個重要意義。不能上事宗廟的，雖然有夫婦關係，但也只能算是妾而已。白居易〈新樂府：井底引銀缾——止淫奔也〉一詩中即提到：

> 感君松柏化爲心，闇合雙鬟逐君去；到君家舍五六年，君
> 家大人頻有言，聘則爲妻奔是妾，不堪主祀奉蘋蘩；終知
> 君家不可住。（《白居易集》卷四）

此正足以證明「上事宗廟」一義在婚禮中的重要性。

「下以繼後世」的意義，不曾見於詠新婚的詩篇中，但在唐人對棄婦的歌詠中卻可以找到，張籍〈離婦〉：

> 十載來夫家，閨門無瑕疵，薄命不生子，古制有分離。（《張
> 籍詩注》卷七）

韓愈〈別鵠操〉：

> 巢成不生子，大義當乖離。（《朱文公校昌黎先生集》卷一）

無法生育子女的夫婦，只有面臨乖離的命運。由此可見「下以繼後世」在婚姻中的意義重大。

婚禮既然有「合二姓之好，上以事宗廟，而下以繼後世」的意義，因此在家庭方面，十分注重男女成婚後的承家持業、及與家人的相處和諧。如張說〈聞題〉中論新婚時，即有「承家歡有輝」句：其歌詠〈安樂郡主花燭行〉中亦提到：

> 先祝聖人壽萬年，復禱宜家承百祿。（《全唐詩》卷八六）

在敦煌石室內所出的殘卷中，有缺名作者五言白話詩一首，對新婚夫婦的承家持業敘述得更爲淺近而深刻：

用錢索新婦，當家有新故；兒替阿爺來，新婦替家母；替
人既倒來，傢錄相分付；新婦知家事，兒郎永門戶。(《全唐
詩外編》，頁 355，原伯希和卷三二一一)

除了結婚以承家持業外，更希望能和諧家人，愉快相處。這在對新婦
的期望方面最爲明顯。劉長卿〈別李氏女子〉：

所貴和六姻。(《劉隨州詩集》卷二)

韋應物〈送楊氏女〉：

孝恭遵婦道，容止順其猷。(《韋蘇州集》卷四)

劉商〈賦得射雉歌送楊協律表弟赴婚期〉：

聽調琴弄能和室，更解彎狐足自防。

所謂「家和萬事興」，唐人對婚姻的期望，正是如此。

二、婚姻的趨向和限制

《禮記·祭統》：「既內自盡，又外求助，婚禮是也。」這種「求
外助」的觀念，隨著社會的複雜，逐漸形成以現實利益衡量的結婚目
的。南北朝紛亂時代，山東士族儼然成爲中原士大夫領袖，在政治上
佔有重要地位，從現實利益衡量，於是當時人莫不以和此高門望姓聯
姻爲榮，門第的觀念於是形成。這種觀念，並延續到唐朝，成爲唐人
婚姻的主要趨向。《資治通鑑》卷二百高宗顯慶四年冬十月載：

初，太宗疾山東士人自矜門第，婚姻多責資財，命脩《氏
族志》，例降一等：王妃、主婿皆取勳臣家，不議山東之族。
而魏徵、房玄齡、李勣家皆盛與爲婚，常左右之，由是舊
望不減；或一姓之中，更分某房某眷，高下懸隔。李義府
爲其子求婚不獲，恨之，故以先帝之旨，勸上矯其弊。壬
戌，詔後魏隴西李寶、太原王瓊、滎陽鄭溫、范陽盧子遷、
盧渾、盧輔、清河崔宗伯、崔元孫、前燕博陵崔懿、晉趙
郡李楷等子孫，不得自爲婚姻。仍定天下嫁女受財之數，
毋得受陪門財。然族望爲時庶所尚，終不能禁，或載女竊
送夫家，或女老不嫁，終不與異姓爲婚。其衰宗落譜，昭
穆所不齒者，往往反自稱禁婚家，益增厚價。

由上可以發現：唐人的重視門第，雖經帝王有意貶抑，卻仍無法阻止大臣的趨附；縱使高宗下詔禁婚，但終無法改變世人對山東族望的仰慕。而山東大族的自衿門第，由「榮寵莫之能比」的李義府爲子求婚尚且不獲一事，更可以見其一斑。在這種強烈的門第觀念下，於是有所謂「陪門財」的產生。「陪門財」起源於北朝〔註 21〕，據胡三省《通鑑註》：「陪門財者，女家門望素高，而議婚之家非耦，令其納財以陪門望。」屬於另一種型式的「賣婚」，是唐人婚姻重視財貨，仍起源於門第觀念，而後遂成爲一種風俗，以至於唐高宗不得不下詔限制其數目了。在這種資財的需求下，於是很自然就造成「富家女易嫁」「貧家女難嫁」的「貧爲時所棄，富爲時所趨」〔註 22〕現象。

　　唐人雖然重視山東士族，但能和其聯婚的畢竟只是少數，於是新科進士成爲新的婚姻目標。《唐摭言》卷三：

　　　　進士曲江大會，先牒教坊請奏，上御紫雲樓垂簾觀焉。公
　　　　卿家率以是日擇婚，車馬塡塞。

進士雖不一定如望姓大族有高厚的門第，但在政治上卻前途美好，這種「新貴」，於是成爲唐人選婚的最普遍對象。但不論門第、資財或科舉功名，皆顯示了唐人從現實利益權衡來決定其結婚對象的趨勢。

　　和唐人競婚高門的現象恰好相反的，則是唐代公主婚姻的困難〔註 23〕。從表面上看，李唐皇室「門第」應是極高，但是與公主聯姻，唐人不但不願，或深引爲畏懼。例如宣宗時王徽爲了不願娶公主，竟至宰相前「哀祈」；而鄭顥被宰相白敏中選中尚萬壽公主，使鄭不得和望族崔氏成婚，是以深深銜恨白敏中〔註 24〕。目睹民間這種

〔註 21〕清趙翼《廿二史劄記》卷十五〈財婚〉：「魏齊之時，婚嫁多以財幣相尚，蓋其始高門與卑族爲婚，利其所有財賄紛遺，其後遂成風俗，凡婚嫁無不以財幣爲事，爭多競少，恬不爲怪。」
〔註 22〕白居易〈秦中吟──議婚〉，《白居易集》卷二。
〔註 23〕詳見王壽南〈唐代公主之婚姻〉一文。
〔註 24〕王徽事見《舊唐書》卷一七八〈王徽列傳〉。鄭顥事見《新唐書》卷一一九〈白敏中列傳〉。

尚閥門而不計官品的風氣，唐文宗卻也只能發出：「我家二百年天子，顧不及崔、盧耶？」的慨嘆〔註25〕，而無力改變這一事實的存在。

　　除了以現實利益衡量爲結婚的條件外，關於結婚的對象方面，也是有一些限制的。首先是同姓不婚。《禮記‧曲禮》：「取妻不取同姓，故買妾不知其姓，則卜之。」同姓所以不婚，乃是基於宗族、生理、倫常、利害四觀念〔註26〕，以爲同姓則同宗族，是以害怕「其生不蕃」（《左傳》僖公二十三年），爲防止淫佚的發生，畏懼災亂的降臨，故禁止同姓爲婚。這種禁忌，自周代已成通例。而唐代亦有相同的規定。《唐律疏議》卷十四〈戶婚下〉條一：

> 諸同姓爲婚者，各徒二年。緦麻以上，以姦論。若外姻有
> 服屬而尊卑共爲婚姻，及娶同母異父姊妹，若妻前夫之女
> 者，亦各以姦論。其父母之姑、舅、兩姨姊妹及姨、若堂
> 姨，母之姑、堂姑、己之堂姨及再從姨、堂外甥女，女婿
> 姊妹，並不得爲婚姻，違者各杖一百，並離之。

是唐代同姓不婚的觀念比前代更趨於嚴謹，並限制輩份尊卑不得爲婚。但據王壽南先生研究發現，在李唐帝室婚姻中，卻常常有外姻輩分尊卑爲婚的現象，如中宗趙皇后，乃高祖女常樂公主所生，就輩份而言，較中宗高一輩。〔註27〕

　　其次爲良賤禁婚。封建社會，階級嚴明，「禮不下庶人，刑不上大夫」（《禮記‧曲禮》），階級之中，各有制度，不容紊亂，表現在婚姻方面亦是如此，所謂「古者大夫不外娶」（《禮記‧雜記疏》），正是此種階級內婚制度。《方言》所謂「齊之北郊，燕之北郊，凡民男而聟婢，謂之臧；女而歸奴，謂之獲。」漢魏時代，與奴通婚者，生子爲奴；南北朝時，雖受胡風影響，但仍不許通婚，如北魏元繼爲家僮取民女爲婦妾，受到御史的彈劾，因此而免官爵事〔註28〕，便是觸犯

〔註25〕見《新唐書》卷一七二〈杜中立列傳〉。
〔註26〕見陳顧遠《中國古代婚姻史》，頁22～35。
〔註27〕同註23。
〔註28〕見《魏書》卷十六〈道武七王列傳〉。

良賤不婚的禁忌。唐代沿襲這項禮制,《唐律疏議》卷十四〈戶婚下〉條十:

> 諸與奴娶良人女爲妻者,徒一年半;女家,減一等。離之。
> 其奴自娶者,亦如之。主知情者,杖一百;因而上籍爲婢
> 者,流三千里。即妄以奴婢爲良人,而與良人爲夫妻者,
> 徒二年。(奴婢自妄者,亦同)各還正之。

同卷條十一:

> 諸雜戶不得與良人爲婚,違者,杖一百。官戶娶良人女者,
> 亦如之。良人娶官戶女者,加二等。即奴婢私嫁女與良人
> 爲妻妾者,準盜論;知情娶者,與同罪,各還正之。

是唐代更以明文禁止奴婢、雜戶、官戶等賤民與良人爲婚。

而監臨官娶所監臨女,亦在禁婚之列。班固《白虎通義》卷十〈嫁娶論諸侯不娶國中〉,以爲:

> 諸侯所以不得自娶國中何?諸侯不得專封,義不可臣其父
> 母。春秋傳曰:宋三世無大夫,惡其內娶也。

唐律師習春秋義法,所以有:

> 諸監臨之官,娶所監臨女爲妾者,杖一百;若爲親屬娶者,
> 亦如之。其在官非監臨者,減一等。女家不坐。(《唐律疏議》
> 卷十四〈戶婚下〉條五)

除此之外,唐代尚禁止娶逃亡婦女爲妻妾(同上,條四),又嘗爲祖免親、總麻及舅甥之妻妾而嫁娶者,亦在禁止之列(同上,條二)。是皆從禮法出發,防止社會因過度自由開放而流於淫亂。

三、唐代夫婦關係成立的方式

唐代夫婦關係的成立,約可分爲聘娶、選擇、買賣、贈予、交換、強奪和私奔等方式。

(一)聘 娶

唐人婚姻,秉持傳統禮教,以聘娶方式爲主。《大唐開元禮·嘉禮》中制定唐人婚禮,雖依身分高低,禮數略有不同,但大抵皆循聘

娶方式，歷納采、問名、納吉、納徵、請期、親迎等「六禮」，並須告廟，拜見舅姑等以成婦禮〔註29〕。是形成夫妻關係最主要的方式。所謂「聘則爲妻」，經由媒妁聘娶成婚的女子，方能在禮法上取得「妻」的地位，較具有婚姻的保障。

（二）選　擇

雖然聘娶媒妁式的婚姻，在納采之前必經過一段選擇的過程，如前所述唐人擇偶的條件，但這裡所謂的選擇，乃是指皇帝派人到民間挑選具有姿色的美女，來充實後宮，即一般所謂的「選婚」。這些被選入的女子，幸運的被君王看中，但更多的只是長期禁閉宮中，作爲宮婢而已。元稹〈上陽白髮人〉中提到：

> 十中有一得更衣，九配深宮作宮婢。……宮門一閉不復開，
> 上陽花草青苔地。（《元氏長慶集》卷二四）

因選婚而形成的夫婦關係，比率雖低，但人數卻很多。〔註30〕

（三）買　賣

《禮記・曲禮》：

> 買妾不知其姓，則卜之。

是買賣的婚姻方式，很早以前就有，而由買賣形成夫婦關係的女子通常只能作爲「妾」。王讜《唐語林》卷六即記載道「唐貞觀元年，長安客有買妾者」。而《唐律疏議》卷二十條六：

> 諸略人、略賣人……爲妻妾子孫者，徒三年。

其下疏議曰：「略人者，謂設方略而取之；略賣人者，或爲經略而賣之。」是設計賣人爲妻妾者方才有罪，若不是設計而賣，便是合法的了。既有賣，必有買，由此可知唐代確實有買賣的婚姻方式存在，並且甚爲普遍。

〔註29〕分見《大唐開元禮》卷九三、九四、一一一、一一五、一一六、一二三、一二四、一二五等八卷。

〔註30〕如中宗神龍元年「出宮女三千」（《舊唐書》卷七），是後宮佳麗數必遠多於此。

（四）贈 予

因他人贈予而形成的夫婦關係，在唐代亦頗爲常見。如元稹〈葬安氏志〉：

> 始辛卯歲，予友致用憫予愁，爲予卜姓而授之。（《元氏長慶集》卷五八）

是元稹妾安氏乃得自於他人贈予的。而〈舞女圖〉中亦記載兵部尚書李愿以歌妓崔紫雲贈杜牧；《雲溪友議》卷中〈玉簫化〉記載東川盧八於韋皋生日時，送一歌姬玉簫。是皆因他人贈予而形成夫婦關係。

（五）交 換

這種交換的夫婦關係，僅限於妾而已，且並非二人互換姬妾，而是一人以己的姬妾，和另一人交換自己喜愛的東西，最常換的東西是馬。如盧殷〈妾換馬〉：

> 伴鳳樓中妾，如龍櫪上宛；同年辭舊寵，異地受新恩；香閣更衣處，塵蒙噴草痕；連嘶將忍淚，俱戀主人門。（《全唐詩》卷四七〇）

而白居易〈公垂尚書以白馬見寄光潔穩善以詩謝之〉一詩中亦提到：

> 免將妾換慚來處。（《白居易集》卷三四）

不以妾換而得馬，在白居易心中竟然有慚愧的感覺，由此亦可證知唐人用愛妾換馬，已經成爲一種通例了。

（六）強 奪

用武力、權勢強奪他人姬妾、子女，以爲己用的現象，在唐代社會中仍然時有可聞。如《隋唐嘉話》卷下載「補闕喬知之有寵婢爲武承嗣所奪」；《全唐詩話》卷六載「有爲御史分務洛京者，其愛姬爲李逢吉一閱，遂不復出」；而則天武后的殺武攸暨妻，以配太平公主一事〔註31〕，亦是另一種形式的強奪婚姻。

〔註31〕見《新唐書》卷八三〈諸帝公主列傳〉。

（七）私　奔

唐代由於社會風氣的自由開放，男女社交自然且頻繁，因此因情愛而私奔，結爲夫婦的也所在不少。如杜光庭〈虯髯客傳〉中載紅拂女夜奔李靖；裴鉶《傳奇》〈崑崙奴〉中崔生與紅綃妓，雖爲小說，但亦可反映出當時的私奔風氣。如白居易新樂府〈井底引銀缾——止淫奔也〉一詩（見前）中，即因私奔後女子地位的卑下——只能爲妾，來勸誡世人。由此亦可看出，私奔實爲唐代夫婦關係形成的一種方式。

四、婚姻的年齡與人數

《周禮・地官・媒氏》：「媒氏掌萬民之判，……令男三十而娶，女二十而嫁。」但實際的婚嫁年齡皆早於此，大約皆在二十歲以前〔註32〕，所以近人或以爲周禮說法，應是婚齡的上限，而一般成婚年齡皆早於此〔註33〕。唐代亦盛行早婚，《唐會要》卷八三〈嫁娶〉：

> 貞觀元年二月四日詔曰：……宜令有司，所在勸勉，其庶人男女無室家者，並仰州縣官人，以禮聘娶，皆任其同類相求，不得抑取。男年二十，女年十五已上，……並須申以婚媾，令其好合。若貧窶之徒，將迎匱乏，仰於親近鄉里，富有之家，哀多益寡，使得資送。

又：

> （開元）二十二年二月敕，男年十五，女年十三以上，聽婚嫁。

比較前後兩條詔令可以發現，隨著大唐帝國的富強，唐人的結婚年齡逐漸降低。一般而言，女早於男，帝王早於文人官吏〔註34〕。在初盛唐時期，由於帝國的富庶，一般社會皆傾向於早婚，如李白〈長干行〉中所描寫的民間兒女「十四爲君婦，羞顏未嘗開」，和開元年間的敕

〔註32〕實際成婚年齡，因文獻殘缺，僅能以現存資料推測。此乃根據陳顧遠、劉增貴，陳韻等人對各代婚齡研究所得作一綜合的說法。

〔註33〕陳顧遠、劉增貴、任潔卿等人皆主此說。

〔註34〕見李樹桐〈唐人的婚姻〉一文，《唐史索隱》，頁238。

令相符。等到安史之亂後，唐朝由盛轉衰，社會頻遭戰亂，在這種情況下，唐人的結婚遂有延後的現象，如白居易〈贈友〉詩中即提到：

> 三十男有室，二十女有歸，近代多雜亂，婚姻多過期，嫁娶既不早，生育長苦遲。……

此處不提開元詔令而引周禮說法，並且說當時人的婚姻「多過期」，則中唐以後受戰亂影響，婚姻確實有延後的情形。而杜甫在代宗大曆十年（766）所寫的「夔州處女髮半華，四十五十無夫家，更遭喪亂嫁不售，一生抱恨長咨嗟」（〈負薪行〉）詩句，更具體說明當時晚婚的社會現象。但這並不代表所有中晚唐的人都是晚婚的，事實上，在富貴家庭中的女子，依舊盛行早婚，晚婚的只是貧家女子而已。白居易的〈秦中吟──議婚〉一詩中即提到這種差異：

> 天下無正聲，悅耳即爲娛。人間無正色，悅目即爲姝。顏色非相遠，貧富則有殊。貧爲時所棄，富爲時所趨。紅樓富家女，金縷繡羅襦，見人不斂手。嬌癡二八初。母兄未開口，已嫁不須臾。綠窗貧家女，寂寞二十餘，荊釵不直錢，衣上無眞珠。幾迴人欲聘，臨日又踟躕。

這種趨富棄貧的心態，使唐代後期的貧家女子，普遍趨向於晚婚。

在婚姻人數方面，禮法上以一夫一「妻」爲主，並允許一夫於一妻以外有「妾」的存在。唐以前，雖有多妻並立的現象，但多數只是亂世的變象，並非常禮〔註35〕。唐代嚴格執行一夫一「妻」的制度，《唐律疏議》卷十三〈戶婚中〉條十四：

> 諸有妻更娶妻者，徒一年；女家，減一等。若欺妄而娶者，徒一年半；女家不坐。各離之。

〔註35〕在帝王方面，清趙翼《廿二史箚記》卷十五〈一帝數后〉條：「一帝一后，禮也。至荒亂之朝，則漫無法紀，有同時立數后者。孫皓之夫人滕氏無寵，長秋宮僚備員而已，而內諸姬佩皇后璽綬者甚多。劉聰僭位，立其妻呼延氏爲皇后。后死，納劉殷女爲皇后。后死，又納靳準女爲皇后，未幾進爲上皇后，而立貴妃劉氏爲左皇后，貴嬪劉氏爲右皇后，又立樊氏爲皇后，四后之外，佩皇后璽綬者又七人。」在臣民方面，如漢末鄭子群先娶陳氏女，經呂布亂，不知存亡，又娶徐氏女，而後陳氏還，遂兩妻並立。

是以為「一夫一婦，不刊之制。有妻更娶，本不成妻」（同右）。

　　唐代以前，對於「妾」的人數，隨著時代的變遷與個人身分的不同，而有不同的規定〔註36〕。唐代社會，崇尚自由，對於姬妾的設置也採開放態度，並不加以限制，或無納妾〔註37〕，或姬妾人數多至一、二百人〔註38〕，而帝王後宮妃嬪更以千計〔註39〕。是姬妾的多寡，全憑個人情況而定。

五、有關夫婦相處的法規律令

　　以男為天為尊，女為地為卑的觀念，自揭櫫於《易·繫辭》〔註40〕後，遂成正理。表現在婚姻上，即是妻對夫的順從。班昭《女誡》：

> 夫者天也，天固不可逃，夫固不可違也；行違神祇，天則
> 罰之；禮義有愆，夫則薄之。

唐代秉持傳統女教，因此在婚姻之中，仍是妻卑夫尊，這在喪服服

〔註36〕《禮記·昏義》：「古者，天子后立六宮、三夫人，九嬪、二十七世婦，八十一御妻，以聽天下之內治。」蔡邕《獨斷》謂「諸侯一娶九女，象九州，一妻八妾。」「卿大夫一妻二妾」「士一妻一妾」。漢代不限帝王妃嬪之數；魏繼漢興，於王后之下，設爵五等，至太和中，增至十二等；晉承魏，有三夫人、九嬪、美人、才人等，而諸王則置妾八人，郡公侯妾六人。是隨著時代不同，身分不同，而有不同的規定。

〔註37〕如張鷟欲娶妾，其妻曰：「子誦白頭吟，妾當聽之。」鷟慚而止。是不得納妾。

〔註38〕如〈長安後記〉載孫逢年「妓妾曳綺羅者二百餘人」，見《雲仙雜記》卷八。

〔註39〕《新唐書》卷四七〈百官志〉內官條注云：「唐因隋制，有貴妃、淑妃、德妃、賢妃各一人，為夫人，正一品；昭儀、昭容、昭媛、脩儀、脩容、脩媛、充儀、充容、充媛，各一人，為九嬪，正二品，婕妤九人，正三品；美人四人，正四品；才人五人，正五品；寶林二十七人，正六品；御女二十七人，正七品，采女二十七人，正八品。」依此記載，則唐代帝王妃嬪至少已有一一二人。除此之外，尚有六尚、二十四司、二十四典、二十四掌等女官。而後宮宮人確實人數，雖不得而知，但如前註30所引，後宮宮女必不止三千之數，此諸女一旦入宮，除非逢帝王放出，否則終身視為帝王之私屬。

〔註40〕《易·繫辭上》：「天尊地卑，乾坤定矣，卑高以陳，貴賤位矣。……乾道成男，坤道成女。」

制中，表現最爲明顯。《大唐開元禮》卷三二〈凶禮五服〉制度規定：
〔註41〕

> 斬衰三年……義服……妻爲夫（夫尊而親）。

> 齊衰杖周……義服……夫爲妻。

大抵上唐人皆奉行這種妻卑夫尊的禮法，唯一例外的是公主的婚姻。公主貴爲帝女，身分崇高，非駙馬所能及，因此在公主的婚姻中，反而呈現出妻尊夫卑的現象。而唐代公主的桀傲跋扈，在家中，駙馬地位更形低下，這也是唐人不願娶公主的原因之一。〔註42〕

妻的地位不如夫，而在另一方面，妾的地位更爲卑下。《禮記》所謂「聘則爲妻，奔則爲妾」（〈內則〉）「買妾不知其姓，則卜之」（〈曲禮〉）。妾的成立，不必經過媒聘，或買或奔，亦可強搶而得，因此在婚姻關係中，地位最爲低下。從喪服方面來看，《大唐開元禮》卷三二〈凶禮五服〉制度中規定：

> 斬衰三年……義服……妾爲君（妾謂夫爲君）。

> 齊衰不杖周……義服……妾爲嫡妻（嫡妻不爲妾服）。

妾須爲丈夫服喪三年，而丈夫於妾卻無服〔註43〕；妾須爲嫡妻服衰一年，而嫡妻不爲妾服。由此更可以看出，在婚姻之中，妾最無地位。唐人甚至把妾視如財產，或拿來送人，或用來換馬〔註44〕。妾的地位既然如此卑下，按理說是不能超越妻的，但人的愛惡未必合理，因此妾僭越妻的現象，在社會上仍不時出現。雖屢遭朝廷禁止〔註45〕，並

〔註41〕《大唐開元禮》此項喪服制，源出於《儀禮・喪服》：「妻爲夫，傳曰：夫，至尊也。……布總箭笄髽，衰三年。」又「傳曰：爲妻何以期也？妻至親也。」

〔註42〕同註23。

〔註43〕《儀禮・喪服》：「妾爲君，傳曰：君至尊也。……布總箭笄髽，衰三年。」是妾爲夫服喪三年。至於夫爲妾，《禮記・喪服小記》：「士妾有子，而爲之緦，無子則已。」而在《儀禮》中亦規定，士的階級中，妾若有子，夫方爲妾服緦麻三月，若妾無子，則不爲妾服喪，而《大唐開元禮》則不見此條規定。

〔註44〕有關此者，將後面章節中詳述，故本處不多言介紹。

〔註45〕如《晉書》卷三〈武帝本紀〉：「（泰始十年）詔曰：嫡庶之別，所以

爲世人所訕笑，但終究無法禁止。如唐律主張：

> 諸以妻爲妾，以婢爲妻者，徒二年，以妾及客女爲妻，以
> 婢爲妾者，徒一年半。各還正之。(《唐律疏議》卷十三〈户婚
> 中〉條十五)

但官至禮部尚書的李齊運，仍以妾爲妻，具冕服行禮〔註46〕；杜佑晚
年以妾爲夫人〔註47〕，都是在妻亡故後，將妾扶正爲妻。禮法律令終
究抵不過人的感情。

　　雖然在家庭中的地位是妻卑夫尊，但表現對外的卻是「夫妻一體」
的觀念。《禮記・雜記上》：「凡婦人，從其夫之爵位。」因此夫爲天
子，妻即爲后；夫爲諸侯，妻即爲夫人。唐代依循，外命婦中，一品
及國公之妻稱國夫人，三品以上稱郡夫人，其下爲郡君、縣君、鄉君
等封號，都是妻共夫榮。妻既共夫榮，因此夫有辱，妻亦相同與共。
「夫有罪，逮妻子」〔註48〕，自有律法以來，除不知情者，大致上夫
若有罪，妻也因此得到罪罰。這種夫妻共辱的制度，亦普遍表現在唐
代的律法中，如《唐律疏議》卷三〈名例〉條五：

> 諸犯流應配者，三流俱役一年，妻妾同之。

內在地位的夫尊妻卑，外在關係的夫妻一體，榮辱與共，反映在生活
上的，是對和諧的要求。中國是一個十分注重倫理的社會，對於悖禮
的行爲，往往不爲社會所容，如前面提到的以妾爲妻事即是。此外，
對婚姻中鬥毆事也十分重視。《唐律疏議》卷二二〈鬥訟〉：

> 諸毆傷妻者，減凡人二等；死者，以凡人論。毆妾折傷以
> 上，減妻二等。若妻毆傷殺妾，與夫毆傷殺妻同。(皆須妻、
> 妾告，乃坐。即至死者，聽餘人告。殺妻，仍爲「不睦」。)
> 過失殺者，各勿論。

辨上下，明貴賤。而近世以來，多由內寵，自今以後，皆不得登用
妾媵以爲嫡正。」
〔註46〕見《舊唐書》卷一三五〈李齊運傳〉。
〔註47〕見《舊唐書》卷一四七〈杜佑傳〉。
〔註48〕見《隋書》卷二五〈刑法志〉。

又：

> 諸妻毆夫，徒一年；若毆傷重者，加凡鬥傷三等；（須夫告，
> 乃坐。）死者，斬。媵及妾犯者，各加一等。（加者，加入
> 於死）過失殺傷者，各減二等。即媵及妾詈夫者，杖八十，
> 若妾犯妻者，減妾一等。妾犯媵者，加凡人一等。殺者，
> 各斬。（餘條媵無文者，與妾同。）

是嚴格禁止婚姻關係中，夫妻妾間的互毆行為。

　　唐以前社會，起初對男女之防並不嚴格〔註 49〕，這和禮法貞節觀念是有些差距的。婚姻中的貞操，一直為世人所重視：就夫而言，秦始皇會稽刻石明令「夫為寄豭，殺之無罪。」〔註 50〕是禁止男子的姦淫行為；就妻而言，「七出」中明列「淫佚」一條，更不容許外遇事情發生。唐律中亦有相關的法令以為責罰：

> 諸姦者，徒一年半；有夫者，徒二年。部曲、雜戶、官戶
> 姦良人者，各加一等。即姦官私婢者，杖九十。（奴姦婢，
> 亦同）姦他人部曲妻，雜戶、官戶婦女者，杖一百，強者，
> 各加一等。折傷者，各加鬥折傷罪一等。（《唐律疏議》卷二六
> 〈雜律〉條二十二）

雖然如此，但在唐代自由開放的風氣下，男女越禮姦淫的事情很容易發生，是否構成姦淫罪，就婚姻關係中而言，多半取決於地位較高人的態度。如身為武公業寵妾的步非煙，和趙象產生婚外情，以「武夫最恨綠巾恥」，結果步非煙最後被丈夫鞭笞至死；而唐代的后妃、公主或以地位崇高，雖然恣行淫亂，穢行聞外，但甚至連帝王、駙馬都無可奈何。〔註51〕

〔註49〕如《漢書·地理志》載燕地習俗：「賓客相過，以婦侍宿；嫁娶之夕，男女無別，反以為榮。」
〔註50〕見《史記》卷六〈秦始皇本紀〉。
〔註51〕如武則天先後嬖幸薛懷義、張易之、張昌宗等人；中宗韋后通楊均、馬秦客等；太宗女合浦公主既嫁房遺愛，又與浮屠辯機亂；順宗女襄陽公主已嫁張克禮，又常微行市里，有薛樞，薛渾、李元本皆得私侍，而尤愛於渾，謁渾母如姑。凡如此者實多。詳見《新唐書》卷七六〈后妃傳〉及卷八三〈諸帝公主傳〉。

六、婚姻變化

《大戴禮・本命》篇：

> 婦有七去：不順父母，去；無子，去；淫，去；妒，去；
> 有惡疾，去；多言，去；竊盜，去。不順父母去，為其逆
> 德也；無子，為其絕世也；淫，為其亂族也；妒，為其亂
> 家也；有惡疾，不可與共粢盛也；口多言，為其離親；盜
> 竊，為其反義也。婦有三不去：有所取，無所歸，不去；
> 與更三年喪，不去，前貧賤，後富貴，不去。

是在傳統婚姻中，並不反對離婚，而且以夫去妻最為普遍。「七出」
乃夫去妻的最主要理由。唐代的社會自由開放，自然不反對離婚。《唐
律疏議》卷十四〈戶婚下〉條十一：

> 諸犯義絕者離之，違者，徒一年。若夫妻不相安諧而和離
> 者，不坐。

下文說明理由是「夫妻義合，義絕則離」。但並不是隨便可以離婚的，
同上條十：

> 諸妻無七出及義絕之狀，而出之者，徒一年半；雖犯七出，
> 有三不去，而出之者，杖一百。追還合。若犯惡疾及姦者，
> 不用此律。

下文說明原因是「伉儷之道，義期同穴，一與之齊，終身不改，故妻
無七出及義絕之狀，不合出之」。這條律令的存在，實是為唐代婦女
提供保障，使婦女不致於因小事而被休出。如《白居易集》卷六七記
載某人「娶妻三年無子，舅姑將出之，訴云：歸無所從」，雖有「七
出」中「無子」的現象，但因「歸無所從」，符合「三不去」的規定，
因此判定「請從不去」，保障了一可憐女子的命運。其他又如源休因
忿離妻，不符七出之例，是以「除名，配流溱州」〔註52〕；李元素亦
因出妻而致免官〔註53〕，由此皆可看出唐代社會雖自由開放，但不允

〔註52〕《舊唐書》卷一二七〈源休傳〉：「源休，相州臨漳人。……其妻，
　　　　即吏部侍郎王翃女也。因小忿而離，妻族上訴，下御史臺驗理，休
　　　　遲留不答款狀，除名，配流溱州。」
〔註53〕《舊唐書》卷一三二〈李元素傳〉：「以出妻免官。初，元素再娶妻

許隨意離婚的。

男子不能隨意出妻，相同的，妻妾也不可任意求去。《唐律疏議》卷十四〈戶婚下〉條十一：

> 即妻妾擅去者，徒二年；因而改嫁者，加二等。

理由是「婦人從夫，無自專之道」，因此婦女自專離夫而去，是法律所不允許的，當然自行離去而改嫁的更是不行。

社會既然不反對離婚，於是便有續娶和再嫁的現象產生。但續娶和再嫁的人並不一定都是離過婚的，原配偶的死亡，亦可促成另一半未亡者的再婚。據今人的研究發現，在宋人提出「餓死事小，失節事大」〔註54〕的觀念以前，社會上其實並不反對寡婦再嫁的，董家遵先生並且以爲「古代寡婦的再嫁，不但不是如何可恥的事，而且是先王仁政的一種。」〔註55〕唐代以前，寡婦再嫁的事不勝枚舉，但也有終身守志不再嫁的，如漢荀爽之女采，年十九寡居，爽使改嫁郭奕，采自縊以明心志〔註56〕；而〈孔雀東南飛〉中焦仲卿劉氏的故事，更是膾炙人口。

唐代社會開放自由，因此不但不反對續娶與再嫁，甚至於朝廷下詔，鼓勵百姓再婚，並以此爲州縣的考第之一。《唐會要》卷八三〈嫁娶〉：

> 貞觀元年二月四日，詔曰……其庶人男女無室家者，並仰州縣官人，以禮聘娶，皆任其同類相求，不得抑取。……及妻喪達制之後，孀居服紀已除，並須申以婚媾，令其好合……刺史縣令以下官人，若能姻婚及時，鰥寡數少，量

王氏，石泉公方慶之孫，性柔弱，元素爲郎官時娶之，甚禮重；及貴，溺情僕妾，遂薄之。且又無子，而前妻之子已長，無良，元素寢疾昏惑，聽譖遂出之，給與非厚。妻族上訴，乃詔曰：『……不唯王氏受辱，實亦朝情悉驚，如此理家，合當懲責。宜停官，仍令與王氏錢物，通所奏數滿五千貫』」。

〔註54〕程顥《近思錄》卷六。

〔註55〕有關寡婦再嫁，可參考董家遵〈從漢到宋寡婦再嫁習俗考〉一文，收錄於李又寧、張玉法編《中國婦女史論文集》第二輯中。

〔註56〕見《後漢書》卷八四〈列女傳〉。

准户口增多，以進考第；如導勸乖方，失於配偶，准户減
少附殿。

雖然詔令鼓勵失偶者再婚，但並不是完全沒有條件強迫的，太宗此詔
令中亦提到「其鰥夫年六十，寡婦年五十已上，及婦雖尚少，而有男
女，及守志貞潔，並任其情，無勞抑以嫁娶」，而《唐律疏議》卷十
四〈戶婚下〉條三亦主張：

諸夫喪服除而欲守志，非女之祖父母、父母而強嫁之者，
徒一年；期親嫁者，減二等。各離之。女追歸前家，娶者
不坐。

是法令雖准許再婚，但亦尊重個人守志貞潔的自由。而子嗣的有無，
亦是衡量婦女是否再嫁的一個條件。唐宣宗大中五年（851）四月，
更嚴令禁止公主縣主有兒女者的再嫁：

起自今以後，先降嫁公主、縣主，如有兒女者，並不得再
請從人。如無兒者，即任陳奏，宜委宗正等準此處分。如
有兒女妄稱無有，輒請再從人者，仍委所司察獲奏聞，別
議處分，並宣付命婦院，永爲常式。

唐代的再婚自由，由唐代公主的婚姻中可以看出這種跡象，近人王
壽南先生研究，發現全唐二百一十位公主中，除早卒而未及婚三十
人，爲道士十人，婚嫁狀況不明四十人外，其餘一百三十人中，一嫁
有一百人，二嫁二十七人，而三嫁者尚有三人〔註57〕。是唐代可考再
嫁公主的人數約佔所有曾經出嫁公主人數的四分之一，比例不可說不
大。唯自宣宗詔示禁止有兒女的公主再嫁後，便不曾再見公主的再
嫁。〔註58〕

雖然唐代再嫁的婦女不少，但貞節的婦女還是很多。兩唐書〈列
女傳〉中即記載了不少貞節烈女的事蹟，其高潔操守，實不稍讓於後
代。如《新唐書》卷二○五〈列女傳〉中：

〔註57〕 玄宗女壽春公主先嫁吳澄江，後入爲道士。王氏此項統計，將壽春
公主列在一嫁中。
〔註58〕 唐自敬宗以後，公主四十六人，可考婚嫁者僅六人，此六人皆僅一
嫁。餘四十人因資料不全，無法論述。

> 王琳妻韋者，士族也。琳爲眉州司功參軍，俗僭侈盛飾，
> 韋不知有簪珥。訓二子堅、冰有法，後皆名聞。琳卒時，
> 韋年二十五，家欲彊嫁之，韋固拒，至不聽音樂，處一室，
> 或終日不食。卒年七十五，著〈女訓〉行於世。

是當時雖然社會風氣開放，但女子仍有「一女事一夫」的觀念。

　　而在男子方面，向來不曾禁止納姬妾，因此妻死或離婚後續娶的現象更是普遍。如李白曾三次續娶。魏顥〈李翰林集序〉：

> 白始娶于許，生一女，一男名明月奴，女既嫁而卒。又合
> 于劉，劉訣，次合于魯一婦人，生子曰頗黎。終娶于宋。
> 〔註59〕

續娶與否全憑個人意志，因此亦有一些人妻死後不曾再娶的，如王維「喪妻不娶，孤居三十年」〔註60〕，李珏「性寡欲，早喪妻，不置妾侍」〔註61〕等，皆不曾續娶。

　　大致上來說，唐人的婚姻，是趨向於自由開放的。雖然唐代的律法依循著前代禮制而來，限制頗多，但是律法自爲律法，人若不願遵從，律法則徒爲具文，亦無可奈何。而李唐帝室的深染胡俗，又每每不遵行律法，如輩份尊卑而爲婚，淫亂宮闈，公主的仗勢欺凌夫家等等，上行下效，是以上面所述，多僅就唐律觀點看唐代夫妻關係，其實在此模式下面，仍然存在著許多變象。

〔註59〕「宋」字一說作「宗」。
〔註60〕見《新唐書》卷二〇二〈文藝傳中〉。
〔註61〕見《新唐書》卷一八二〈李珏傳〉。

第三章 唐詩中夫婦相處情誼的探討

　　婚姻，將兩個來自不同定位家族（family of orientation）的男女結合在一起，使彼此成為對方關係最密切的伴侶，建構起夫婦關係，在未來漫長的人生旅途中，環繞著夫婦身旁所發生的大小細微諸事，都將影響到夫婦情誼的表現。本章所欲探討的，乃是指夫婦共同居住在一起時，在「相處」、接觸下所產生的種種情感。著重的是「相處」的婚姻狀況，因此夫婦若因事故（如征戰、宦遊、經商等等）而致分居時，此時所產生、表現出的情感則不在本章的研究範圍內。至若夫婦因情感怨離（如丈夫的喜新厭舊）而致分居時，以本論文的劃分，本應屬下一章分離情感的研究部分；然而細究之，其實仍為夫婦相處情感表現的一種，為不失偏見，故本章亦約略提及，而詳細情形則留待下一章中探究。持著這個觀念，將現存唐詩中有關夫婦情誼的詩作作一檢擇，以進行本章的研究。

第一節　夫婦相處的情感類型

　　人的情感是很複雜的，因不同的接觸而有不同的情感產生。日常生活中點點滴滴、瑣碎細事，都可以引起人們的情感反應，而人生的際遇，有順，也有不順，夫婦因婚姻而結合成最親密的人生伴侶，在

順逆不同的環境下，所產生的情感也不相同。本節即試著從人生際遇的順逆，分析歸納表現在唐詩中夫婦相處的情感類型。

一、順　境

所謂的順境，是指人的生活之中無災、無難、無病、無痛，對外處事，一切順遂，安樂如意的生活。在這樣的環境下，表現在唐詩中夫婦相處的情感約可分為同樂、分享、關懷、寵愛、引以為傲、畏懼、歉疚、忽略、輕視、嫌棄、雌虐、背離等十二種。

（一）同　樂

同樂是指在日生常生活中，夫婦一同享受愉悅的情事。這種愉悅的感覺，可以由外物激發而產生，或是繁華的笙舞歌樂，如元稹〈追昔遊〉所描寫：

> 謝傅堂前音樂和，狗兒吹笛膽娘歌；花園欲盛千場飲，水
> 閣初成百度過；醉摘櫻桃投小玉，懶梳叢鬢舞曹婆；再來
> 門館唯相弔，風落秋池紅葉多。(《元氏長慶集》卷九)

詩中所謂的「謝傅堂」，指的是元稹原配夫人韋叢的娘家〔註1〕。元稹在韋氏亡後，想起當日夫婦倆居住在韋家時，在韋家的笙歌樂舞中，共同度過多少快樂甜蜜的日子。又如張謂〈春園家宴〉：

> 南園春色正相宜，大婦同行少婦隨；竹裡登樓人不見，花
> 間覓路鳥先知；櫻桃解結垂簷子，楊柳能低入戶枝；山簡
> 醉來歌一曲，參差笑殺郢中兒。(《全唐詩》卷一九七)

是夫婦共同遊覽林園之樂。

唐襲前代之舊，妻共夫榮而享封號，這種因夫婦共榮而同樂的情感，權德輿〈縣君赴興慶宮朝賀載之奉行冊禮因書即事〉一詩中描寫道：

> 合巹交歡二十年，今朝比翼共朝天；風傳漏刻香車度，日
> 照旌旗綵仗鮮，顧我華簪鳴玉珮，看君盛服耀金鈿；相期

〔註1〕元稹詩文裡，慣以謝家、謝家莊稱韋宅；稱韋尚書（即元稹妻韋氏之父）為謝公、謝傅。

偕老宜家處，鶴髮魚軒更可憐。(《權載之文集》卷十)

又〈元和元年蒙恩封成紀縣伯時室中封安喜縣君感慶兼懷聊申賀贈〉：

> 啓土封成紀，宜家縣安喜；同欣井賦開，共同閭門祉；珩璜聯采組，琴瑟諧宮徵；更待懸車時，與君歡耋齒。(《權載之文集》卷十)

是因祿封而引發夫婦共樂的情感。又權德輿〈中書送敕賜齋饌戲酬〉：

> 常日每齊眉，今朝共解頤；遙知大官膳，應與眾雛嬉。(《權載之文集》卷十)

是因共享官膳而夫婦同樂。

竇梁賓〈喜盧郎及第〉：

> 曉妝初罷眼初瞤，小玉驚人踏破裙；手把紅箋書一紙，上頭名字有郎君。(《全唐詩》卷七九九)

唐代文人熱衷科舉功名，因此科考及第對時人而言，是十分重大且榮耀的事。詩中「踏破裙」三字，將初聞喜訊的那種情緒的激動，生動地表現了出來。夫得榮耀，婦亦共此大樂。

繁華榮耀的事可以引起夫婦同樂的情誼，同樣的，日常生活中瑣碎細事亦可以引發夫婦共樂的情感。如權德輿〈七夕見與諸孫題乞巧文〉：

> 外孫爭乞巧，內子共題文；隱暎花匳對，參差綺席分；鵲橋臨片月，河鼓掩輕雲；羨此嬰兒輩，歡呼徹曙聞。(《權載之文集》卷十)

白居易〈小歲日喜談氏外孫女孩滿月〉：

> 今旦夫妻喜，他人豈得知；自嗟生女晚，敢訝見孫遲？物以稀為貴，情因老更慈。(《白居易集》卷三四)

又秦系〈山中奉寄錢起員外兼苗員外〉：

> 空山歲計是胡麻，窮海無梁泛一槎；稚子唯能覓梨栗，逸妻相共老煙霞；高吟麗句驚巢鶴，閒閉春風看落花；借問省中何水郎，今人幾箇屬詩家？(《全唐詩》卷二六○)

是皆在平淡樸實的生活中，發掘美事，夫婦共同欣賞、享受這一分喜悅。

除了由外物激發，同樂的情趣亦可經由夫婦各付心力、營造而成。如白居易〈歲日家宴戲示弟姪等兼呈張侍御二十八丈殷判官二十三兄〉：

> 弟妹妻孥小姪甥，嬌癡弄我助歡情；歲盞後推藍尾酒，春盤先勸膠牙餳；形骸潦倒雖堪歎，骨肉團圓亦可榮；猶有誇張少年處，笑呼張丈呼殷兄。（《白居易集》卷二四）

李郢〈南池〉：

> 小男供餌婦搓絲，溢榼香醪倒接羅；日出兩竿魚正食，一家歡笑在南池。（《全唐詩》卷五九〇）

縱使在皇宮中，當帝妃的情感濃厚時，亦有相同的同樂現象。如鄭嵎〈津陽門詩〉：

> 三郎紫笛弄煙月，怨如別鶴呼羈雌；玉奴琵琶龍香撥，倚歌促酒聲嬌悲。（《全唐詩》卷五六七）

注云「上皇善吹笛，常寶一紫玉管；貴妃妙彈琵琶，其樂器聞於人間者，有邏逤檀爲槽，龍香柏爲撥者。上每執酒卮，必令迎娘歌水調曲遍，而太眞輒彈弦倚歌，爲上送酒。內中皆以上爲三郎，玉奴乃太眞小字也。」是亦夫婦兩人共奏而同樂。

（二）分　享

和同樂情誼頗爲相近的，是夫婦間分享的情誼。夫婦生活中的喜樂美事，有時是兩人同時面對，故得共享其樂；但有時僅是夫（或婦）一方領略感受到而已，而領略感受到快樂的一方，將這種喜樂的感覺報告對方，使另一半也能領略到這種快樂的感覺，收到同樂的效果。而在這種情感的表達中，重要的是那一份分享的情誼。如王績〈春日〉（一作〈初春〉）：

> 前旦出園遊，林華都未有；今朝下堂來，池冰開已久；雪被南軒梅，風催北庭柳；遙呼灶前妾，卻報機中婦；年光恰恰來，滿甕營春酒。（《全唐詩》卷三七）

徐延壽〈人日剪綵〉：

> 閨婦持刀坐，自憐剪裁新；葉催情綴色，花寄手成春；帖
> 燕留妝戶，黏雞待餉人；擎來問夫婿，何處不如真？（《全
> 唐詩》卷一一四）

王昌齡〈越女〉（一作〈採蓮曲〉）：

> 越女作桂舟，還將桂為楫；湖上水渺漫，清江不可涉；摘
> 取芙蓉花，莫摘芙蓉葉；將歸問夫婿，顏色何如妾？（《全
> 唐詩》卷一四〇）

竇梁賓〈雨中看牡丹〉：

> 東風未放曉泥乾，紅藥花開不奈寒；待得天晴花已老，不
> 如攜手雨中看。（《全唐詩》卷七九九）

第一首王績〈春日〉，乃是丈夫有感於春景，而急於與妻妾分享喜悅；
後三首皆是婦女將閨中纖細的感覺，以嬌羞的語態與丈夫分享。但不
論是夫對婦，或婦對夫，在分享的舉動中，都是為求得夫婦同樂的目
的。

又如孟郊〈讀經〉中提到：

> 垂老抱佛腳，教妻讀黃經；經黃名小品，一紙千明星。（《孟
> 東野詩集》卷九）

白居易〈和自勸二首〉之二：

> 急景凋年急於水，念此攬衣中夜起；門無宿客共誰言，暖
> 酒挑燈對妻子；身飲數杯妻一醆，餘酌分張與兒女。（《白居
> 易集》卷二二）

又元稹〈酬樂天東南行詩一百韻〉序云：

> 通之人莫可與言詩者，唯妻淑在旁知狀。（《元氏長慶集》卷十
> 二）

是在日常生活中，妻子常是丈夫情感的分享者。

（三）關　懷

在夫婦相處中，關懷是一種最真摯、深刻的情感表露。而這種關
懷，在不同的年齡時有不同的表現。壯年時，為家庭生計奔波，所表

現出的關懷，或和事業作爲有關。如王建〈雞鳴曲〉中提到：

> 金吾衛裡直郎妻，到明不睡聽晨雞；天頭日月相送迎，夜
> 棲旦鳴人不迷。(《全唐詩》卷二九八)

是對丈夫關懷愛戀的情誼，直接表現在對夫的長夜等候上。又如王韞
秀〈喻夫阻客〉：

> 楚竹燕歌動畫梁，春蘭重換舞衣裳；公孫開閣招嘉客，知
> 道浮榮不久長。(《全唐詩》卷七九九)

元載相肅代兩朝，貴盛天下無比，流於驕奢，妻王韞秀有見於此，作
詩喻夫，關懷之情，溢於詩外。然而王氏雖早有所警誡，卻不能阻止
自己和丈夫驕奢的生活，元載終於淪落到被誅殺的命運〔註2〕。此是
後話。又如王維〈故南陽夫人樊氏挽歌〉中提到：

> 將朝每贈言，入室還相敬。(《王右丞集》卷六)

又〈達奚侍郎夫人寇氏挽詞二首〉之一：

> 束帶將朝日，鳴環映牖辰；能令諫明主，相勸識賢人。(《王
> 右丞集》卷六)

是皆表現出妻子對丈夫爲官處世的關心。

張籍〈董公詩〉(《張籍詩注》卷七)中，記載董晉因爲對部將十
分禮遇，是以其部將的家屬自然表現出「其父教子義，其妻勉夫忠」
的態度。而「勉夫忠」一句，正表現出妻對夫在外行爲的期望與關懷。

除了對外事業外，這種關懷亦表現在對另一半心情變化的注意
上，如元稹〈得樂天書〉：

> 遠信入門先有淚，妻驚女哭問何如；尋常不省曾如此，應
> 是江州司馬書。(《元氏長慶集》卷二十)

儲光羲〈明妃曲四首〉之二：

> 胡王知妾不勝悲，樂府皆傳漢國辭；朝來馬上箜篌引，稍
> 似宮中閒夜時。(《全唐詩》卷一三九)

儲光羲此首描寫王昭君和蕃詩，在當時確是獨樹一格，詩中流露出胡
王對昭君思鄉情緒無微不至的關懷之情。對妻的關懷，又如白居易

〔註2〕見《舊唐書》卷一一八〈元載列傳〉。

〈贈內〉：

> 漠漠閻苔新雨地，微微涼露欲秋天；莫對月明思往事，損
> 君顏色減君年。(《白居易集》卷十四)

是擔憂妻子沉陷於惆悵的往事回憶中，而忽略氣候的涼寒，致使身體
受損。是亦關心妻子的健康。

　　而行年至老，所表現出的關懷和壯年稍有不同，如盧綸〈白髮
嘆〉：

> 髮白曉梳頭，女驚妻淚流；不知絲色後，堪得幾回秋？(《全
> 唐詩》卷二七七)

韓愈〈贈劉師服〉：

> 羨君齒牙牢且潔，大肉硬餅如刀截；我今牙豁落者多，所
> 存十餘皆兀臲；匙抄爛飯穩送之；合口軟嚼如牛呞；妻兒
> 恐我生悵望，盤中不飣栗與梨。(《朱文公校昌黎先生集》卷五)

是皆表現出妻對夫年老日衰的關懷。

　　又如白居易〈家釀新熟每嘗輒醉妻姪等勸令少飲因成長句以諭
之〉：

> 君應怪我朝朝飲，不說向君君不知，身上幸無疼痛處，寶
> 頭正是撅嘗時，劉妻勸諫夫休醉，王姪分疏叔不癡；六十
> 三翁頭雪白，假如醒點欲何爲？(《白居易集》卷三一)

是關懷年老丈夫遇飲輒醉的行爲。

（四）寵　愛

　　關懷的情誼，是夫妻間彼此對對方的情感付出，而寵愛的情誼，
基本上是建立在夫尊婦卑的家庭地位上，因此寵愛的情誼，僅是夫對
婦的情感表現類型。如賈至〈贈薛瑤英〉：

> 舞怯銖衣重，笑疑桃臉開；方知漢成帝，虛築避風臺。(《全
> 唐詩》卷二三五)

薛瑤英乃元載寵姬。據《杜陽雜編》記載：「薛瑤英，攻詩書，善歌
舞，僊姿玉質，肌香體輕，雖旋波搖光，飛燕綠珠，不能過也。……
及載納爲姬，處金絲之帳，卻塵之褥。其褥出自句驪國，一云是卻塵

之獸毛所爲也。其色殷鮮，光軟無比。衣龍綃之衣，一襲無一二兩，博之不盈一握，載以瑤英體輕，不勝重衣，故於異國，以求是服也。」唐代宗時，元載當國，橫徵鉅斂，權傾一時，生活驕奢，因此對其愛姬的寵愛，揮霍到了極點。賈至乃元載好友，得見薛瑤英，知其美妙，以短短二十字，生動地將薛瑤英的美貌和元載的寵愛表現出來。

又如皇甫冉〈同李蘇州傷美人〉：

> 王珮石榴裙，當年嫁使君，專房獨見寵，傾國眾皆聞；歌
> 舞常無對，幽明忽此分；陽臺千萬里，何處作行雲。(《全唐
> 詩》卷二四九)

本詩的前四句，所描寫的正是夫對婦（妾）的寵愛情誼：專房獨寵。

而在宮中，這種寵愛情誼，可因帝王的態度而更見深刻，最著名的是唐玄宗對楊貴妃的寵愛。如李白〈清平調詞三首〉之三：

> 名花傾國兩相歡，長得君王帶笑看；解釋春風無限恨，沈香
> 亭北倚闌干。(《李太白文集》卷五)

白居易〈長恨歌〉：

> 承歡侍宴無閒暇，春從春遊夜專夜；後宮佳麗三千人，三
> 千寵愛在一身；金屋妝成嬌侍夜，玉樓宴罷醉和春；姊妹
> 兄弟皆列土，可憐光彩生門户；遂令天下父母心，不重生
> 男重生女。驪宮高處入青雲，仙樂風飄處處聞；緩歌慢舞
> 凝絲竹，盡日君王看不足。(《白居易集》卷十二)

李商隱〈驪山有感〉：

> 驪岫飛泉泛暖香，九龍呵護玉蓮房。(《李義山詩集》卷中)

近人孫望先生所輯得司空曙〈華清宮〉一首，亦是描寫玄宗對貴妃的寵愛：

> 酒幔高樓一百家，宮前楊柳寺前花；內園分得溫湯水，二
> 月中旬已進瓜。(《全唐詩補逸》卷六)

又杜牧〈過華清宮絕句三首〉之一：

> 長安回望繡成堆，山頂千門次第開；一騎紅塵妃子笑，無
> 人知是荔枝來。(《樊川文集》卷二)

唐玄宗對楊貴妃的愛寵，雖然後來釀成安史之亂，但其表現出的眞摯、愛寵情誼，卻是無以復加的。

（五）引以為傲

引以為傲的情感，主要是表現在婦身上，以丈夫的好處來自誇自傲的行為。如崔顥〈相逢行〉：

> 妾年初二八，家住洛橋頭；玉戶臨馳道，朱門近御溝；使君何假問，夫婿大長秋；女弟新承寵，諸兄近拜侯；春生百子殿，花發五城樓；出入千門裡，年年樂未休。（《全唐詩》卷一三○）

盧仝〈卓女怨〉：

> 妾本懷春女，春愁不自任；迷魂隨鳳客，嬌思入琴心；託援交情重，當壚酌意深；誰家有夫婿，作賦得黃金。（《全唐詩》卷三八七）

歸處訥〈代村婦詠邊將〉：

> 紫袍金帶不須誇，動便經年鎮海涯；爭似我家田舍婿，朝去驅牛暮還家。（《全唐詩續補遺》卷十三）

是皆表現出婦以夫為傲的情感。崔顥〈相逢行〉一首，內容意旨和〈陌上桑〉、〈艷歌羅敷行〉頗為相近；盧仝則假文君怨，更襯託出文君對相如千金賦的驕傲之情；歸處訥以貴相離不如貧相聚，藉村婦之口道出，是皆表現出強烈的引以為傲之情。

又如王韞秀〈夫入相寄姨妹〉：

> 相國已隨麟閣貴，家風第一右丞詩；笄年解笑鳴機婦，恥見蘇秦富貴時。（《全唐詩》卷七九九）

元載年少時，與妻寄住岳父家，因久不得志，見輕於妻族，因此等到元載拜相後，妻王氏作此詩，一則表現出以夫為傲的情感，而在另一方面，卻又銜含了多少對當年家人輕視態度的怨恨。

（六）畏　懼

唐代社會風氣的自由開放，致使部分的女權高漲，甚至於凌越丈夫，這在導論部分即已提過。雖然唐人筆記、民間小史對於這種妻悍

夫弱的現象，有不少的記錄，但有關妻氣勢凌越丈夫的詩作，卻只有中宗朝優人所作的一首〈迴波詞〉而已：

> 迴波爾時栲栳，怕婦也是大好；外邊祇有裴談，內裡無過李老。(《全唐詩》卷八六九)

《本事詩·嘲戲第七》：「御史大夫裴談，妻悍妒，談畏之如嚴君。……時韋庶人頗襲武后之風軌，中宗漸畏之，內宴唱迴波詞，有優人詞曰……后意色自得，以束帛賜之。」唐中宗畏懼韋后，幾釀成第二次武后稱制事件。此事經由優人嘲來，更為生動。

（七）歉疚

歉疚感覺的產生，在順境時較為少見。如白居易〈老去〉：

> 老去愧妻兒，冬來有勸詞；煖寒從飲酒，衝冷少吟詩；戰勝心還壯，齋勤體校羸；由來世間法，損益合相隨。(《白居易集》卷三二)

是因年老而產生愧疚的感覺，且這種感覺也不十分明顯。

（八）忽略

這裡所指的忽略情感，和後面將要提到的輕視、背離情感有所不同，可以說是一種不理會的態度，但這種態度並不代表對妻（或夫）有任何評價。如白居易〈詠懷〉：

> 自從委順任浮沈，漸覺年多功用深；面上減除憂喜色，胸中消盡是非心；妻兒不問唯耽酒，冠蓋皆慵只抱琴；長笑靈均不知命，江蘺叢畔苦悲吟。(《白居易集》卷十六)

又〈在家出家〉：

> 衣食支吾婚嫁畢，從今家事不相仍；夜眠身是投林鳥，朝飯心同乞飯僧；清唳數聲松下鶴，寒光一點竹間燈；中宵入定跏趺坐，女喚妻呼多不應。(《白居易集》卷三五)

白居易晚年沈迷於浮屠，心境歸於平淡，物我兩相忘，自然不理妻女，但這並不代表白居易對妻子無情，相反的，白居易最重視夫婦情感（此在下節中將會提到）。

又如李商隱〈代應二首〉之二：

> 昨夜雙鉤敗，今朝百草輸；關西狂小吏，惟喝遶床盧。（《李
> 義山詩集》卷上）

葉蔥奇以爲〔註3〕：「這首是說關西小吏一味粗豪，不解柔情，只曉得爭勝，不知閨房之樂，有時反以輸、敗爲娛。」是關西小吏沈醉於博戲，「不知閨房之樂」，自是不理妻子。這種忽略的情感態度，非干於妻子，然和白居易的忽視恰好相反，白氏是忽視的背後仍蘊深情，此則實是無情，不知情。

（九）輕　視

最常見的輕視是表現在言語方面的不聽信。如王建〈公無渡河〉：

> 渡頭惡天兩岸遠，波濤塞川如疊坂；幸無白刃驅向前，何
> 用將身自棄捐；蛟龍齧骨魚食血，黃泥直下無青天；男兒
> 縱輕婦人語，惜君性命還須取；婦人無力挽斷衣，舟沈身
> 死悔難追；公無渡河，公須自爲。（《全唐詩》卷二九八）

李咸用〈公無渡河〉：

> 有叟有叟何清狂，行搔短髮提壺漿；亂流直涉神洋洋，妻
> 止不聽追沈湘；偕老不偕死，箜篌遣淒涼；剉松輕穩琅玕
> 長，連呼急榜庸何妨；見溺不援能語狼，忍聽麗玉傳悲傷。
> （《全唐詩》卷六四四）

王梵詩：

> 有事須相問，平章莫自專；和同相同語，莫取婦兒言。（《全
> 唐詩補逸》卷二）

又敦煌變文〈故圓鑒大師二十四孝押座文〉中亦主張：

> 須憂陰隲相摩折，莫信妻兒說短長。（斯字七號）

〈公無渡河〉乃漢舊曲相和歌辭，有固定的內容〔註4〕，本無甚特殊

〔註 3〕見葉氏《李商隱詩集疏注》，里仁書局，頁159。

〔註 4〕郭茂倩《樂府詩集》卷二六：「〈箜篌引〉，一曰〈公無渡河〉。崔豹
　　　古今注曰：箜篌引者，朝鮮津卒霍里子高妻麗玉所作也。子高晨起

之處，但伴以王梵志詩和敦煌變文觀之，正可反映出傳統男性「莫取婦兒言」，對婦的輕視、忽略心態，雖在唐朝男女地位較平等的社會中，仍然不變。

以上所述，乃夫對婦的輕視，同樣的，婦對夫亦有輕視的情緒，白居易〈議婚詩〉中所謂的「富家女易嫁，嫁早輕其夫」，雖不曾明言輕視的原因和情形，但可以看出唐人確有妻輕視夫的現象。如《新唐書》卷八三〈諸帝公主傳〉記載道：「丹陽公主，下嫁薛萬徹。萬徹憃甚，公主羞，不與同席者數月。太宗聞，笑焉，爲置酒，悉召它壻與萬徹從容語，握槊賭所佩刀，陽不勝，遂解賜之。主喜，命同載以歸。」是妻輕視夫到了極點。

（十）嫌　棄

夫婦間嫌棄的產生，或僅是因寵愛的轉移而已。如元稹〈代九九〉〔註5〕中提到：

> 縱學羞兼妒，何言寵便移；青春來易皎，白日誓先虧；僻性嗔來見，邪行醉後知；別床鋪枕席，當面指瑕疵；妾貌應猶在，君情邈若斯。(《全唐詩》卷四二二)

只因愛寵移，使得丈夫對婦生嫌惡之感，甚至到了「當面指瑕疵」的地步，這種嫌惡的情感，可謂甚矣。

或來自於夫婦間年齡的差距。寒山詩三百三首中提到：

> 柳郎八十二，藍嫂一十八；夫妻共百年，相憐情狡猾；弄璋字烏㺃，擲瓦名婠妠；屢見枯楊荑，常遭青女殺。(《全唐詩》卷八〇六)

又：

剌船，有一白首狂夫披髮提壺，亂流而渡，其妻隨而止之不及，遂墮河而死。於是援箜篌而歌曰：公無渡河，公竟渡河；墮河而死，當奈公何？聲甚悽慘。曲終，亦投河而死。子高還，以語麗玉，麗玉傷之，乃引箜篌而寫其聲，聞者莫不墮淚飲泣。」自此後寫〈公無渡河〉曲者，皆襲此內容。

〔註5〕本詩不見於錢謙益補校的宋傳鈔本《元氏長慶集》中，故以《全唐詩》卷次之。

　　　老翁娶少婦，髮白婦不耐；老婆嫁少夫，面黃夫不愛。

又校書郎盧某妻崔氏〈述懷〉：

　　　不怨盧郎年紀大，不怨盧郎官職卑；自恨妾身生較晚，不
　　　及盧郎年少時。（《全唐詩》卷七九九）

注云：「校書娶崔時，年已暮，崔微有慍色，賦詩述懷。」是老夫少
妻的結合，易使妻子的丈夫產生嫌棄之感，甚至於怨恨的情緒都會產
生。崔氏詩雖云不怨，其怨恨頗深，因此張祜〈雉朝飛操〉中有「翁
得女妻甚可憐」〔註6〕，因年齡的差異，使夫婦間產生嫌惡的感覺。

（十一）雠　虐

　　比嫌棄更糟一層的，是夫婦間鬥虐的情感態度。如孟郊〈謝李輈
再到〉中提到：

　　　等閒拜日晚，夫妻猶相瘡。（《孟東野詩集》卷十）

韓愈〈嗟哉董生行〉中亦有：

　　　時之人，夫妻相虐，兄弟為讎，食君之祿，而令父母愁。（《朱
　　　文公校昌黎先生集》卷二）

此可以看出：唐代夫婦間雠虐的現象似乎頗為普遍。

（十二）背　離

　　此處所謂的「背離」，是指婚姻關係存在時夫妻間情感的背離情
形。在唐詩中最常見的是夫對妻的情感背離。如張潮〈江風行〉（一
作〈長干行〉）中提到：

　　　壻貧如珠玉，壻富如埃塵；貧時不忘舊，富時多寵新。（《全
　　　唐詩》卷一一四）

貧時夫妻富時棄，正是此四詩句所流露出的意旨。又陳羽〈古意〉：

　　　妾貌漸衰郎漸薄，時時強笑意索寞；知郎本來無歲寒，幾
　　　回掩淚看花落。妾年四十絲滿頭，郎年五十封公侯；男兒
　　　全盛日忘舊，銀床羽帳空颼飀；庭花紅遍蝴蝶飛，看郎佩
　　　玉下朝時；歸來略略不相顧，卻令侍婢生光輝；郎恨婦人

〔註6〕見《全唐詩》卷五一○。

易衰老，妾亦恨深不忍道；看郎強健能幾時，年過六十還
枯槁。(《全唐詩》卷三四八)

是皆夫對婦情感的離棄。

夫對婦的情感背棄，有時亦會造成相對的婦亦背棄夫，而形成婚
姻中情感兩相背離的情形。如李賀〈賈公閭貴壻曲〉：

朝衣不須長，分花對袍縫；嘤嘤白馬來，滿腦黃金重；今
朝香氣苦，珊瑚澀難枕；且要弄風人，暖蒲沙上飲；燕語
踏簾鉤，日虹屏中碧；潘令在河陽，無人死芳色。(《昌谷集》
卷三)

豪貴公子，生活驕奢淫佚，縱情冶遊，將家中姬妾棄置不顧；其家人
遂亦隨之放浪淫佚，夫婦間互相背離，實已無任何情感可言，而夫婦
關係更是早已名存實亡了。又如元稹〈憶遠曲〉：

憶遠曲，郎身不遠郎心遠。沙隨郎飯在匙，郎意看沙那比
飯；水中書字無字痕，君心暗畫誰會君；況妾事姑姑進止，
身去門前同萬里；一家盡是郎腹心，妾似生來無兩耳；妾
身何足言，聽妾私勸君；君今夜夜醉何處？姑來伴妾自閉
門；嫁夫恨不早，養兒將備老；妾自嫁郎身骨立，老姑為
郎求娶妾；妾不忍見姑郎忍見，為郎忍耐看姑面。(《元氏長
慶集》卷二三)

詩中描寫一怨離女子的委屈心態：「為郎忍耐看姑面」。丈夫的日日遠
遊：「郎身不遠郎心遠」，夫婦雖未分離然實已似分離，這種相處實已
談不上什麼夫婦情誼了。

二、逆　境

逆境的產生，或因時代的戰亂、仕宦的失意，生活的困苦貧窮，
疾病的纏身等等，面對這樣的情境，表現在唐詩中夫婦相處的情感約
可分為同愁、共樂、關懷、依賴、歉疚、忽略、嫌棄等七種。

（一）同　愁

「生同衣衾，死同棺槨」的觀念，使得中國婦女一直默默扮演一

家庭幕後支撐的角色。當生活中的愁苦降臨時，妻便發揮起最大的支撐作用，分擔丈夫的愁苦，攜手共同面對愁苦的挑戰。唐代社會風氣雖然自由開放，但此種同愁共苦的情誼仍然保存著，反映在唐人詩篇中，如杜甫〈百憂集行〉：

> 憶年十五心尚孩，健如黃犢走復來；庭前八月梨棗熟，一日上樹能千回，即今倏忽已五十；坐臥只多少行立；強將笑語供主人，悲見生涯百憂集；入門依舊四壁空，老妻睹我顏色同；癡兒未知父子禮，叫怒索飯啼門東。(《杜工部詩集》卷八)

杜甫〈逃難〉：〔註7〕

> 五十頭白翁，南北逃世難；疏布纏枯骨，奔走苦不暖；已衰病方入，四海一塗炭；乾坤萬里內，莫見容身畔；妻孥復隨我，回首共悲歎；故國莽丘墟，鄰里各分散；歸路從此迷，淚盡湘江岸。(《杜工部詩集》卷二十)

白居易〈贈內子〉：

> 白髮長興歎，青娥亦伴愁；寒衣補燈下，小女戲床頭；闇澹屏幃故，淒涼枕席秋；貧中有等級，猶勝嫁黔婁。(《白居易集》卷十七)

元稹〈遣悲懷三首〉之一：

> 謝公最小偏憐女，嫁與黔婁百事乖；顧我無衣搜盡篋，泥他沽酒拔金釵；野蔬充膳甘長藿，落葉添薪仰古槐；今日俸錢過十萬，與君長奠復營齋。(《元氏長慶集》卷九)

面對生活的貧窮、困苦，杜甫、白居易、元稹的妻子皆表現出最大的包容與體諒，並不因為貧困而瞧不起丈夫，「老妻睹我顏色同」、「青娥亦伴愁」，這種夫婦同愁的情誼，是何等的真摯動人！

王韞秀〈同夫遊秦〉：

> 路掃飢寒跡，天哀志氣人；休零離別淚，攜手入西秦。(《全唐詩》卷七九九)

〔註7〕楊倫《杜詩鏡銓》引邵子湘語，斷為偽作，此處但列為參考。

《唐詩紀事》卷二九記載道：「王忠嗣鎮北京，以女韞秀歸載，歲久而見輕，韞秀勸之遊學，元乃遊秦。」雖然史書對王韞秀的評語是「素以兇戾聞」〔註8〕，但此並不影響其夫妻間的同愁情誼，當元載貧困時，王氏表現出最大的支撐力量，元載最後得以成功，王氏之功實不可沒。

又如李商隱〈日射〉亦是描寫夫婦同愁的情誼：

> 日射紗窗風撼扉，香羅掩手春事違；迴廊四合掩寂寞，碧
> 鸚鵡對紅薔薇。（《李義山詩集》卷上）

後人以爲此詩作於會昌四年（844），時義山年三十三〔註9〕，失職居家，無限惆悵，閒庭寂寞，唯有夫妻相對，共此愁緒。〔註10〕

以上諸詩，皆是詩人描寫自己親身的經驗；反映出的，是士大夫階級中夫妻同愁的情誼，表現的大多是精神上的支持，情緒上的同理與接納。這種同愁的情誼，和下層社會中夫婦爲生活奔走的同愁共苦情誼，性質上稍有不同。唐詩中描寫下層社會中夫婦的同愁，如張籍〈促促詞〉：

> 促促復促促，家貧夫婦歡不足；今年爲人送租船，去年捕
> 魚在江邊；家中姑老子復小，自執吳綃輸稅錢；家家桑麻
> 滿地黑，念君一身空努力；願教牛蹄團團羊角直，君身常
> 在應不得。（《張籍詩注》卷一）

齋己〈耕叟〉：

> 春風吹蓑衣，暮雨滴篛笠；夫妻耕共勞，兒孫飢對泣；田
> 園高且瘦，賦稅重復急；官倉鼠雀群，共待新租入。（《全唐
> 詩》卷八四七）

《敦煌殘卷》伯希和卷三四一八中亦載有缺名詩一首，描寫貧窮田家夫婦的同愁苦處：

〔註 8〕同註2。
〔註 9〕詩作繫年，據葉蔥奇〈李商隱年譜〉說法。又李商隱生年，諸家說法不一，此據張采田、楊柳說法，以爲生於憲宗元和七年（812），則義山作此詩時年三十三。
〔註 10〕此據葉蔥奇說法，見《李商隱詩集疏注》，里仁書局，頁206。

　　貧窮田舍漢，菴子樸孤栖；兩共前生種，今世作夫妻；婦
　　即客春擣，夫即客扶犁；黃昏到家裡，無米復無柴；男女
　　空餓肚，狀似一食齋；里政追庸調，村頭口相催；襆頭巾
　　子路，衫破肚皮開；體上無褌袴，足下復無鞋；醜婦來惡
　　罵，啾唧枘頭灰；里政被腳蹴，村頭被拳槎；駈將見朋友，
　　打脊趁迴來；租調無處出，還須里政倍；門前見債主，入
　　戶見貧妻；舍漏兒啼哭，重重逢苦哉；如此更窮漢，村村
　　一兩枚。

在貧苦的下層階級百姓生活中，夫婦不僅只是精神上的同愁而已，更重要的是工作上的共同操勞，同一心志。儲光羲〈田家雜興八首〉之七：

　　梧桐蔭我門，薜荔網我屋；迢迢兩夫婦，朝出暮還宿；稼
　　穡既自種，牛羊還自牧；日旰懶耕鋤，登高望川陸；空山
　　足禽獸，墟落多喬木；白馬誰家兒，聯翩相馳逐。（《全唐詩》
　　卷一三七）

寒山詩三百三首：

　　茅棟野人居，門前車馬疏，林幽偏聚鳥，谿闊本藏魚；山
　　果攜兒摘，皋田共婦鋤；家中何所有，唯有一牀書。（《全唐
　　詩》卷八〇六）

是皆工作上共勞苦，爲家庭生計而共同努力。

（二）共　樂

　　在艱困的生活裡，總偶爾會有令人感到快樂的事，並非因生活愁苦而失去了夫婦共樂的機會。如杜甫〈聞官軍收河南河北〉：

　　劍外忽傳收薊北，初聞涕淚滿衣裳；卻看妻子愁何在，漫
　　卷詩書喜欲狂；白日放歌須縱酒，青春作伴好還鄉；即從
　　巴峽穿巫峽，便下襄陽向洛陽。（《杜工部詩集》卷九）

代宗寶應元年（762）十月，天下兵馬元帥雍王率諸軍收復河北諸郡〔註11〕，距離天寶十四年（755）大亂初始，已整整七年，蔣弱六云：

───────────────

〔註11〕見《舊唐書》卷十一〈代宗紀〉。

「寇亂削平，愁懷頓釋，一時無可告訴，但目睹其妻子，至書卷無心復向，且卷而收之。二語確肖當日情狀。」〔註12〕從「卻看妻子」這一個動作，反映出經過長期亂離苦難後的詩人，乍聞勝利消息時，第一個想要與「他」分享情緒的便是妻子。「卻看」兩個字，正生動地將心中這種分享、共樂的感覺表達出來。

（三）關　懷

在詩中描寫關懷情誼最多，也最深刻的是疾病的關懷。如王建〈早春病中〉：

> 日日春風階下起，不吹光彩上寒株，師教絳服禳衰月，妻許青衣侍病夫；健羨人家多力子，祈求道士有神符；世間方法從誰問，臥處還看藥草圖。（《全唐詩》卷三○○）

一個「許」字，蘊含了妻對夫生病一事無限的關懷之意。又王建〈代故人新姬侍疾〉：

> 雙轂不回轍，子疾已在旁；侍坐長搖扇，迎醫暫下床；新施箱中幔，未洗來時妝；奉君纏綿意，幸願莫相忘。（《全唐詩》卷二九七）

「未洗來時妝」一句，正生動道出婦對夫深深的關懷。

又如白居易〈病中贈南鄰覓酒〉：

> 頭痛牙疼三日臥，妻看煎藥婢來扶；今朝似校抬頭語，先問南鄰有酒無？（《白居易集》卷三三）

杜甫〈遣悶奉呈嚴公二十韻〉中亦提到：

> 老妻憂坐痹，幼女問頭風。（《杜工部詩集》卷十一）

婦對夫疾病關懷情感的細膩、真摯，在孟郊〈病客吟〉中有著明顯的敘述：

> 主人夜呻吟，皆入妻子心；客子晝呻吟，徒爲蟲鳥首；妻子手中病，愁思不復深；僮僕手中病，憂危難獨任。（《孟東野詩集》卷三）

〔註12〕引自楊倫《杜詩鏡銓》，華正書局，頁433。

妻對夫的關懷照顧，發自於內心，無微不至，故患病的丈夫能安心養病；孟郊以僮僕照顧難免不周做為反襯，更顯示出妻對夫疾病關懷的情誼可貴。

　　除了疾病以外，唐詩中所表現的夫婦間困境中關懷情誼，更遍及生活上各種瑣事。如杜甫〈秋日夔府詠懷奉寄鄭監李賓客一百韻〉中提到：

　　　　亂離心不展，衰謝日蕭然；筋力妻孥問，菁華歲月遷。（《杜
　　　　工部詩集》卷十六）

是妻關懷夫的日漸衰老。

　　白居易〈東南行一百韻寄通州元九侍御澧州李十一舍人果州崔二十二使君開州韋大員外庾三十二補闕杜十四拾遺李十二助教外寶七校書兼投寄席八舍人〉：

　　　　況我身謀拙，逢他厄運拘；……兀兀都疑夢，昏昏半似愚；
　　　　女驚朝不起，妻怪長夜吁。（《白居易集》卷十六）

是關懷夫的心情變化、生活起居。

　　又如錢起〈送畢侍御謫居〉：

　　　　崇蘭香死玉簪折，志士吞聲甘徇節；忠藎不為明主知，悲
　　　　來莫向時人說；……自憐黃綬老纓身，妻子朝來勸隱淪；
　　　　桃花洞裡舉家去，此別相思復幾春。（《錢考功集》卷三）

是妻子發覺到丈夫在仕途上委屈、不如意的情緒，而加以關懷、體貼心意，協助丈夫早日脫離煩惱的糾纏。

　　又如白居易〈元九以綠絲布白輕裕見寄製成衣服以詩報知〉：

　　　　綠絲文布素輕裕，珍重京華手自封；貧友遠勞君寄附，病
　　　　妻親為我裁縫；袴花白似秋雲薄，衫色青於春草濃；欲著
　　　　卻休知不稱，折腰無復舊形容。（《白居易集》卷十七）

為了使丈夫得穿新衣，在病中，妻子仍殷勤為丈夫縫製衣衫，這一份關懷之情，在平易中更見其偉大。

　　表現在丈夫方面的關懷，則多出於傳統的家庭責任。如白居易〈初罷中書舍人〉：

自慚拙官叨清貴，還有癡心怕素餐，或望君臣相獻替，可圖妻子免飢寒；性疏豈合承恩久，命薄元知濟事難；分寸寵光酬未得，不休更擬覓何官。(《白居易集》卷二十)

又張謂〈讀後漢逸人傳二首〉之二中亦提到：

誓將業田種，終得保妻子。(《全唐詩》卷一九七)

杜甫〈寄岳州賈司馬六丈巴州嚴八使君兩閣老五十韻〉中亦有：

笑爲妻子累，甘爲歲時遷。(《杜工部詩集》卷六)

不管是求官仕宦、勉力耕田，其目的皆是爲了「保妻子」、「免飢寒」，這種家庭責任，使丈夫對妻的關懷雖不似妻對夫的細膩、無微不至，但卻是構成整個家庭的穩定，不僅只是精神上的關懷而已，更重要的是物質關懷。

（四）依　賴

中國人是一個很重視「家庭」的民族，家庭是個人源出的地方，成長的所在，也是最後回歸的地方。這種對家庭的依賴情感，尤其當人處於困境中，表現的更爲明顯，如李嘉祐〈送竇拾遺赴朝因寄中書十七弟〉：

自歎未霑黃紙詔，那堪遠送赤墀人；老爲僑客偏相戀，素是詩家倍益新；妻兒共載無羈思，鴛鴦同行不負身；憑爾將書通令弟，惟論華髮愧頭巾。(《全唐詩》卷二〇七)

白居易〈舟行〉：

帆影日漸高，閒眠猶未起；起問鼓枻人，已行三十里；船頭有行灶，炊稻烹紅鯉；飽食起婆娑，盥漱秋江水；平生滄浪意，一旦來遊此；何況不失家，舟中載妻子。(《白居易集》卷六)

又〈自餘杭歸宿淮口作〉：

爲郡已多暇，猶少勤吏職；罷郡更安閒，無所勞心力；舟行明月下，夜泊清淮北；豈止吾一身，舉家同燕息；三年請祿俸，頗有餘衣食，乃至僮僕間，皆無凍餒色；行行弄雲水，步步近鄉國；妻子在我前，琴書在我側；此外吾不知，於焉心自得。(《白居易集》卷八)

又〈自喜〉：

> 自喜天教我少緣，家徒行計兩翩翩；身兼妻子都三口，鶴
> 與琴書共一船；僮僕減來無冗食，資糧算外有餘錢；攜將
> 貯作丘中費，猶免飢寒得數年。（《白居易集》卷二四）

白氏〈舟行〉一詩乃憲宗元和十年（815）貶江州司馬時所作。上述
諸詩中，雖各人際遇不同，但所傳達出的情感卻是一致的：不論生活
中遭遇到多少挫折、失敗，有多少的不如意，縱使流離顛沛，居處窘
迫，但只要能和妻子在一起，再多的苦也能夠忘懷。充分流露出夫對
家庭——尤其是妻——的情感依賴。

（五）歉疚

　　唐詩中有關夫婦相處歉疚的情感，大抵是根植於對妻子愛護的情
誼上。因為對妻子的愛，對家庭責任深重，而發現自己竟不能符合期
望，或因貧窮、或因失意，於是萌生出歉疚的情感。如李白〈竄夜郎
於烏江留別宗十六璟〉：

> 君家全盛日，台鼎何陸離；斬龜翼媧皇，鍊石補天維；一
> 迴日月顧，三入鳳皇池，失勢青門傍，種瓜復幾時；猶會
> 眾賓客，三千光路岐；皇恩雪憤懣，松柏含榮滋；我非東
> 牀人，令姊忝齊眉；淚跡未出世，空名動京師；適遭雲羅
> 解，翻謫夜郎悲；拙妻莫邪劍，及此二龍隨；慚君湓波苦，
> 千里遠從之；白帝曉猿斷，黃牛過客遲；遙瞻明月峽，西
> 去益相思。（《李太白文集》卷十五）

李白又有〈贈內〉一首：

> 三百六十日，日日醉如泥；雖為李白婦，何異太常妻。（《李
> 太白文集》卷二五）

王琦注云：「白凡四娶：始娶許，終娶宗，皆相門女。」是白妻皆出
身高貴人家，而一旦嫁給嗜酒、狂放的李白，亦終無可奈何其個性。
白雖不免有歉疚感產生，卻始終不改豪放個性。

　　而李商隱娶涇原節度使王茂元女，但自己卻終生輾轉幕府，抑鬱
不得志，在大中三年（849）義山三十九歲，也就是和王氏結婚的十

二年後，寫下了這樣的文字：〔註13〕

> 生兒古有孫征虜，嫁女今無王右軍；借問琴書終一世，何
> 如旗蓋仰三分。(〈漫成五章〉之三，《李義山詩集》卷中)

義山藉著爲妻子的惋惜：不得貴夫，來自抒文士不及武將易於顯達的慨歎〔註14〕，亦是表達不得榮顯妻子，對妻子的歉疚之情。

（六）忽　略

生活的困苦，長期的家庭壓力，有時也會使丈夫產生忽略妻子的行爲，來暫時逃避這種壓力。如杜甫〈屛跡三首〉之三：

> 晚起家何事，無營地轉幽；竹光圍野色，舍影漾江流；失
> 學從兒懶，長貧任婦愁；百年渾得醉，一月不梳頭。(《杜工
> 部詩集》卷九)

元稹〈景申秋八首〉之四：

> 瓶瀉高簷雨，窗來激箭風；病憎燈火暗，寒覺薄幃空；婢
> 報樵蘇竭，妻愁院落通；老夫慵計數，教想蔡城東。(《元氏
> 長慶集》卷十五)

盧仝〈苦雪寄退之〉中亦提到：

> 冷絮刀生削峭骨，冷虀斧破慰老牙；病妻煙眼淚滴滴，飢
> 嬰哭乳聲呶呶；市頭博米不用物，酒店買酒不可賒；……
> 我死未肯興歎嗟，但恨口中無酒氣。(《全唐詩》卷三八九)

上述詩中，皆流露出夫對妻（或對整個家庭）的忽略態度，然而從前面的介紹中，我們可以發現到：其實杜甫、元稹夫妻情感十分篤切；盧仝前雖未曾提及，然綜觀其詩作，其夫婦情感似亦未惡劣到不理的程度，而此諸詩中，三人卻不約而同表現出忽略的態度，似甚奇怪。其實不然。蓋此三首詩的寫作背景，皆是貧窮愁苦的生活，這種生活的壓力，使詩人偶然產生逃避的想法，借忽略的態度來暫時擺脫煩人的生活壓力。等到情緒過後，詩人仍舊和妻子一起共樂同愁的。

〔註13〕據葉蔥奇〈李商隱年譜〉說法。

〔註14〕同註10，頁470。

（七）嫌　棄

世事的變化，並不一定都能盡如人願，而這種不如願的感覺若加以擴大，發生在夫婦間的，便是對夫（或婦）的嫌棄。如岑參〈衙郡守還〉：

> 世事何反覆，一身難可料；頭白翻折腰，還家私自笑；所嗟無產業，妻子嫌不調；五斗米留人，東谿憶垂釣。（《岑嘉州詩》卷一）

是因丈夫微官薄俸而使妻子有所嫌惡的感覺產生。

寒山詩三百三首中亦提到：

> 少小帶經鋤，本將兄共居；緣遭他輩責，剩被自妻疏；拋絕紅塵境，常遊好閱書；誰能借斗水，活取轍中魚。（《全唐詩》卷八○六）

是亦夫婦相處中的嫌棄之情。

又韋莊〈贈姬人〉：

> 莫恨紅裙破，休嫌白屋低；請看京與洛，誰在舊香閨。（《全唐詩》卷七○○）

是姬人對丈夫的貧困感到嫌棄，因此丈夫方作此詩予以慰勸。

保留在《敦煌變文》中，亦有有關夫婦間嫌棄情感的記載。〈伯三一二八〉不知名變文：

> 自家早是貧困，日受飢恓。更不料量，須索新婦，一處作活。更被妻女，說言道語，道個甚言語也：
>
> 　憶得這身待你來，交人不省傍粧臺；
>
> 　洗面河頭因擔水，梳頭坡下拾柴迴；
>
> 　煎水滓來無米煮，何時且遇有資財；
>
> 　可惜卻娘娘百疋錦，衙教這裡忍飢來。

是亦因生活貧困，而使妻子產生嫌怨的情緒。

第二節　夫婦相處情感變遷軌跡

上一節中，我們將表現在唐詩中有關夫婦的情感依際遇的順逆

不同，予以分類，從中間並發現一事實，那就是：人的情感並不是單一不變的，縱使夫婦恩愛如杜甫、元稹、白居易，也難免偶而會有逃避、不理妻子的情緒產生。面對不同的環境，會使人產生不同的情感；縱使相同的事物，在不同的時間裡面對，所產生的情感也不一定相同。因爲人是成長的個體，在每一分每一秒我們都不斷在接受外面環境所給予的刺激，或有所體會、有所改變、有所成長。而人的情感，將會隨著這些體會、改變、成長而表現出不大相同的面貌。本節即秉持著這個觀念，將唐詩中所描寫的唐人夫婦相處情感變遷狀況，作一呈現。

　　唐詩中夫婦相處情感的變遷，大致歸納，約可分成三大類：

一、由後宮待寵到恃寵而驕

　　在所有的夫婦關係中，宮中夫婦關係可說是最特殊的。前已提過，後宮佳麗不止三千之數，而君王僅有一人。在這種極不均衡的狀態下，宮中佳麗最常見的是遙遙無期的等待；若能得到君王的寵幸，則爲莫大的榮顯。如白居易〈陵園妾〉中提到：

　　　四季徒支妝粉錢，三朝不識君王面；遙想六宮奉至尊，宣
　　　徽雪夜浴堂春；雨露之恩不及者，猶聞不啻三千人。(《白居
　　　易集》卷四)

又施肩吾〈帝宮詞〉：

　　　自得君王寵愛時，敢言春色上寒枝；十年宮裡無人問，一
　　　日承恩天下知。(《全唐詩》卷四九四)

君王的恩寵既然如此難獲得，因此有些得寵的妃嬪便想盡辦法維持君王的寵愛，盧綸〈天長地久詞〉之三：

　　　辭輦復當熊，傾心奉上宮；君王若看貌，甘在眾妃中。(《全
　　　唐詩》卷二七八)

而這種爲維持自我地位的行爲，有時甚至表現出恃寵而驕的態度。如曹鄴〈恃寵〉：

　　　二月樹色好，昭儀正驕奢；恐君愛陽艷，斫卻園中花；三

十六宮女，鬢鬟各如鴉；君王心所憐，獨自不見瑕；臺上
紅燈盡，未肯下金車；一笑不得所，塵中悉無家；飛燕身
更輕，何必恃容華。(《全唐詩》卷五九二)

是因懼怕寵愛爲他人奪走而產生的驕妒之心。表現的雖是恃寵而驕的
行爲，而其本心，卻頗爲可憐，畢竟宮中夫婦的情誼是「用不用，唯
一人」〔註15〕，後宮佳麗所以恃寵驕妒，和此種不平等的地位有很大
的關係。

　　除了因懼寵愛被奪，而對其他宮人產生驕妒排擠的情感外，因帝
王的寵愛，使得寵的妃嬪，或因此表現出嬌怠的行爲，如徐賢妃〈進
太宗〉：

朝來臨鏡臺，妝罷暫裴回；千金始一笑，一召詎能來。(《全
唐詩》卷五)

《唐詩紀事》卷三載：「長安崇聖寺有賢妃粧殿。太宗曾召妃，久不
至，怒之，因進詩。」又張籍〈吳官怨〉中亦有：

吳王醉後欲更衣，座上美人嬌不起。(《張籍詩注》卷一)

帝王召遲至，不肯服侍君王更衣，是皆恃寵而嬌的行爲。

二、由甜蜜相依到怨恨離別〔註16〕

　　這種夫婦相處情感由甜蜜相依到怨恨離別的現象，多發生在富貴
人家中。又可分爲兩種情形：

（一）貧賤相依，富貴怨離

　　如張潮〈江風行〉；「婿貧如珠玉，婿富如埃塵；貧時不忘舊，富
日多寵新。」詩中所表現的，正是夫妻相處，因貧富的不同，而使丈
夫對妻子的態度由珍愛相依，到嫌棄背離。又如名爲李白所作的〈寒
女吟〉中亦有：

昔君布衣時，與妾同辛苦；一拜五官郎，便索邯鄲女。(《全

〔註15〕李咸用〈春宮詞〉，《全唐詩》卷六四四。
〔註16〕此應屬下章討論範圍，以其乃情感變遷類型中頗爲重要之一型，故
　　　　移挪至此略論之，詳見下章探究。

唐詩續補遺》卷四）

是皆此類。

（二）寵在相依，寵去怨離

如元稹〈代九九〉中提到：

> 昔年桃李月，顏色共花宜；迴臉蓮初破，低蛾柳並垂；望
> 山多倚樹，弄水愛臨池；遠被登樓識，潛因倒影窺；隔林
> 徒想像，上砌轉逶迤；謾擲庭中果，虛攀牆外枝；強持文
> 玉佩，求結麝香縭；阿母憐金重，親兄要馬騎；把將嬌小
> 女，嫁與冶遊兒；……纔學羞兼妒，何言寵便移；青春來
> 易皎，白日誓先虧；僻性嗔來見，邪行醉後知；別床鋪枕
> 席，當面指瑕疵；妾貌應猶在，君情遽若斯。

當喜愛時，千方百計以求取；而當愛寵之意一過，卻又生嫌惡之心。
「妾貌應猶在，君情遽若斯」說明這種情感的轉變，完全是丈夫愛寵
情感發生改變，和婦容並沒有關係的啊！

又李端〈妾薄命〉：

> 憶妾初嫁君，花鬟如綠雲；迴燈入綺帳，轉面脫羅裙；折
> 步教人學，偷香與客熏；容顏南國重，名字北方聞；一從
> 失君意，轉覺身顦顇；對鏡不梳頭，倚窗空落淚；新人莫
> 恃新，秋至會無春；從來閉在長門者，必是宮中第一人。（《全
> 唐詩》卷二八四）

長孫佐輔〈對鏡吟〉：

> 憶昔逢君新納聘，青銅鑄出千年鏡；意憐光彩固無瑕，義
> 比恩情永相映；每將鑒面兼鑒心，鑒來不輅情逾深。君非
> 結心空結帶，結處尚新恩已背；開簾覽鏡悲難語，對門相
> 看孟門阻；掩匣徒慚雙鳳飛，懸臺欲效孤鸞舞；昔日照人
> 來共許，今朝照罷自生疑；鏡上有塵猶可拂，君恩詎肯無
> 迴時。（《全唐詩》卷四六九）

是不論新婚時夫婦如何地情感眞摯，一旦丈夫恩情衰歇、背離，妻婦
只有淪落到被棄、怨恨的命運了。

以上諸詩，皆是詩人假託情感以爲抒寫。描寫親身感受的則有江

妃的一首〈謝賜珍珠〉：

> 桂葉雙眉久不描，殘妝和淚污紅綃；長門盡日無梳洗，何
> 必珍珠慰寂寥。（《全唐詩》卷五）

據曹鄴《梅妃傳》載：「梅妃姓江氏，莆田人。……開元中，高力士
使閩粵，妃笄矣，見其少麗，選歸侍明皇，大見寵幸。長安大內、大
明、興慶三宮，東都大內、上陽兩宮，幾四萬人，自得妃，視如塵土，
宮中亦自以為不及妃。……會太真楊氏入侍，寵愛日奪，上無疏意，
而二人相疾，避路而行。上嘗方之英、皇，議者謂廣狹不類，竊笑之。
太真忌而智，妃性柔緩，亡以勝，後竟為楊氏遷於上陽東宮。……上
在花萼樓，會夷使至，命封珍珠一斛密賜妃，妃不受，以詩付使者。」
原本甜蜜相依的情感，後因他人介入，致使愛寵見奪；而楊貴妃的善
妒，恃寵而驕，竟使不得與君見面，江妃的怨恨，在〈謝賜珍珠〉一
詩中，纖纖地表現出來。此雖為傳奇小說，可信度堪疑，但作者曹鄴
本是唐人，故事不一定是真，而這種夫婦情感由甜蜜相依至怨恨離別
的變遷情況卻是存在的。

三、由眞摯相守到永恆相依

　　由真摯相守到永恆相依的夫婦相處情感變遷，換句話說就是夫
婦情感的永恆真摯，並不隨著時間的改變而有所改異。這種真摯、永
恆的夫婦相處情感，以杜甫和白居易兩人最具代表性。

（一）杜甫（712～770）

　　杜甫一生貧困，早在天寶十四載十月初，安史之亂將起未起之
際，即有「老妻寄異縣，十口隔風塵」、「入門聞號咷，幼子飢已卒」
〔註17〕等貧困難當的詩句。等到安史之亂起，更是貧困不堪，最後更
以飢食過飽而卒〔註18〕。貧困的生活，使反映在詩中杜甫夫婦相處的

〔註17〕〈自京赴奉先縣詠懷五百字〉，《杜工部詩集》卷三。
〔註18〕《舊唐書》卷一九〇〈文苑傳下〉：「甫嘗遊嶽廟，為暴水所阻，旬日
　　　　不得食。耒陽聶令知之，自棹舟迎甫而還，永泰二年，啗牛肉白酒，
　　　　一夕而卒於耒陽。」《新唐書》卷二〇一亦有如是語。然或以此出於

情誼幾乎全是貧苦相依，共樂同愁的情感。

　　歷來研究杜詩者頗多，繫年的工作亦頗爲完備，今則依前人繫年，按年代先後，將杜詩中有關夫妻相處情感的詩作作一排列，以期展現出在一連串的悲苦生活中，杜甫夫妻相處情感的變遷情形：

〔註19〕

　　肅宗乾元二年（759），年四十八。

　　　曬藥能無婦，應門幸有兒。（〈秦州雜詩二十首〉，《杜工部詩集》卷六。以下但明卷數）──關懷（妻對夫）

　　　笑爲妻子累，甘與歲時遷。（〈寄岳州賈司馬六丈巴州嚴八使君兩閣老五十韻〉，卷六）──關懷（夫對妻）

　　　歇鞍在地底，始覺所歷高；往來雜坐臥，人馬同疲勞；浮生有定分，飢飽豈可逃；歎息謂妻子，我何隨汝曹。（〈飛仙閣〉，卷七）──明：歎疲（夫對妻）；暗：共愁

　　上元元年（760），年四十九。

　　　老妻畫紙爲棋局，稚子敲針作釣鉤。（〈江村〉，卷七）──共樂。

　　上元二年（761），年五十。

　　　晝引老妻乘小艇，晴看稚子浴清江。（〈進艇〉，卷八）──共樂。

　　　強將笑語供主人，悲見生涯百憂集；入門依舊四壁空，老妻睹我顏色同。（〈百憂集行〉，卷八）──共愁。

　　代宗寶應元年（762），年五十一。

　　　失學從兒懶，長貧任婦愁；百年渾得醉，一月不梳頭。（〈屏跡三首〉之二，卷九）──逃避（夫對家庭）

　　　劍外忽傳收薊北，初聞涕淚滿衣裳；卻看妻子愁何在，漫卷詩書喜欲狂。（〈聞官軍收河南河北〉，卷九）──共樂

　　　小說家言，不可信。雖如此，但據元稹〈唐故檢校工部員外郎杜君墓係銘幷序〉中所言，杜甫死後四十餘年，其孫方有能力將之歸葬，其家之貧困可見於一般。

〔註19〕有關杜甫夫婦分離時的情感，留待下章中討論，此處暫略之。

廣德元年（763），年五十二。

偶攜老妻去，慘澹臨風煙。（〈寄題江外草堂〉，卷十）——
共樂。

廣德二年（764），年五十三。

老妻憂坐痺，幼女間頭風。（〈遣悶奉呈嚴公二十韻〉，卷十一）
——關懷（妻對夫）

何日干戈盡，飄飄愧老妻。（〈自閬州領妻子卻赴蜀山行三首〉
之二，卷十一）——期盼共樂

大歷二年（767），年五十六

亂離心不展，衰謝日蕭然；筋力妻孥問，菁華歲月遷。（〈秋
日夔府詠懷奉寄鄭監李賓客一百韻〉，卷十六）——關懷

妻兒待我且歸去，他日仗藜來細聽。（〈別李秘書始興寺所
居〉，卷十六）——依賴

大歷五年（770），年五十九，杜甫去世。

從上面的排列中，可以發現到：安史之亂雖然使杜甫原本貧困的生
活更加難過，但相聚時杜甫夫妻情感卻是緊密相依相守，互相關
懷。亂離只有使他們更關懷對方，終達到永恆相依的最深情感表
現。

（二）白居易（772～846）

在現存所有描述夫婦相處情感的詩作中，以白居易的創作為最
多。從新婚一直到老年相處，白氏近四十年的婚姻生活﹝註20﹞，點點
滴滴呈現在詩中，在唐代所有描寫夫婦相處情感的詩作中，表現得最
完整、最真實，而白氏夫妻四十年和樂的婚姻，實為夫婦相處情感永
恆相依類型的最佳典範。

後人對白詩研究，雖比不上杜詩眾多，詩作繫年亦頗缺漏，但亦
可因此看出白氏夫妻相處情感與時間的關係：

﹝註20﹞白居易三十六歲和楊氏結婚，至七十五歲白氏卒，共歷整整三十九
年婚姻生活。

憲宗元和二年（807），年三十六，取楊虞卿從妹爲妻〔註21〕。元和三年（808），年三十七。

> 生爲同室親，死爲同內塵；他人尚相勉，而況我與君。
> 黔婁固窮士，妻賢忘其貧；冀缺一農夫，妻敬儼如賓；
> 陶潛不營生，翟氏自爨薪；梁鴻不肯仕，孟光甘布裙；
> 君雖不讀書，此事耳亦聞；至此千載後，傳是何如人；
> 人生未死間，不能忘其身，所須者衣食，不過飽與溫；
> 蔬食足充飢，何必膏梁珍；繒絮足禦寒，何必錦繡文；
> 君家有貽訓，清白遺子孫；我亦貞苦士，與君新結婚；
> 庶保貧與素，偕老同欣欣。（〈贈內〉，《白居易集》卷一。以
> 下簡明卷數）──是白居易與楊氏新婚之初，即懷抱有眞
> 摯相守，安貧樂道的婚姻誓願，並以此勉勵楊氏：「庶保
> 貧與素，偕老同欣欣」。

元和十年（815），年四十四。貶江州司馬。

> 何況不失家，舟中載妻子。（〈舟行〉，卷六）──依賴

元和十一年（816），年四十五。在江州司馬任。

> 女驚朝不起，妻怪長夜吁。（〈東南行一百韻〉，卷十六）
> ──關懷（妻對夫）

元和十三年（818），年四十七。十二月，遷忠州刺史。

> 銀印可憐將底用？只堪歸舍嚇妻兒。（〈初著刺史緋答友人見贈〉，卷十七）

元和十四年（819），年四十九。在忠州刺史任。

> 倉粟餧家人，黃縑裹妻子（〈南賓郡齋即事寄楊萬州〉，卷十一）
> ──有關懷之意。

穆宗長慶二年（822），年五十一。七月，自中書舍人除杭州刺史。

> 或望君臣相獻替，可圖妻子免飢寒。（〈初罷中書舍人〉，卷二十）──關懷。

〔註21〕據顧學頡〈白居易年譜簡編〉說法，參見《白居易集》，里仁書局，頁 1600。

長慶四年（824），年五十三。五月，杭州刺史任期滿，離杭，除太子右庶子。

　　豈止吾一身，舉家同燕息。……妻子在我前，琴書在我側。（〈自餘杭歸宿淮口作〉，卷八）——依賴

敬宗寶曆二年（826），年五十五。秋，以眼病久，免郡事。

　　妻兒不問唯耽酒，冠蓋皆慵只抱琴。（〈詠懷〉，卷十六）——忽略。居易晚好釋道，於此已現其心。

文宗大和二年（828），年五十七。

　　尚有妻孥累，猶爲組綬纏。（〈新昌新居書事四十韻因寄元郎中張博士〉，卷十九）——關懷（夫對妻）

　　妻孥及僕使，皆免寒與飢。（〈和我年三首〉，卷二二）——關懷（夫對妻）

　　猶被妻兒教漸退，莫求致仕且分司。（〈戊申歲暮詠懷三首〉之一，卷二七）——關懷（妻對夫）

大和三年（829），年五十八。春，稱病，免歸，以太子賓客分司東都。

　　皆吾所好，盡在吾前；時飲一杯，或吟一篇；妻孥熙熙，雞犬閑閑；優哉游哉，吾將終老乎其間。（〈池上篇〉，卷三八）——共樂

太和八年（834），年六十三。

　　劉妻勸諫夫休醉，王姪分疏叔不疑。（〈家釀新熟每嘗輒醉妻姪等勸令少飲因成長句以論之〉，卷三一）——關懷（妻對夫）

大和九年（835），年六十四。

　　我今幸雙遂，祿仕兼遊息；未嘗羨榮華，不省勞心力；妻孥與婢僕，亦免愁衣食；所以吾一家，面無憂喜色。（〈詠懷〉，卷二九）——近似共樂

開成三年（838），年六十七。

　　老妻老相對，各坐一繩床。（〈三年除夜〉，卷三六）——有分享之意。

　　武宗會昌二年（842），年七十一。罷太子少傅，以刑部尚
書致仕。

　　山妻未舉案，饑叟已先嘗。憶同牢卺初，家貧共糟糠；
　　今食且如此，何必烹豬羊；況觀姻族間，夫妻半存亡；
　　偕老不易得，白頭何足傷。（〈二年三月五日齋畢開素當食偶
　　吟贈妻弘農郡君〉，卷三六）──此詩敘老年夫妻間和樂的景
　　象，並對夫妻得相偕老而感到欣慰。

　　妻孥不悅甥姪悶，而我醉臥方陶然。（〈達哉樂天行〉，卷三
　　六）──忽略（夫對妻）

　　扶持仰婢僕，將養信妻兒。（〈對酒閒吟贈同老者〉，卷三六）
　　──依賴（夫對妻）

　　會昌六年（846），年七十五。

　　夫妻偕老日。（〈自詠老身示諸家屬〉，卷三七）

由此繫年的詩作中可以發現：在新婚之初，白氏即懷抱著「庶保貧與
素，偕老同欣欣」的誓願與妻子共勉，而後四十年的婚姻生活中，際
遇雖有順逆的不同，有苦也有樂，但是白氏夫婦相處的情感卻始終真
摯如一。而白氏晚年醉心浮屠，與僧徒往返，自號香山居士〔註22〕，
對其家居生活自不無產生影響，但白氏終究僅是「在家出家」〔註23〕，
對於夫婦能白頭偕老一事，頗為自得。是在其心中，夫婦永恆相依的
情感實在不是他物所能替代的。白居易的婚姻生活，實是由真摯相守
到永恆相依夫婦相處情感類型的典範。〔註24〕

第三節　綜合觀察

　　從唐人有關夫婦相處情感的詩作呈現中，可以歸納得到四大特
性：

〔註22〕詳見《舊唐書》卷一六六、《新唐書》卷一一九〈白居易傳〉。
〔註23〕此乃白居易詩作之題目，此借以為說。
〔註24〕白居易有關描寫己身夫妻相處情誼的詩作，除了上述繫年的十九首詩
　　　　作外，尚有待考寫作年代的詩作二十六首，所表現出的亦是夫婦真摯
　　　　相守，永恆相依，相互關懷的相處情感，此但省略，不再一一摘錄。

一、情感以敬重、恩愛爲主

夫婦相處，雖然境遇有順也有逆；表現的情感有同樂同愁、關懷分享，也有仇讎、背離，然而綜觀詩人的吟詠，主要集中在夫婦間相互敬重、恩愛情感的呈現上，且所抒發的，多半是詩人己身的經驗；對夫婦相處時仇讎、怨離的情感，不但儘量不提，縱使提及，亦多以他人代作的方式表達，幾乎不以己身經驗爲內容，且其中或含有對恩愛情感的追求或歌頌，而借此以爲反襯的。

二、地位以夫尊婦卑爲主

唐代雖因風氣開放，女子有較多爭取與男子平等的機會，然而表現在詩中，大致上仍是夫尊婦卑地位的呈現：在夫對婦方面，或爲「莫取婦兒言」、「莫信妻兒說短長」的輕視忽略；或爲「使婦提蠶筐」〔註25〕、「叫婦開大瓶」〔註26〕、「喚婦呼兒索酒盆」〔註27〕的使喚對待；而「用不用，唯一人」、「男子百行、婦人一志」的觀念，在一些描述怨離情感的詩作中，更是清楚的呈現。在婦對夫方面，或爲「嫁得浮雲婿，相隨即是家」〔註28〕的順從；或流露出「託身天使然，同生復同死」的貞節意識；而更多的關懷、依戀，則在詩中普遍的呈現，是皆表現出婦以夫爲主、爲天，地位的較卑下。而有關妻凌越丈夫的，除了中宗朝優人〈迴波詞〉一首，以爲嘲戲外，幾乎找不到其他相關詩句。是社會上婦女地位的提昇，妻凌制丈夫、悍妒的情形雖屢見記載，然而在唐代詩人的吟詠中，卻不喜引爲提材，反映出詩人心中所抱持的觀念態度，仍是根植於傳統的。

〔註25〕儲光羲〈同王十三維偶然作十首〉之三，《全唐詩》卷一三七。
〔註26〕杜甫〈遭田父泥飲美嚴中丞〉，《杜工部詩集》卷九。
〔註27〕杜牧〈哭韓綽〉，《樊川文集》卷三。
〔註28〕元稹〈贈柔之〉，《全唐詩》卷四二三。本詩不見錄於《元氏長慶集》中。

三、表現以夫妻間的情感爲主

　　在夫婦情感中，因角色身份的不同，可以細別爲夫與妻、夫與妾兩類。而在這兩類中，詩人的表現大多數集中在夫妻情感一類上；對夫妾間的情感吟詠的不但少，且幾乎全偏重在順境時的同樂、關懷上，此和詩人歌詠夫妻情感，平均表現在順、逆兩種境遇中，是完全不同的。詩以言志，由此可以看出，雖然唐人納妾的現象十分普遍，然而在詩人心中，夫妻間的情感才是最深刻的。此種感覺在患難之中更爲明顯。是顯現妻、妾在丈夫心中分量的重輕有別。

四、情感的表現恩愛與否，並不因社會的榮衰而有明顯　　的轉變

　　大唐帝國的國勢，可以安史之亂作一劃分，前半段帝國鼎盛，社會富庶繁榮，人民生活安定；後半段顛沛於戰亂中，飽受戰禍威脅，國勢衰微。這種盛衰的外在環境差異，雖或使夫婦怨離的詩作有增加的現象，但是絕大多數的詩歌，所表現的仍是夫婦間禍福與共、相互敬重、恩愛的情感。是詩中所呈現的情感恩愛與否，並不因社會的榮衰而有明顯的轉變。

　　自古以來，中國人便以夫婦之道，爲人倫的開始，天地的大義，因此所注重的是一種恆永穩固的關係維持，主張「夫天婦地」、夫尊婦卑的相處關係，絲毫不帶任何激情浪漫的。唐代社會，風氣雖然開放自由，男女莫不追求盡情盡性的生活，但是反映在詩中夫婦相處的情誼，卻是那般地深情依戀，此在妻子方面尤其明顯：共樂、同愁、分享、關懷，呈現出的是對家庭內，彼此生活的關照和責任，帶有很深濃的傳統禮教觀念，平實、安穩，少見浪漫激情。在唐人追求浪漫自由的作風中，這一個現象的存在，是頗值得注意的。

第四章　唐詩中夫婦分離情誼的探討

　　接著上一章探究唐詩中夫婦相處的情感之後，本章將繼續探討表現在唐詩中夫婦分離的情感。本章所謂的夫婦分離，乃是指在婚姻關係存在時，夫婦因事故而導致分居兩地的分離現象。著重的是婚姻關係的存在，因此死亡、離婚等皆不在此範圍內；又夫婦或因他人豪奪而分離，日後縱使得以復合，但當婦別嫁時，夫或婦所作的篇什，以當時兩人的婚姻關係已不存在，故亦不在本章的研究範圍內。是本章所探究的對象，乃單純婚姻關係存在時，有關描寫夫婦生離情感的詩篇。

第一節　臨別的情感

　　現實的婚姻生活中，潛藏了許多可能造成夫婦分離的肇因。而當這些肇因中的一個降臨婚姻生活中，使夫婦必須面對分離的命運時，所產生的臨別情感，因人、事、時的不同，而有不同的反應和表現。而這些反應和表現出來的情感，約可概分為慷慨豪邁和憂傷哀怨兩大類型。

一、慷慨豪邁

　　慷慨豪邁的夫婦臨別情感，僅偶爾在丈夫方面表現出來。如鮑溶

〈壯士行〉：

> 西方太白高，壯士羞病死；心知報恩處，對酒歌易水；沙
> 鴻嘷天末，橫劍別妻子；蘇武執節歸，班超束書起；山河
> 不足重，重在遇知己。（《全唐詩》卷四八五）

又崔涯〈俠士詩〉：

> 太行嶺上二尺雪，崔涯袖中三尺鐵；一朝若遇有心人，出
> 門便與妻兒別。（《全唐詩》卷五〇五）

夫婦的分別，是為了追求理想，心願的實現，這種強烈的追求態度，遂使得丈夫心中完全感受不到夫婦分別的愁苦，而代之以慷慨豪邁的氣度。這種情感的表現，在唐代的戰爭詩中最為常見，尤其是初唐的戰爭詩，籠罩在功名的誘惑、報恩的心理和愛國的情懷下[註1]，「丈夫期報主，萬里獨辭家」[註2]，「君望功名歸」[註3]，雖或不曾明言夫對夫婦分離一事所表現的情感，但其慷慨豪邁，妻兒何足顧的心態卻溢於詩外。

二、憂傷哀怨

自古多情傷別離，更何況是誓願「生同衣衾，死共棺槨」、「在天願為比翼鳥，在地願為連理枝」的夫婦分離，因此反映在詩中，雖或有丈夫慷慨豪邁、熱衷追求功名，妻兒不足顧的分離情感表現，但畢竟只是少數；且唐自安史亂起以後，國勢飄搖，兵馬倥傯，反映在唐代戰爭詩中，多有悲痛感傷的基調[註4]。夫婦的分離，雖或是一種理想的追求，但更多的卻是憂傷哀愁的情感，此在臨別時即有如是的表現。

在離家仕宦方面，如李白〈別內赴徵三首〉：

> 王命三徵去未還，明朝離別出吳關；白玉高樓看不見，相

〔註 1〕此據洪讚老師《唐代戰爭詩研究》之歸納說法，見是書頁 72～75，
　　　　文史哲出版社出版。
〔註 2〕鄭愔〈塞外三首〉之一，《全唐詩》卷一〇六。
〔註 3〕白居易〈續古詩十首〉之一，《白居易集》卷二。
〔註 4〕同註 1，頁 406。

思須上望夫山。

出門妻子強牽衣，問我西行幾日歸；歸時儻佩黃金印，莫
學蘇秦不下機。

翡翠爲樓金作梯，誰人獨宿倚門啼；夜泣寒燈連曉月，行
行淚盡楚關西。（《李太白文集》卷二五）

此三首詩究竟作於何時，已不可考，以李白豪邁狂放的個性，然而表
現在夫婦分離情感方面，卻仍是兒女情長，幽思綿邈，有丈夫的無奈、
擔心：「王命三徵去未還，明朝離別出吳關」、「歸時儻佩黃金印，莫
學蘇秦不下機」；也有妻子的依依不捨和濃厚的相思情誼：「出門妻子
強牽衣，問我西行幾日歸」、「誰人獨宿倚門啼」、「行行淚盡楚關西」。
又如房千里〈寄妾趙氏〉：

鸞鳳分飛海樹秋，忍聽鐘鼓越王樓；只應霜月明君意，緩
撫瑤琴送我愁；山遠莫教雙淚盡，雁來空寄八行幽；相如
若返臨邛市，畫舸朱軒萬里遊。（《全唐詩》卷五一六）

〈序〉云：「余初上第，游嶺徼，有進士章滂者，自南海邀趙氏而來，
爲余妾。西上京都，調于天官，余乃與趙別，約中秋爲會期，趙極悵
戀，余乃抒詩寄情。」通篇詩中，表現出趙氏依依不捨的離情和房千
里的關懷深情，「送我愁」、「雙淚盡」，是皆憂傷的分離情感表現。又
如薛逢〈鑷白曲〉中提到：

前年依亞成都府，月請俸緡六十五；妻兒骨肉愁欲來，偏
梁閣道歸得否；長安六月塵互天，池塘鼎沸林欲燃；合家
慟哭出門送，獨驅匹馬陵山巓。（《全唐詩》卷五四八）

薄俸苦險地，使妻兒雖面對繁華的外在環境卻渾如不知，牽掛於夫、
父即將面臨的苦境，表現出「慟哭出門送」極哀傷的離別情誼。同類
型的尚有陳季卿的一首〈別妻〉：

月斜寒露白，此夕去留心；酒至添愁飲，詩成和淚吟；離
歌悽鳳管，別鶴怨瑤琴；明月相思處，秋風吹半衾。（《全唐
詩》卷八六八）

夫婦本應「生同衾」，然不料卻因進京赴舉而長久分離，於是陳氏有

「半衾」之歎。此詩出於《太平廣記》之記載〔註5〕，詩中充滿淒涼的憂苦離緒，雖有「怨瑤琴」「怨」字，但多的卻是相思情愁。而表現離別愁怨情感最爲明顯的，該屬杜羔妻趙氏的〈雜言寄杜羔〉一詩：

> 君從淮海遊，再過蘭杜秋；歸來未須史，又欲向梁州；梁州秦嶺西，棧道與雲齊；羌蠻萬餘落，矛戟自高低；已念煢僑侶，復慮勞攀躋；丈夫重志氣，兒女空悲啼；臨邛滯遊地，肯顧濁水泥；人生賦命有厚薄，君但遨遊我寂寞。(《全唐詩》卷七九九)

是丈夫因仕宦的關係，頻頻離家外出，轉徙於各地。面臨這樣的分離，趙氏除了憂慮外，更多的卻是怨悲的情懷：「君但遨遊我寂寞」，對這種人生不公平的境遇，發出內心最深刻的怨悲情感。

以上皆宦途順利時，因離家仕宦而產生的夫婦分離情感。然人生際遇因人而異，或能終身無慮，平步青雲；或有因事忤上官，而致貶謫遭難的，如韓愈〈赴江陵途中寄贈王二十補闕李二十六員外翰林三學士〉詩中亦有生動的描寫：

> 中使臨門遣，傾刻不得留；……弱妻抱稚子，出拜忘慚羞；僶俛不回顧，行行詣連州；朝爲青雲士，暮作白頭囚。(《朱文公校昌黎先生集》卷一)

德宗貞元十九年（803）十二月，韓愈以天旱人饑，奏請停徵京兆府稅錢及田租〔註6〕，並論宮市〔註7〕，狀疏上後，爲倖臣所讒，貶爲連山陽山令，此詩即二年後量移江陵法曹參軍時，追述前事而作。「中使臨門遣，傾刻不得留」，正道出當時權貴人士憎惡韓愈之深，必立去之而後快。面對這種倉卒的分離，使嬌弱的妻子出拜送別，根本忘卻了應有的愧恥，而丈夫的「僶俛不回顧」，更道出了此行的悲哀與

〔註5〕見《太平廣記》卷七四，此在第一節中已略有敘述。
〔註6〕見《朱文公校昌黎先生集》卷三七，〈御史臺上論天旱人飢狀〉。
〔註7〕此據宋洪興祖〈韓子年譜〉所載立說，疏今不傳。見馬曰璐輯《唐韓柳年譜》卷四，臺灣商務印書館。

憂傷之情。是夫婦臨別憂愁不捨之離情，藉一二動作，深刻地表現了出來。是遭難、貶謫時的夫婦分離，比順境時離家仕宦的分離哀傷，有更激動、明顯的行為表現；順境的離家，多的只是不捨的情誼，「流淚」、「強牽衣」是一種捨不得的情感表現；而遭難的分別，卻有生離死別的哀慟，因此所表現的行為，或奔走營救，或出拜忘慚羞，已不若前之含蓄，蓋乃時勢所逼而致。

　　而在應調征戍方面，戰役的紛繁與死傷的慘重：「十人九人死」「一半多不還」，使應調征戍的士卒夫婦分別，充滿了哀傷淒涼的景象。這種情形，尤其以安史之亂起以後，中晚唐的社會最為明顯〔註8〕。如杜甫〈兵馬行〉：

> 車轔轔，馬蕭蕭，行人弓箭各在腰，耶孃妻子走相送，塵埃不見咸陽橋；牽衣頓足闌道哭，哭聲直上干雲霄。（《杜工部詩集》卷一）

朱鶴齡注杜詩，以為此乃「玄宗季年，窮兵吐蕃，徵戍繹騷內郡幾遍。當時點行，愁怨者不獨征南一役，故公托為征夫自愬之詞，以譏切之。」〔註9〕錢謙益更明白地說明：「天寶十載，鮮于仲通討南詔蠻，士卒兵者六萬，制大募兩京及河南北兵以擊南詔，人莫肯應。楊國忠遣御史分道捕人，枷送軍所。」〔註10〕前役之中，全軍覆沒，後役徵調，是以被徵調的士卒與家人，莫不悲哀至極，這種離情，在杜甫筆下道來，「牽衣頓足闌道哭，哭聲直上干雲霄」，是何等淒厲的慟別！而杜甫另一稍晚的詩作〈垂老別〉中，對這種明知此去必不還的生離情感，有著更慘痛壯烈的描寫：

> 四郊未寧靜，垂老不得安；子孫陣亡盡，焉用身獨完；投杖出門去，同行為辛酸；幸有牙齒存，所悲骨髓乾；男兒

〔註8〕可參考黃麟書《唐代詩人塞防思想》（九龍：造陽文學社出版）及洪讚《唐代戰爭詩研究》二書中有關之描述。

〔註9〕見朱注《杜工部詩集》卷一，中文出版社景印清康熙九年金陵葉永茹刊本，頁166。

〔註10〕錢謙益《牧齋初學集》卷一〇九，〈讀杜二箋上〉，文海出版社。

　　　　既介冑，長揖別上官；老妻臥路啼，歲暮衣裳單；孰知是
　　　　死別，且復傷其寒；此去必不歸，還聞勸加餐；土門壁甚
　　　　厚，杏園度亦難；勢異鄴城下，縱死時猶寬；人生有離合，
　　　　豈擇衰老端；憶昔少壯日，遲回竟長歎；萬國盡征戍，烽
　　　　火被岡巒；積屍草木腥，流血川原丹；何鄉爲樂土，安敢
　　　　尚盤桓；棄絕蓬室居，塌然摧肺肝。(《杜工部詩集》卷五)

首八句中，將老兵既無奈又慷慨壯烈赴征之狀，生動的表現出來；自
「老妻臥路啼」以下六句，將臨別夫妻繾綣難捨之情，藉生活起居、
寒飽的關心，細膩的反應；土門以下，既寬慰其妻，又寬慰自己，而
終不得不決絕分離。蔣弱六以爲〔註11〕：「通首心事，千迴百折，似
竟去又似難去。至土門以下，一一想到，尤肖老人聲吻。」本欲慷慨
赴國難，然臨別情卻難。通篇之中，盈溢著淒涼壯烈、深度悲傷的夫
婦分離情感。

　　描寫這種夫婦因征戰而分別的臨別情感，尚有孟郊〈征婦怨〉：
〔註12〕
　　　　良人昨日去，明月又不圓；別時各有淚，零落青樓前；君
　　　　淚濡羅巾，妾淚滿路塵；羅巾長在手，今得隨妾身；路塵
　　　　如得風，得上君車輪。(《孟東野詩集》卷二)

是以「淚」爲主題抒寫夫婦臨別的情感。又李廓〈雞鳴曲〉：
　　　　星稀月沒上五更，膠膠角角雞初鳴；征人牽馬出門立，辭
　　　　妾欲向安西行；再鳴引頸簷頭下，月中角聲催上馬；縷分
　　　　地色第三鳴，旌旗紅塵已出城；婦人上樓亂招手，夫婿不
　　　　聞遙哭聲；長恨雞鳴別時苦，不遣雞栖近窗戶。(《全唐詩》
　　　　卷四七九)

是藉雞鳴，引出征人出征的早和急：一鳴牽馬別，再鳴催上馬，三鳴
已出城。快得讓離別的人兒無訴說離情的機會，一個「婦人上樓亂招
手」「亂」字，正點出初別時妻子心中的茫然、不捨的情誼；「夫婿不

〔註11〕此引自《杜詩鏡銓》所錄者，頁224。
〔註12〕一作轟夷中詩，唯轟詩之排列和孟詩不大相同，名之曰〈雜怨〉。

聞遙哭聲」，透露了多少的心酸苦楚；末句「不遣雞栖近窗戶」，更從側面著筆，道出閨婦的愁怨，情何以堪！

施肩吾的〈古別離二首〉之二中，則直接將潛藏在心中，造成應調征戍戍卒家人臨別感傷的原因表達出來：

> 老母別愛子，少妻送征郎；血流既四面，乃一斷二腸；不愁寒無衣，不怕飢無糧；惟恐征戰不還鄉，母化爲鬼妻爲孀。（《全唐詩》卷四九四）

牽衣頓足哭、勉力加餐飯，憂愁衣裳單，此數種詩中表現的夫婦臨別情感，至此則一語道破；其實真正最讓他們擔心、難過的，是怕一去不還啊！是離別時的憂傷愁苦，以應調征戍者的表現爲最強烈、深厚。

因丈夫貴遊、喜新厭舊而產生的夫婦分離情感，在初分別時，或表現出不能置信、憂傷痛怨的心情。如戴叔倫〈後宮曲〉：

> 初入長門宮，謂言君戲妾；寧知秋風至，吹盡庭前葉。（《全唐詩》卷二七四）

是初始別離時不能置信的情感態度。

又元稹〈苦樂相倚曲〉：

> 古來苦樂之相倚，近於掌上之十指；君心半夜猜恨生，荊棘滿懷天未明；漢成眼瞥飛燕時，可憐班女恩已衰；未有因由相決絕，猶得半年伴暖熱；轉將深意諭旁人，緝綴瑕疵遣潛説；一朝詔下辭金屋，班姬自痛何倉卒；呼天撫地將自明，不悟尋時暗銷骨；白首宮人前再拜，願將日月相輝解；苦樂相尋晝夜間，燈光那有天明在；主今被奪心應苦，妾奪深恩初爲主；欲知妾意恨主時，主今爲妾思量取；班姬收淚抱妾身，我曾排擯無限人。（《元氏長慶集》卷二三）

在此首詩的前半段，正反映出初被棄妃嬪心中無法置信、怨恨愁苦的情緒：「呼天撫地將自明」。而後藉一白首宮人之口，道出宮中這種寵移愛奪的現象本是平常，昔日今日，皆同一翻版。初分離的怨痛和久分別的情緒冷靜，正由此得到表現。而劉駕〈效古〉中，則表達出舊

人愛被奪後的由衷之言：

> 融融芳景和，杳杳春日斜；嬌嬌不自持，清唱囀雙蛾；終
> 曲翻成泣，新人下香車；新人且莫喜，故人曾如此；燕趙
> 猶生女，郎豈有終始。（《全唐詩》卷五八五）

新人下香車，正是舊人失寵時，一句「郎豈有終始」，道出了舊人面
臨寵移愛奪的夫婦分離情形時，既妒且恨的憂傷情懷。

　　人的情感發展，必有一脈絡可尋，本節僅撮其初始的情感，明
其源頭表現，至於日後情感，則留待下節中討論。唯現存唐詩中描
寫夫婦臨別情感的作品數量極少，約僅二十餘首〔註13〕而已，且所描
述的內容性質差異頗大，故本節的歸納分類，不免流於證據過少。
然本節所以分析獨立出來，本即為明其初始情感，目的在於現象的
呈現，所重是和下節的連貫，是本節雖或為孤證，然就整章而言，卻
非孤證。

第二節　久別的情感

　　臨將分別時，不管夫婦表現的態度是慷慨豪邁，還是憂傷哀
愁，終究免不了一別。隨著別離時間的越久，環境的變遷，夫婦所表
現出來的情感又將是如何的呢？每一對夫婦的分離，皆有其原因；原
因不同，則所處的情境與看法也各異，自然產生的情感也有所不同。
現存唐詩中，有關夫婦久別情感的，約有四百八十餘首〔註14〕，內容
頗為複雜。今大略依其夫婦分離的原因，就其性質的相近與相異，別
為仕宦、征戍、經商、嬉遊四大類，除此四類外，或難以辨別其類目
者，則統為其他一類，分別探求在每一類中，詩人所呈現的夫婦分離
情感。

〔註13〕此乃約略統計之數，僅就其詩意旨明確為臨別情感之詩作統計，其
　　　　它不明時序，有關夫婦分離情感的詩作，皆劃歸為下節中研究。
〔註14〕此僅就筆者搜集所得為說。然以有些詩篇甚難分辨其是否為夫婦情
　　　　感，故但以約略數字稱之。

一、仕　宦

仕宦是唐代文人最主要，也最嚮往的出路。雖然說唐代詩歌流傳
普遍，老婦解吟，童子能唱；作者身分雜多，上至帝王，下至娼妓，
然而主要創作仍集中在文人身上。仕宦既是文人最主要的出路，因此
當夫婦因仕宦而分離，有關分離產生的情感，很自然盈溢於詩外，這
和詩人描寫征戍、經商、嬉遊等類的夫婦分離情感的多以虛擬、代作
方式抒寫，在基本上是有很大不同的。且在唐朝，仕宦為官乃男子的
專利，「婦人解詩，則犯物議」，是以詩人以男性為多，在這種情況下，
詩人抒寫自我情感，因此在詩歌表現方面，多從丈夫角度出發，這和
其他類分離的表現，詩人多從妻婦的角度出發情形，正好相反。（參
閱表一）

表一：各類型詩歌篇數統計表

類　型 ＼ 情感付出者	夫	婦
仕　宦	四十餘首	十餘首
征　戍	二十餘首	一百七十餘首
經　商	無	十餘首
嬉　遊	無	一百三十餘首
其　他	近十首	七十餘首
合　計	約七十首	四百一十餘首

註：此乃筆者約略統計之數。

詩以言志，是根植在生活中的，有關因仕宦而致夫婦分離表現情
感的詩作，既是出於作者的親身感受，自然和作者的遭遇有密不可分
的關係，此從檢擇所得的詩作中可以發現此一特性。是以此處的探
究，著重將詩人個別際遇和詩作結合，以窺詩人表達情感細微的差異
之處。並依文人求取仕宦的經過，分為進京赴考、仕宦離家、貶謫遭
難三階段，明其各種遭遇時的情感表現。

（一）因進京趕考而分離

1. 造成原因與現象

　　對熱衷功名的唐代文人來說，進京趕考是很重要、又很必要的一件大事。文人讀書，無非是爲了求取功名，仕宦爲官，以施展抱負。唐代以科舉取士，分爲禮部、吏部兩試，兩試皆及第者方可授官，而這最重要的兩個考試，皆只在京師裡舉行〔註15〕，因此文人舉子若想求得功名，皆必須進京趕考。進京趕考，向不聞攜家帶眷事，多僅只是舉子一人，偕書僮前往而已，因此儻若舉子已婚，進京趕考便成了造成夫婦分離的原因之一。劉駕〈送友人擢第東歸〉中即提到：

> 同家楚天南，相識秦雲西；古來懸弧義，豈顧子與妻；攜
> 手踐名場，正值公道開。（《全唐詩》卷五八五）

是爲了進京趕考而造成夫婦分離的。而這種分離時間的長短，和舉子登第的遲速有密切的關係。禮部試一年方一舉，以錄取名額有限，落第的舉子只有等待來年再試。年復一年，歷十數寒暑尚未及第的亦大有人在。唐代雖說交通便捷，但居家距京師若甚遠者，往返亦頗爲費時，且旅費亦頗爲可觀；而唐人功利的思想，對落魄考場舉子的鄙視態度，更使得經濟非甚寬裕的舉子，落第後往往便因此滯留京師而不敢歸了。常建〈落第長安〉中即提到：

> 家園好在尚留秦，恥作明時失路人；恐逢故里鶯花笑，且
> 向長安度一春。（《全唐詩》卷一四四）

而這樣的分離時間有時是很久的。如《唐摭言》卷八〈憂中有喜〉條記載：

> 公乘億，魏人也。以辭賦著名。咸通十三年，垂三十舉矣。
> 嘗大病，鄉人誤傳已死，其妻自河北來迎喪，會億送客至
> 坡下，遇其妻。始夫妻闊別積十餘歲，億時在馬上，見一
> 婦人麁縗跨驢，依稀與妻類，因睨之不已，妻亦如是。乃
> 令人詰之，果億也。因與之相持而泣，路人皆異之。後旬

〔註15〕代宗廣德二年（764），以歲方艱歉，禮部取士，兩都試之。在此之前，皆僅在京師一都試之而已，見《新唐書》卷四四〈選舉志上〉。

日登第矣。

是因赴京趕考，而致夫妻分別多年，訛傳已亡，妻亦信之；而後雖然相見，亦不能確認對方，須待詢問後方知。《太平廣記》卷七四中亦記載陳季卿辭家十年，舉進士屢不第，偶一回家，便又離去，家人因此以為他已經死去。此皆因進京趕考而造成夫婦長期分離的現象。

2. 情感內容

唐以科舉取士，因此進京赴考對於想要在仕宦途上取得一席之地的文人士子而言，是很重要的，且必要的一件事，現存唐詩中，以因丈夫的進京赴考而導致夫婦分離為背景寫作情感的篇章，數量非常稀少，明確的僅有李賀〈出城〉（《昌谷集》卷三），杜羔妻趙氏的〈夫下第〉、〈代羔贈詩〉、〈聞夫杜羔登第〉（《全唐詩》卷七九九）等四首而已，且其中李賀〈出城〉、趙氏〈夫下第〉二首又偏向於表現夫婦分離後重逢的情感，是以真正合乎本節要求，描寫夫婦分離情感的僅二首而已。從此數首詩中可以發現，在唐人熱衷功名，以功名評價人的觀念影響下，科考的及第與否，對於因丈夫的進京赴考而造成的夫婦分離的情感表現，有頗大的影響：不幸落第，不但丈夫感到羞慚，無面目見人；且妻婦亦引以為恥，或不忍相問，或不敢明裡見面。如趙氏〈代羔贈詩〉：

澹澹春風花落時，不堪愁望更相思；無金可買長門賦，有恨空吟團扇詩。

是雖有夫婦相思之情，但中間更多的是舉科考不第的憾恨。這種男子不第羞恨的情感表現，在其他相關詩作中亦可以發現，如前所引常建的〈落第長安〉：「恐逢故里鶯花笑，且向長安度一春」，即是因落第羞愧而不敢回家。

而在妻婦方面，如趙氏〈夫下第〉：「如今妾面羞君面，君若來時近夜來」，李賀〈出城〉「卿卿忍相問，鏡中雙淚姿」，是皆表現出夫婦間親愛的情誼，在功名的期盼與壓力下，分離的情感全為科舉的不第事實所淹沒。

　　相反的，倘若有幸及第，所表現的態度與情感和落第截然不同。在夫方面，或是志得意滿，流於放縱，此在趙氏〈聞夫杜羔登第〉一詩中可以發現：

　　　　長安此去無多路，鬱鬱蔥蔥佳氣浮；良人得意正年少，今
　　　　夜醉眠何處樓？

「今夜醉眠何處樓」一句，包含了妻子多少的疑慮，更反映出丈夫得意後的驕縱行為。蓋唐代士子進京趕考宿於妓館本是很平常的事〔註16〕，而及第後意氣風發，更是以流連妓館為風尚〔註17〕，如裴思謙、鄭合分別作有〈及第後宿平康里〉詩〔註18〕；而韓偓及第後，亦有以〈別錦兒〉（《全唐詩》卷六八二）為名的別妓詩。是唐代文人在及第後驕縱意滿，流連於京畿脂粉叢中；遠在家鄉的妻子，或反不及顧了。此亦是因對功名的熱情超過夫婦情誼，是以有如是的表現。

　　而比較趙氏此首〈聞夫杜羔登第〉和前一首〈夫下第〉詩中，可以明顯發現及第與否對趙氏情感表現的影響：「君若來時近夜來」中諷刺。鄙薄的心態，隨著丈夫的登第，一轉而為吹捧丈夫，擔心丈夫流連妓樓而不知返的卑恭姿態，白居易「富貴家人重，貧賤妻子欺；奈何貧富間，可移親愛志」於此正得到反映。是妻子對丈夫的情感亦隨著功名的成就與否而變移。

　　在此必須注意的一點是：由於有關詩作數量過於稀少，且又偏向於杜羔夫婦個別情感的表現，因此本處僅能作為當時社會存在的一種現象的表徵，而不能概言唐人夫婦面對因丈夫進京赴考而分離時的情感皆是如此。

〔註16〕此據傅樂成〈唐人的生活〉一文說法，《漢唐史論集》，聯經出版事業公司，頁135。

〔註17〕《開元天寶遺事》卷上記載，當時長安平康坊「每年新進士以紅箋或隱名紙游謁其中，時人謂此坊為風流藪澤。」平康坊乃唐代私妓集中地。

〔註18〕裴詩見《全唐詩》卷五四二，鄭詩見《全唐詩》卷六六七。

（二）因仕宦離家而分離

1. 造成原因與現象

由於仕宦的關係，唐代文士，往往因官職的調派轉任，或升遷，或貶謫，而必須由一地轉換到另一地去任官，這種仕宦的遷移，有時是舉家同往的，例如白居易元和十年貶江州司馬時，在赴任途中作詩提到「何況不失家，舟中載妻子」〔註 19〕；而長慶四年杭州刺史任滿返洛陽時，亦有「豈止吾一身，舉家同燕息」句〔註 20〕，是皆舉家同往就任的。有時則是丈夫先行，妻子後來才到的，如元和十四年，韓愈上書諫迎佛骨一事，怒忤唐憲宗，貶爲潮州刺史，詔下之日，即刻奔馳上道，不得須臾停留；未幾，有司又以罪人之家不可留京師，追詔遣逐潮州〔註 21〕，是韓愈先行，而後家人方至的。其他如白居易「商州館裡停三日，待得妻孥相逐行」〔註 22〕，李商隱〈韓同年新居餞韓西迎家室戲贈詩〉的「雲路招邀迴彩鳳，天河迢遞笑牽牛」〔註 23〕，所呈現的是皆丈夫先行、妻子後至的情形。此外尚有一種情形，便是丈夫單獨前往官所〔註 24〕，而妻兒仍留在原地的，如宋之問貶謫嶺南，途經大庾嶺時作詩提到「出門怨別家，登嶺恨辭國」「兄弟遠淪居，妻子成異域」〔註 25〕，高適〈送張瑤貶五谿尉〉詩中亦有「江山遙去國，妻子獨還家」〔註 26〕句，韓愈〈送區弘南歸〉中提到區弘「從我荊州來京畿，離其母妻絕因依」〔註 27〕，薛逢的「符竹謬分錦水外，妻孥猶隔散關東」〔註 28〕等等，是皆丈

〔註 19〕《白居易集》卷六，〈舟行〉。
〔註 20〕《白居易集》卷八，〈自餘杭歸宿淮口作〉。
〔註 21〕事見《朱文公校昌黎先生集》卷三五〈女挐壙銘〉。
〔註 22〕《白居易集》卷十五，〈發商州〉。
〔註 23〕《李義山詩集》卷中。
〔註 24〕有時丈夫亦攜妾同行，此將在下面中提到。
〔註 25〕《全唐詩》卷五一，〈早發大庾嶺〉。
〔註 26〕《高常侍集》卷六。
〔註 27〕《朱文公校昌黎先生全集》卷四。
〔註 28〕《全唐詩》卷五四八，〈北亭醉後敘舊贈東川陳書記〉。

夫隨官任遷徙，而妻孥家人並不隨行的。此三種任官的情形，除第一項舉家同往則不致於夫妻分離外，第二及第三種皆有分離的現象。唯第二種夫先行，妻後至只是夫妻間的小別；而第三種夫赴任，妻不往的分離，則往往時間較長。是仕宦亦可形成夫妻分離的現象。

2. 情感內容

因仕宦離家而造成的夫婦分離現象，其情感表現和個人際遇是密不可分的。以下便以人為主，分別探討詩人因仕宦而造成夫婦分離時所流露出的情感。

（1）權德輿（759～818）

權德輿，字載之，秦州人。父皋，以卓行聞名於世。德輿七歲喪父，未冠時即以文章稱諸儒間，乃德宗、憲宗兩朝重要大臣，官至宰相，甚為朝野所倚重，一生仕途平穩，步步高昇。娶清河崔氏女〔註29〕，夫婦間情感至篤。雖然如此，但以仕宦緣故，或不免仍有夫婦分離的現象發生。當夫婦分離之時，權氏所寫的寄內、憶內等篇什，今皆收錄於《權載之文集》卷十中。

權氏所作有關夫婦分離情感的詩篇，最早乃是在江西觀察使李兼府為判官時所作，時剛與崔氏結縭不久，子尚年幼〔註30〕。如〈相

〔註29〕娶清河崔氏女，見韓愈〈唐故相權公墓碑〉。又德輿娶崔氏時，當不晚於貞元二年（786）。按權氏詩〈縣君赴興慶宮朝賀載之奉行冊禮因書即事〉中有「合巹交歡二十年」句，是崔氏封縣君時兩人已婚逾二十年。而崔氏封縣君在憲宗元和元年（806）（權氏有詩記載），時權氏任禮部侍郎，正掌冊命、禮儀之政，和前詩所謂正相符合，據此推測，德輿娶崔女時，當不晚於貞元二年（786）。又德輿子璩於元和初中進士，能中進士，年紀亦至少在二十左右，是亦可為旁證，明推測不誣。

〔註30〕《權載之文集》卷十有詩題名之曰：「貞元七年，蒙恩除太常博士，自江東來朝……」而韓愈〈唐故相權公墓碑〉一文中則以為：「貞元八年，以前江西府監察御史，徵拜博士。」韓愈記年有誤，然可知權德輿任江西府判官時當在貞元七年（792）以前，時新婚崔氏，子璩甚幼。

思樹〉：

> 家遠江東道，身對江西春；空見相思樹，不見相思人。

是藉相思樹以寄託遠離妻小的思念之情。又〈自桐廬如蘭溪有寄〉：

> 東南江路舊知名，惆悵春深又獨行；新婦山頭雲半斂，女
> 兒灘上月初明；風前蕩颺雙飛蝶，花裡間關百囀鸝，滿目
> 歸心何處說，欹眠搔首不勝情。

孤身走在旅途上，所經過的雖是一些早已熟知的地方（權氏成長於江
南），但聞其名：「新婦山」、「女兒灘」，卻不禁使詩人思念起家中的
嬌妻，又目睹蝶飛成雙，鸝啼成語，於是思念欲歸之情更加一發不可
收拾：「滿目歸心何處說」；但以職責在身，不得歸去，最後「欹眠搔
首不勝情」七字，正深刻道出詩人心中的無奈與幽怨，而深濃的相思
之情盡在不言中。

在另一首〈祗役江西路上以詩代書寄內〉中，則呈現出平實、
穩固、深厚的夫妻情誼來：

> 辛苦事行役，風波倦晨暮；搖搖結遐心，靡靡即長路；別
> 來如昨日，每見缺蟾兔；潮信催客帆，春光變江樹；宦遊
> 豈云愜，歸夢無復數，愧非超曠姿，循此踘促步；笑言思
> 暇日，規勸多遠度；鶉服我久安，荊釵君所慕；伊予多昧
> 理，初不涉世務；適因臃腫材，成此嬾慢趣；一身常抱病，
> 不復理章句；胸中無町畦，與物且多忤；既非大川楫，則
> 守南山霧；胡為出處間，徒使名利污；羈孤望予祿，孩穉
> 待我餔；未能即忘懷，恨恨以此故；終當稅羈鞅，豈待畢
> 婚娶；如何久人寰，俛仰學舉措；衡苧去迢遞，水陸兩馳
> 騖；晰晰窺曉星，塗塗踐朝露；靜聞田鶴起，遠見沙鳧聚；
> 怪石不易躋，急湍那可泝；漁商聞遠岸，煙火明古渡；下
> 碇夜已深，上碕波不駐；畏途信非一，離念紛難具；枕席
> 有餘清，壺觴無與晤；南方出蘭桂，歸日自分付；北窗留
> 琴書，無乃委童孺；春江足魚鴈，彼此勤尺素；早晚到中
> 閨，怡然兩相顧。

在貞元七年（791）權德輿為杜佑、裴冑所薦，徵為太常博士。入京

爲官以前，權氏一直是輾轉於幕府間〔註31〕，雖以才華爲人所重視，但往往以工作緣故，遠離妻兒，覽物生情，頗爲孤苦，是以有「宦途豈云愜，歸夢無復數」句。然沈重的家庭責任，使權氏無法忘懷，所慰唯有誠摯深厚的夫妻情感，相爲支撐，末四句「春江足魚雁，彼此勤尺素；早晚到中閨，怡然兩相顧」，正表達了權氏夫婦在分離時互相關懷、支撐的深厚情感。

在幕府仕宦期間，權氏夫婦常因行役而分離；等到權氏入朝爲官，雖或無行役之苦，然以工作的繁忙，君主的寄重，使權氏羈留宮中待詔，難得回家，是亦形成了夫婦的分離。據《舊唐書》卷一四八〈權德輿列傳〉記載：〔註32〕

> （貞元）十年，遷起居舍人；歲中，兼知制誥。轉駕部員外郎、司勳郎中，職如舊。遷中書舍人。是時，德宗親覽庶政，重難除授，凡命於朝，多補自御札。始，德輿知制誥，給事有徐岱，舍人有高郢；居數歲，岱卒，郢知禮部貢舉，獨德輿直禁垣，數旬始歸。嘗上疏請除兩省官，德宗曰：「非不知卿之勞苦，禁掖清切，須得如卿者，所以久難其人。」德輿居西掖八年，其間獨掌者數歲。

君主的倚重，使德輿「數旬始歸」。在這樣勞累的生活中，權氏曾作詩數首以寄內：

> 通籍在金閨，懷君百慮迷；迢迢五夜永，脈脈兩心齊；步履疲青瑣，開緘倦紫泥；不堪風雨夜，轉枕憶鴻妻。（〈中書夜直寄贈〉）

> 愚夫何所任，多病感君深；自謂青春壯，寧知白髮侵；寢興勞善祝，疎懶愧良箴；寂寞聞宮漏，那堪直夜心。（〈病中寓直代書題寄〉）

> 銅壺漏滴斗闌干，泛灩金波照露盤；遙想洞房眠正熟，不堪深夜鳳池寒。（〈中書宿齋有寄〉）

〔註31〕權德輿先從於韓洄幕，後復爲李兼幕。
〔註32〕《新唐書》卷一六五〈權德輿列傳〉亦有如是之記載。

在繁重的公務中，孤獨的夜裡，重重的禁垣阻隔不了詩人對妻子的深刻思念，發之於詩中，是何等的哀怨動人！

憲宗元和元年（806）七月，葬順宗於豐陵，權氏參與其事，作有〈奉使豐陵職司鹵簿通宵涉路因寄內〉一詩：

> 綵仗列森森，行宮夜漏深；夋鋋方啓路，鉦鼓正交音；曙
> 月思蘭室，前山辨穀林；家人念行役，應見此時心。

此外，尚有一首難明寫作時間的〈發硤石路上卻寄內〉詩：

> 莎柵東行五谷深，千峰萬壑雨沈沈；細君幾日路經此，應
> 見悲翁相望心。

「細君」此處借爲妻子的稱呼。是不論禁垣居職、道上行役、新婚離別、或是老年分離，只要有分別，權氏莫不思念其妻。其夫婦分離時的情感表現，由少年新婚到老年相處，一直是那麼的誠摯、相依，思念、關懷的情感，並不隨時光而消褪。

（2）彭伉夫妻

唐德宗貞元七年（791），彭伉登進士第〔註33〕，辟江西幕，不歸，曾作詩一首以寄妻：

> 莫訝相如獻賦遲，錦書誰道淚沾衣；不須化作山頭石，待
> 我堂前折桂枝。（《全唐詩》卷三一九）

是彭伉以此詩安慰妻子的相思之情，而中間隱含了強烈的求取更高功名的欲望：不歸，是爲了「折桂枝」的求顯名。面對著丈夫如此的態度，其妻張氏亦有詩二首以寄：

> 久無音信到羅幃，路遠迢迢遣問誰；聞君折得東堂桂，折
> 罷那能不暫歸？
>
> 驛使今朝過五湖，殷勤爲我報狂夫；從來誇有龍泉劍，試
> 割相思得斷無？（《全唐詩》卷七九九）

彭伉云「折桂」，是以不能歸；而張氏則以彭伉登進士第，早已折得「東堂桂」，何以尚不歸相責。並以「龍泉利割」不能斷爲譬，將自

〔註33〕見《唐詩紀事》卷三五。

己綿綿的相思之情傳送於詩外，所透露的，皆是期盼久別的丈夫早日歸來。

（3）李商隱（812～858）〔註34〕

李商隱，字義山，懷州河內人。文宗開成二年（837）登進士第，翌年赴涇源幕辟，成婚王茂元女。開成四年（839）吏部試中選，釋褐爲祕書省校書郎，調補弘農尉，自此展開仕宦生活。後人論義山，皆以其就婚王氏爲一生遭遇之關鍵，蓋義山初受知於牛黨之令狐楚，卻於令狐楚逝世翌年即娶李黨之王茂元女，並受其辟。當其時，牛李黨爭最爲激烈〔註35〕，義山此舉，無異觸朋黨之忌，是以雖以進士及第，但終身沈淪，輾轉於幕府，抑鬱不得志。自開成三年成婚王氏，至大中五年（851）王氏去世，十三年的婚姻生活，以義山的輾轉任職幕府，是以夫妻間聚少離多。這種夫婦分離的情感，在擅長描寫愛情詩的義山手中寫來，更是分外的淒美動人；濃厚的夫婦情誼，洋溢於詩外，以下則依年代先後，分首敘述。〔註36〕

開成三年，義山與王氏新婚未久，即赴涇原幕職，王氏並未隨行。同樣的王茂元長女婿張書記亦是夫妻兩隔，故義山作有〈戲贈張書記〉一詩：

> 別館君孤枕，空庭我閉關；池光不受月，野氣欲沈山；星漢秋方會，關河夢幾還；危絃傷遠道，明鏡惜紅顏；古木含風久，平蕪盡日閒；心知兩愁絕，不斷若尋環。（《李義山詩集》卷下）

此詩主要在調侃張書記夫婦分離的現象，語涉詼諧；然是亦反映出義山對夫婦分離情感的看法：「心知兩愁絕，不斷若尋環」，是夫婦分離，將致雙方愁思不斷。

〔註34〕張采田、楊柳主此說。至若馮浩、葉葱奇則以爲義山生於元和八年（813），較此晚一年，卒年相同。

〔註35〕傅錫壬《牛李黨爭與唐代文學》一書中以爲：「敬宗、文宗之世，是兩黨參雜互用，和相互鬥爭最激烈的時期。」東大圖書公司。

〔註36〕以下詩之編年，據葉葱奇說法。

　　會昌二年（842），時義山仍在王茂元幕中，軍旅羈絆，或十日一休沐，少得歸，更因此失卻遊賞機會。憾恨之餘，寫下〈三月十日流杯亭〉一詩：

　　　身屬中軍少得歸，木蘭花盡失春期；偷隨柳絮到城外，行
　　　過水西聞子規。（《李義山詩集》卷上）

是除了憾恨軍旅的羈絆，使少覽於美景之外，更因想到此美景未能同家人共欣賞，而不禁心馳閨閣：「行過水西聞子規」。義山以「子規」鳥鳴聲「不如歸去」，暗喻心中思念的情懷，蘊藉而不失風調。〔註37〕

　　自會昌三年（843）王茂元去世後，義山渡過一段黯淡失意的日子，直到宣宗大中元年（847）方又應鄭亞辟，隨赴桂管，奏掌書記。此次任官，妻王氏並未隨行。多年的失意，使義山詩更轉淒惻，不再如前般風調。如〈夜意〉：

　　　簾垂幕半卷，枕冷被猶香；如何爲相憶，魂夢過瀟湘。（《李
　　　義山詩集》卷中）

又〈因書〉：

　　　絕徼南通棧，孤城北枕江；猿聲連月檻，鳥影落天窗；海
　　　石分棋子，郫筒當酒缸；生歸話辛苦，別夜對凝釭。（《李義
　　　山詩集》卷中）

以前的夫婦相離，義山仍在岳丈幕下，是以感覺未見淒苦；而此次相別，卻是孤身遠到桂府，是以悽惻相思之情轉爲濃厚。同時所作尚有〈念遠〉（《李義山詩集》卷下）一首百感交集的作品，其中「床空鄂君被」一句，正和〈夜意〉「枕冷被仍香」有異曲同工之妙，深深流露出詩人對妻子的思念深情。

　　大中二年（848），鄭亞貶循州，義山留滯荊巴，時又有一首〈夜雨寄北〉寄內：

　　　君問歸期未有期，巴山夜雨漲秋池；何當共剪西窗燭，卻
　　　話巴山夜雨時。（《李義山詩集》卷上）

〔註37〕此詩解說，據葉奇疏解，見葉氏疏注頁167。

在眾詩之中，本詩最具韻味，雖不似早先之風趣，亦不如前一年詩作之淒苦，宛轉雋永，而客愁旅況，傳神於外。

而當大中五年（851）王氏病重時，義山隨盧弘正於徐州幕，感慨多年夫妻生活，聚少離多，思念之餘，著為〈寄遠〉一詩：

> 姮娥搗藥無時已，玉女投壺未肯休；何時桑田俱變了，不教伊水向東流。（《李義山詩集》卷中）

是由於思念，故期盼能不復有離家遠客之苦。在義山十三年的婚姻生活中，以其仕途的極不順利，連帶夫妻分離時間頗長，唯一不變的是詩人對妻子的思念深情，並未隨著仕宦的蹇困而改變。

對夫婦因仕宦而分離的情感抒寫，以個別而論，上述三組算是最多，也最完整的。除此之外，其他如蘇頲、岑參、杜甫、白居易等人，亦曾零星作過一、二首。大抵而言，由仕宦離家的丈夫所作，有關寄內、思家詩篇，和其寫作時所居之官職，身處之環境有密切的關係，此和「詩言志」的特性是相符的。以各人的際遇不同，行止不一，故詩中所表現的內容差異頗大，唯一相同的，是那顆彼此思念的心。在唐詩中，描寫夫妻因仕宦而分離的情感多呈現出恩愛的一面，縱使稍微有所怨恨，亦出於思念，如前彭伉妻張氏之詩即是。

（三）因貶謫獲罪而分離

因貶謫獲罪而導致夫婦分離的原因及現象，在前仕宦離家時即已提過，故此不再多述。在有關描寫夫婦因貶謫獲罪而分離的作品中，以李白的抒寫最多，也最生動。

李白（701～762），字太白，肅宗至德元載（756）為永王璘賞識，辟為府僚佐。時安史亂方熾，永王璘趁亂起兵叛變，然旋於翌年二月兵敗，永王璘被殺，李白亡走彭澤，坐繫尋陽獄，本當論死，以郭子儀救贖，乃詔長流夜郎。乾元二年（759），行尚未至夜郎，遇赦得釋，方始得回〔註38〕。在這段亡走、下獄、流放的過程中，李白曾著有不

〔註38〕永王璘起兵事詳見《舊唐書》卷一○七、《新唐書》卷八二；李白事除據《新唐書》卷二○二〈文藝傳〉中記載以外，更據王琦所編〈李

少詩篇以寄贈留居於豫章的妻子宗氏，如〈秋浦寄內〉：

> 我今尋陽去，辭家千里餘；結荷見水宿，卻寄大雷書；雖
> 不同辛苦，愴離各自居；我自入秋浦，三年北信疏；紅顏
> 愁落盡，白髮不能除；有客自梁苑，手攜五色魚；開魚得
> 錦字，歸問我何如；江山雖道阻，意合不爲殊。（《李太白文
> 集》卷二五）

今人詹鍈以爲〔註39〕本詩當成於至德元載，乃太白由金陵去尋陽途經
秋浦而作。是時永王兵初敗，表現在詩中，乃純爲遠離家鄉的客子思
妻之作。同時作的尚有〈自代內贈〉：

> 寶刀裁流水，無有斷絕時；妾意逐君行，纏綿亦如之；別
> 來門前草，秋巷春轉碧；掃盡更還生，萋萋滿行跡；鳴鳳
> 始相得，雄驚雌各飛；遊雲落何山，一往不見歸；估客發
> 大樓，知君在秋浦；梁苑空錦衾，陽臺夢行雨；妾家三作
> 相，失勢去西秦；猶有舊歌管，淒清聞四鄰；曲度入紫雲，
> 啼無眼中人；妾似井底桃，開花向誰笑；君如天上月，不
> 肯一迴照；窺鏡不自識，別多憔悴深；安得秦吉了，爲人
> 道寸心。（《李太白文集》卷二五）

〈秋浦感主人歸燕〉寄內：〔註40〕

> 霜凋楚關木，始知殺氣嚴；寥寥金天廓，婉婉綠紅潛；胡
> 燕別主人，雙雙語前簷，三飛四迴顧，欲去復相瞻；豈不
> 戀華屋，終於謝珠簾；我不及此鳥，遠行歲已淹；寄書道
> 中歎，淚下不能緘。（《李太白文集》卷二五）

李白天性好俠遊，不慣居於一地，雖如此，見魚腹錦字書、胡燕戀主
人，亦興起思念妻子之心，並代擬妻之心情，吟詠成篇。

及至被執入獄，作有〈在尋陽非所寄內〉一詩：

> 聞雞知慟哭，行啼入府中；多君同蔡琰，流淚請曹公；知
> 登吳章嶺，昔與死無分；崎嶇行石路，外折入青雲；相見

太白年譜〉校正。

〔註39〕見瞿蛻園等《李白集校注》，里仁書局，頁 1491 所引。

〔註40〕此三首詩排列先後乃依其在文集中之次序。

若悲歡，哀聲那可聞。（《李太白文集》卷二五）

本詩首四句，生動表現出白妻宗氏的關懷之情。雖然分離已有一段時間，但對丈夫的關懷並不因此而褪色，仍同愁共苦，竭力營救。面對妻子如此深情關懷，不禁令詩人心中頗爲感動，憶起前塵往事，慨嘆之情油然而生；設想他日夫妻相見，當是何等的悽悲！

而後南流夜郎時，亦有詩寄內：

夜郎天外怨離居，明月樓中音信疏；北雁春歸看欲盡，南
來不得豫章書。（〈南流夜郎寄內〉，《李太白文集》卷二五）

「北雁春歸看欲盡，南來不得豫章書」二句，將詩人遭難後，對妻子家人癡癡思念的心情，生動地表現出來；盼而不見，何等的悲淒！

除了李白之外，宋之問竄謫江、嶺之際時，所作〈早發大庾嶺〉（《全唐詩》卷五一）中有「出門怨別家，登嶺恨辭國」、「兄弟遠淪居，妻子成異域」的慨嘆；沈佺期坐贓配流嶺表時，亦有「別離頻破月，容鬢驟催年；昆弟推由命，妻子割付緣；夢來魂尚擾，愁委疾空纏；虛道悲城淚，明心不應天」〔註41〕對與兄弟妻子分別的難捨離情，而「裁縫憶老妻」〔註42〕一句，更將這種思念具體化。貶謫獲罪，雖由自身行爲所引起，然因此而產生的夫婦分離，往往引發潛藏在內心深處的情感，反映在詩中，是那般地相思相憶，關懷備至。

二、征　戍

唐高祖李淵起兵太原，以武力平定群雄，取代隋朝，據有天下，是唐自建國起，即與戰爭結下不解之緣。有唐近三百年的歷史〔註43〕，雖有貞觀、開元兩大治世，然而一朝一國的富強，必不僅只是經濟上的富庶而已，更重要的是要有安定，太平的社會環境；而安定的社會，來自於國力的鼎盛，足以威懾四鄰，不使構成帝國的憂

〔註41〕〈度安海入龍編〉，《全唐詩》卷九七。
〔註42〕〈敕到不得歸題江上石〉，《全唐詩》卷九七。
〔註43〕唐自高祖李淵滅隋（618），至朱全忠篡位（907）爲止，共計二百八十九年。

患；而國力的鼎盛，維繫於征戰的勝利。是唐朝的國威，原本即建立在無數的軍功上。然唐因征戰而興盛，亦因征戰而衰敗。安史之亂以前，爲建立、鞏固帝國的威名而戰，內以形成繁榮富庶的社會；安史之亂以後，則爲帝國的存亡而戰。終唐之世，外有突厥、奚、契丹、回紇、吐蕃、南詔等強鄰虎視；內有安史之亂、藩鎮之亂、王仙芝、黃巢之亂等戰禍動搖。三百年的唐史，幾乎沒有一個帝王在位時沒有戰爭，也幾乎沒有個十年的太平無事時候。內亂外患，頻沓而來，這種現象，尤其以中晚唐最爲嚴重。

與唐相終始的征戰，造成唐代社會中普遍的夫婦分離現象。唐代的詩人們，目睹身經，感慨之餘，寫下了大量的詩篇，表達出分離下民眾內心深處的哀傷。而這種情感的表現，隨著國勢的盛衰、戰役犧牲的寡多，反映在詩篇中，亦隱隱然有所變化，故本處的探究，首先著重在詩中情感受時代背景影響的變遷情形。其次，由表一中可以發現，在有關因征戍而夫婦分離的詩作中，詩人多偏向於閨婦情感的抒寫，然而唐代因受教育影響，「婦人解詩，則犯物議」，詩人以男性爲主，因此在這一類詩作中，代擬情感抒寫的比例佔絕大多數。既爲代擬情感，因此受到詩人個別際遇的影響反倒不明顯，所呈現的和當時社會現象、傳統看法較爲近似，是以雖作者不同，詩與詩之間，卻有共通的特性可尋，因此探究完詩中情感的變遷之後，接下來明白詩人藉以表達情感的方式。

（一）時代與情感

唐初建國，雖四方征戰不斷，但屢戰屢勝；更兼以政治措施的良善，在很短的時間內，內和外服，國力達到了鼎盛，無形中提高了民族自信心與自豪感。而朝廷的重視邊功，出將入相，更激發唐人慷慨赴邊，圖建功立業的英雄氣概。受到這種精神的影響，反映在唐代前期（指玄宗天寶十四載安史亂起以前）有關戰爭的詩篇中，展現出豪邁的英雄氣象，如陳子昂的「勿使燕然上，惟留漢將功」（〈送魏大從軍〉，《全唐詩》卷八四○），王昌齡的「黃沙百戰穿金甲，不破樓蘭

終不還」（〈從軍行七首〉之四，《全唐詩》卷一四三）等等氣壯山河的詩作，屢見於篇〔註44〕。而這種豪邁的態度、追求功名的心理，亦影響到遠行征戍丈夫的情感表現，如崔融〈擬古〉：

> 飲馬臨濁河，濁河深不測；河水日東注，河源乃西極；思君正如此，誰爲生羽翼；日夕大川陰，雲霞千里色；所思在何處，宛在機中織；離夢當有魂，愁容定無力；夙齡負奇志，中夜三歎息；拔劍斬長榆，彎弓射小棘；班張固非擬，衛霍行可即；寄謝閨中人，努力加飡食。（《全唐詩》卷六八）

又張柬之〈出塞〉：〔註45〕

> 俠客重恩光，驄馬飾金裝；瞥間傳羽檄，馳突救邊荒；歘野山川動，蠶天旌斾揚；吳鉤明似月，楚劍利如霜；電斷衝胡塞，風飛出洛陽，轉戰磨笄俗，橫行戴斗鄉；手擒郅支長，面縛谷蠡王；將軍占太白，小婦怨流黃；腰裏青絲騎，娉婷紅粉妝；三春鶯度曲，八月雁成行；誰堪坐愁思，羅袖拂空床。（《全唐詩》卷九九）

而岑參〈送費子歸武昌〉中亦有：

> 曾隨上將過祁連，離家十年恆在邊；……男兒何必戀妻子，莫向江村老卻人。（《岑嘉州詩》卷二）

鄭愔〈塞外三首〉之一中亦提到：

> 丈夫期報主，萬里獨辭家。（《全唐詩》卷一○六）

是唐代前期文治武功的鼎盛，功名的誘惑、英雄的理想，使丈夫輕於兒女私情，而豪邁出塞。是以在唐代前期的詩歌中，看不見丈夫對妻子的依戀，至多亦只是「寄謝閨中人，努力加飡食」、「寄言閨中婦，時看鴻雁天」〔註46〕的關懷情感而已。然而縱使這種關懷，在詩中亦

〔註44〕 詳見洪讚老師《唐代戰爭詩研究》一書，初唐、盛唐部分。

〔註45〕 《全唐詩》卷八十另載有一首名爲張易之〈出塞〉，文字與此相近，唯少「歘野山川動」至「風飛出洛陽」、「手擒致支長，面縛谷蠡王」等八句。

〔註46〕 盧照鄰〈關山月〉，《全唐詩》卷四一。

不常見。〔註47〕

　　雖然如此，沙塞長期征戍的生活畢竟是辛苦的；行役的孤獨，沙塞的荒涼苦寒，終不免引起征人思鄉的愁緒，如盧照鄰「隴阪高無極，征人一望鄉；關河別去水，沙塞斷歸腸」（〈隴頭水〉，《全唐詩》卷四二）、岑參「故園東望路漫漫，雙袖龍鐘淚不乾」（〈逢入京使〉，《岑嘉州詩》卷七）、「渭北春已老，河西人未歸；……別後鄉夢數，昨來家信稀」（〈河西春暮憶秦中〉，《岑嘉州詩》卷三）、「鄉路眇天外，歸期如夢中」（〈安西館中思長安〉，《岑嘉州詩》卷一）、李白「戍客望邊邑，思歸多苦顏」（〈關山月〉，《李太白文集》卷四）等等皆是，而崔融的一首〈塞上寄內〉（《全唐詩》卷六八），更是將這種思鄉的情緒，發之為寄內的篇什：

　　　旅魂驚塞北，歸望斷河西；春風若可寄，暫為遠蘭閨。

岑參〈題苜蓿峰寄家人〉亦有相似的情感表現，但更轉思念為淒戾的愁苦情感：

　　　苜蓿峰邊逢立春，胡蘆河上淚沾巾；閨中只是空相憶，不
　　　見沙場愁殺人。（《岑嘉州詩》卷七）

唐代初期丈夫的「奉國知命輕，忘家以身許」〔註48〕態度，造成了夫婦的分離，在丈夫方面，或因長期征戍而思鄉，但更多的是馳騁的壯志雄心；而在妻子方面，則是流露出滿腹的相思、全心的關懷，愁苦的是丈夫的久不歸，音書的難寄達，如：

　　　還恐裁縫罷，無信達交河。（虞世南〈中婦織流黃〉，《全唐詩》
　　　卷三六）

　　　鶴關音信斷，龍門道路長。（王勃〈秋夜長〉，《王子安集》卷三）

　　　相思苦，佳期不可駐，塞外征夫猶未還；……不惜西津交
　　　佩解，還羞北海雁書遲。（王勃〈採蓮曲〉，《王子安集》卷三）

　　　三秋方一日，少別比千年。（楊炯〈有所思〉，《全唐詩》卷五〇）

〔註47〕據筆者搜羅所得，則僅此二詩而已。
〔註48〕源乾曜〈奉和聖製送張尚書巡邊〉，《全唐詩》卷一〇七。

玉關芳信斷。（劉允濟〈怨情〉，《全唐詩》卷六三）

鴛綺裁易成，龍鄉信難見；窈窕九重閨，寂寞十年啼。（喬知之〈秋閨〉，《全唐詩》卷八一）

聞道還家未有期，誰憐登隴不勝悲。（劉希夷〈搗衣篇〉，《全唐詩》卷八二）

九月寒砧催木葉，十年征戍憶遼陽；白狼河北音書斷，丹鳳城南秋夜長。（沈佺期〈古意呈補闕喬知之〉，《全唐詩》卷九六）

鐵騎幾時回，金閨怨早梅；……感時何足貴，書裡報輪臺。（沈佺期〈梅花落〉，《全唐詩》卷九六）

聞道黃龍戍，頻年不解兵；可憐閨裡月，長在漢家營。（沈佺期〈雜詩三首〉之三，《全唐詩》卷九六）

征客近來音信斷，不知何處寄寒衣。（張紘〈閨怨〉，《全唐詩》卷一〇〇）

蕩子戍遼東，連年信不通。（鄭遂初〈別離怨〉，《全唐詩》卷一〇〇）

音書秋雁斷，機杼夜蛩催。（鄭愔〈秋閨〉，《全唐詩》卷一〇六）

雁盡書難寄。（沈如筠〈閨怨二首〉，《全唐詩》卷一一四）

自君遼海去，玉匣閉春弦。（崔珪〈孤寢怨〉，《全唐詩》卷一二〇）

停梭悵然憶遠人，獨宿孤房淚如雨。（李白〈烏夜啼〉，《李太白文集》卷三）

何日平胡虜，良人罷遠征。（李白〈子夜秋歌〉，卷六）

征客無歸日，空悲蕙草摧。（李白〈秋思〉，卷六）

明年若更征邊塞，願作陽臺一段雲。（李白〈搗衣篇〉，卷六）

憶與君別年，種桃齊蛾眉；桃今百餘尺，花落成枯枝；獨然終不見，流淚空自知。（李白〈獨不見〉，卷四）

相思杳如夢，珠淚濕羅衣。（李白〈學古思邊〉，卷二五）

玉關去此三千里，欲寄音書那可聞。（李白〈思邊〉，卷二五）

獨宿自然堪下淚，況復時聞烏夜啼。（賀蘭進明〈塞下曲〉，《全唐詩》卷二一三）

亦知戍不返，秋至拭清砧；已近苦寒月，況經長別心；寧辭擣熨倦，一寄塞垣深；用盡閨中力，君聽空外音。（杜甫〈擣衣〉，《杜工部詩集》卷六）

長征君自慣，獨臥妾何曾。（鄭虔〈閨情〉，《全唐詩》卷二五五）

是唐代初期戰事的順利，因此詩人所吟詠的閨怨多只是表達對丈夫長征不歸、書信難達的思念幽恨之情。雖然愁苦，但無生離死別之痛；而事功的追求，亦或可見於閨怨之中，如王昌齡〈閨怨〉：

閨中少婦不曾愁，春日凝妝上翠樓；忽見陌頭楊柳色，悔教夫婿覓封侯。（《全唐詩》卷一四三）

唐代前期豪情出塞的態度，隨著安史亂起，國勢的衰微，內亂外患的交迭而來，雄壯慷慨的歌聲消失不見，反映在詩中，一變而為淒苦的征怨和傷亂的哀吟〔註49〕，雖然仍有些意氣風發的作品，但卻不復前期的氣勢，如溫庭筠〈塞寒行〉：

燕弓弦勁霜封瓦，樸籟寒鷗睍平野；一點黃塵起雁喧，白龍堆下千蹄馬；河源怒濁風如刀，剪斷朔雲天更高；晚出榆關逐征北，驚沙飛迸衝貂袍；心許凌煙名不滅，年年錦字傷離別；彩毫一畫竟何榮，空使青樓淚成血。（《溫飛卿詩集》卷一）

據《晉書・列女傳》記載，竇滔妻蘇氏因滔被徙流沙，思之不已，故織錦為迴文旋圖詩以贈滔，此即是詩中「錦字」之由來。溫氏此詩前半，雖仍豪壯，但更多的是征夫塞外苦寒生活；末尾更一轉悲淒：「空使青樓淚成血」這種淒涼的語調，在唐代前期的作品中是看不見的。是不僅征夫傷離別，閨婦亦泣血漣漣。

而劉長卿〈疲兵篇〉中表現更為淒苦：

〔註49〕同註44，頁192。

驕虜乘秋下薊門，陰山日夕煙塵昏；三軍疲馬力已盡，百戰殘兵功未論；陣雲泱漭屯塞北，羽書紛紛來不息；孤城望處增斷腸，折劍看時可霑臆；元戎日夕且歌舞，不念關山久辛苦；自矜倚劍氣凌雲，卻笑聞笳淚如雨；萬里飄颻空此身，十年征戰老胡塵；赤心報國無片賞，白首還家有幾人；朔風蕭蕭動枯草，旌旗獵獵榆關道；漢月何曾照客心，胡笳只解催人老；軍前仍欲破重圍，閨裡猶應愁未歸；小婦十年啼夜織，行人九月憶寒衣；飲馬滹河晚更清，行吹羌笛遠歸營；只恨漢家多苦戰，徒遺金鏃滿長城。（《劉隨州詩集》卷十）

將士出塞，本即或爲邊塞軍功而來，然而在長期征戰、出生入死、赤心報國之餘並無片許封賞，而將領卻日夕歌舞娛樂，這種不公平的現象，再加上外寇連連，磨盡了征人的豪邁情懷，遂使征人無心戀戰、倍爲思鄉：「孤城望處增斷腸」、「卻笑聞笳淚如雨」、「行人九月憶寒衣」；而閨婦夜織，愁征人未歸，「白首還家有幾人」，既是感嘆，又是恐懼，淒苦傷亂之情盈溢於詩外！

在唐代後期的詩篇中，普遍呈現出征人無心戰役，念家思鄉的悲淒情懷。除前引二首外，如令狐楚〈塞下曲二首〉：

雪滿衣裳冰滿鬚，曉隨飛將伐單于；平生意氣今何在，把得家書淚似珠。

邊草蕭條寒雁飛，征人南望淚沾衣；黃塵滿面長須戰，白髮生頭未得歸。（《全唐詩》卷三三四）

張喬〈遊邊感懷二首〉之二：

兄弟江南身塞北，雁飛猶自半年餘；夜來因得思鄉夢，重讀前秋轉海書。（《全唐詩》卷六三九）

羅鄴〈征人〉：

青樓一別戍金微，力盡秋來破虜圍；錦字莫辭連夜織，塞鴻長是到春歸；正憐漢月當空照，不奈胡沙滿眼飛；唯有夢魂南去日，故鄉山水路依稀。（《全唐詩》卷六五四）

陳陶〈水調詞十首〉之四：

　　惆悵江南早雁飛，年年辛苦寄寒衣；征人豈不思鄉國，只
　　是皇恩未放歸。(《全唐詩》卷七四六)

沈彬〈塞下曲三首〉之二中亦有：

　　隴月盡牽鄉思動，戰衣誰寄淚痕深；金釵謾作封候別，劈
　　破佳人萬里心。(《全唐詩》卷七四三)

是唐代前期的豪心壯志全已消失不見，呈現在征人心中的，是無心戀
戰、悲傷不能歸家的情感。而在閨婦方面，除了思念、憶歸、憾恨久
不歸、無音信外，更為悲悽愁苦，恐懼丈夫的難再回，如：

　　願身莫著裹屍歸，願妾不死長送衣。(王建〈送衣曲〉，《全唐
　　詩》卷二九八。以下凡《全唐詩》者，但稱卷數)

　　念君此行為死別，對君裁縫泉下衣。(張籍〈妾薄命〉，《張籍
　　詩注》卷一)

　　坐惜年光變，遼陽信未通；……夢繞天山外，愁翻錦字中。
　　(竇鞏〈少婦詞〉，卷二七一)

　　君望功名歸，妾憂生死隔。(白居易〈續古詩十首〉之一，《白居
　　易集》卷二)

　　機中錦字論長恨，樓上花枝笑獨眠；為問元戎竇車騎，何
　　時反旆勒燕然。(皇甫冉〈春思〉，卷二五〇)

　　沙塞經時不寄書，深閨愁獨意何如；花前拭淚情無限，月
　　下調琴恨有餘。(權德輿〈妾薄命篇〉，《權載之文集》卷九)

　　城烏作營啼野月，秦州少婦生離別。(王建〈秋夜曲二首〉之
　　一，卷二九八)

　　歲久自有念，誰令長在邊；少年若不歸，蘭室如黃泉。(王
　　建〈思遠人〉，卷二九七)

　　不如逐君征戰死，誰能獨老空閨裡。(張籍〈別離曲〉，《張籍
　　詩注》卷一)

　　去時只作旦暮期，別後生死俱不知。(薛逢〈追昔行〉，卷五四
　　八)

　　赤嶺久無耗，鴻門猶合圍；幾家緣錦字，含淚坐鴛機。(李

商隱〈即日〉,《李義山詩集》卷中)

未道休征戰,愁眉又復低。(趙嘏〈昔昔鹽二十首〉之二十〈那能惜馬蹄〉,卷五四九)

一行書信千行淚,寒到君邊衣到無。(王駕〈古意〉,卷六九〇、七九九)

水閣蓮開燕引雛,朝朝攀折望金吾;聞道磧西春不到,花到還憶故園無。(陳陶〈水調詞十首〉之五,卷七四六)

幾展齊紈又懶裁,離腸恐逐金刀斷。(裴說〈聞砧〉,卷七二〇)

不得遼陽信,春心何以安。(李中〈春閨辭二首〉之二,卷七四八)

誰知獨夜相思處,淚滴寒塘蕙草時。(廉氏〈寄征人〉,卷八〇一)

越到晚唐,詩中這種悲涼的意味越濃,更受晚唐詩風的影響,在消極悲觀之下,更充滿了虛幻的意象,而「夢」,成了詩人抒寫的題材,藉以表達征夫閨婦的淒楚思念之情。這種現象,越到晚唐越爲明顯,如:

旅魂聲擾亂,無夢到遼陽。(皎然〈隴頭水二首〉之二,《全唐詩》卷八二〇)

日落應愁隴底難,春來定夢江南數。(皎然〈效古〉,《皎然集》卷六)

不識玉門關外路,夢中昨夜到邊城。(戴叔倫〈閨怨〉,卷二七四)

離別苦多相見少,洞房愁夢何由曉。(權德輿〈妾薄命篇〉)

君行登隴上,妾夢在閨中。(令狐楚〈閨人贈遠二首〉之一,卷三三四)

良人自戍來,夜夜夢中道。(孟郊〈征婦怨〉,《孟東野詩集》卷二)

提籠忘采葉,昨夜夢漁陽。(張仲素〈春閨思〉,卷三六七)

夢裡分明見關塞，不知何路向金微。（張仲素〈秋思〉，卷三六
七）

以上屬中唐詩，而晚唐有關「夢」之詩更多，如：

夜來因得思鄉夢，重讀前秋轉海書。（張喬〈遊邊感懷二首〉
之二）

唯有夢魂南去日，故鄉山水路依稀。（羅鄴〈征人〉）

夢裡長嗟離別多，愁中不覺顏容改。（薛逢〈追昔行〉）

佳人刀杵秋風外，蕩子從征夢寐希。（杜牧〈閨情代作〉，卷五
二四）

深閨此宵夢，帶月過遼西。（顧非熊〈關山月〉，卷五〇九）

殘夢夜魂斷，美人邊思深。（杜牧〈秋夢〉，卷五二五）

別早見未熟，入夢無定姿。（劉駕〈寄遠〉，卷五八五）

片心因卜解，殘夢過橋驚。（鄭準〈代寄邊人〉，卷六九四）

鳥啼窗樹曉，夢斷碧煙殘。（李中〈春閨辭二首〉之二）

沙塞依稀落日邊，寒宵魂夢怯山川。（陳陶〈水調詞十首〉之
九）

花落掩關春欲暮，月圓敧枕夢初迴。（劉兼〈征婦怨〉，卷七六
六）

獨倚畫屏人不會，夢魂縈別戍樓邊。（劉兼〈春怨〉，卷七六六）

玉塞夢歸殘燭在，曉鶯窗外囀梧桐。（李中〈春閨辭〉，卷七四
八）

一去遼陽繫夢魂。（無名氏〈雜詩〉之六，卷七八五）

詩人以魂牽夢掛，細膩地表現了征夫閨婦的相思之情。所呈現的，是
柔媚幽宛的詩風，這和唐代前期國力鼎盛時的雖哀怨，但不失為豪邁
的氣象，是有很大不同的。

　　因時代背景治亂盛衰的不同，導致詩人筆下夫婦因征戰久別時
所表現的情感也有所差異，以下僅就詩人所使用文字，作一歸納統
計。

表二：(唐詩中有關因征戍而夫婦分離篇章中) 情感字眼使用次數
　　　總計

時期＼字	怨	恨	愁	思憶念想	哭淚泣啼	嘆嗟	悲	哀	傷	憂	驚	悔	惆悵	寂寞	苦	悽
前	8	4	18	27	15	5	7	1	3	1	2	1	3	2	1	1
後	8	12	36	26	51	3	7	2	2	3	2	4	1	3	1	3	2

註：單位：次。
　　有效詩篇：唐代前期五十三首、唐代後期一百三十九首。

　　在分析表二統計結果之前，有一點必須注意的是：由於唐代前期和後期有關詩作的篇數相距頗懸殊，後期約為前期的兩倍半，因此在分析表二統計所呈現的現象，必須特別注意到此點。

　　由表二中可以發現，唐代詩人表現夫婦因征戍分離的情感，最喜歡以愁、思（憶、念、想）、哭（淚、泣、啼）等字表現。從這些字眼表現中可以發現：「愁」的情緒，並不因時代的不同而有明顯的變化，是「愁」仍為詩人感覺中，夫婦因征戍分離而產生的主要情感之一；而在「思」、「哭」的表現則非如此。在唐代後期，詩人提到「思」類字的機會並不因篇數的眾多而增多，反而比唐代前期略少些，是「思」的情懷已逐漸轉換；而在另外一方面，「哭」類字的使用次數卻陡然劇增，「哭」本即是一種哀傷的情感表現，將「思」和「哭」在唐詩中出現的現象併合同觀，正可為前文敘述作一佐證：唐代前期由於國力鼎盛，表現的征夫情懷以豪邁為主；且由於征戍的屢獲勝利，邊人以是得到功賞者頗多，因此雖因征戍分離而使人有憂愁思念的情感產生，但僅止於思念而已，並未形成更深的哀痛，故「哭」的情感表現不算太多。等到安史亂起，國勢飄搖，內憂外患，頻沓而來，戰場上犧牲的慘重，使夫婦面對因征戰而導致的分離時，更恐懼生離死別的遭遇，已不僅只是思念而已，更多憂愁的情懷湧上心頭，因而詩人選擇了最委婉，但也最深刻的表現方式：以哭泣的動作，表現出深刻的情懷。是「哭」這一動作在唐代後期詩篇中大量出現，和當時

社會環境有很大的關係。

（二）表達情感的方式

1. **季節方面**：以春、秋兩季爲主。

在全部有關夫婦因征戍而分離的詩作中，詩題標以「春」，或詩中提及思念有關「春季」者，共有三十四首。

以「春」爲題者，有崔液〈代春閨〉、徐彥伯〈春閨〉、李白〈春怨〉、張仲素〈春閨思〉、李頻〈春閨怨〉、羅鄴〈春閨〉、錢珝〈春恨〉、崔道融〈春閨二首〉、李中〈春閨辭〉四首、劉兼〈春怨〉、程長文〈春閨怨〉等共十五首。

詩句中以春季爲相思的，如：〔註50〕

春風若可寄，暫爲遠蘭閨。（崔融〈塞上寄內〉）

自君遼海去，玉匣閉春弦。（崔珪〈孤寢怨〉）

閨中少婦不曾愁，春日凝妝上翠樓。（王昌齡〈閨怨〉）

忽逢江上春歸燕。（李白〈擣衣篇〉）

樓上春風日將歇。（同上）

春夢著遼西。（沈佺期〈雜詩三首〉之二）

少婦今春意，良人昨夜情。（同上之三）

春花落盡蜂不窺。（賀蘭進明〈塞下曲〉）

春識舊花叢。（竇鞏〈少婦詞〉）

多少春風怨別情。（戴叔倫〈閨怨〉）

綺席春眠覺。（令狐楚〈閨人贈遠〉）

當春無信去。（孟郊〈古意〉）

遼陽春盡無消息。（白居易〈閨婦〉）

塞門三月猶蕭索，縱有垂楊未覺春。（溫庭筠〈楊柳八首〉之八）

〔註50〕此但舉其要而已，並非首首皆引，以下皆仿此。

春風昨夜到榆關。（盧汝弼〈和李秀才邊庭四時怨〉）

花落掩關春欲暮。（劉兼〈征婦怨〉）

管弦樓上春應在，楊柳橋邊人未歸。（羅鄴〈春閨〉）

遼海音塵遠，春風旅館深。（李中〈春閨辭二首〉）

以「秋」為題者，有王勃〈秋夜長〉、喬知之〈秋閨〉、鄭愔〈秋閨〉、李白〈秋思〉、〈子夜秋歌〉、張仲素〈秋夜曲〉、〈秋思〉、杜牧〈秋夢〉、沈祖仙〈秋閨〉等九首。

詩句中以秋季為相思的，如：

秋夜長，殊未央。……為君秋夜擣衣裳。（王勃〈秋夜長〉）

北斗西指秋雲薄。（喬知之〈和李侍郎古意〉）

秋天瑟瑟夜漫漫。（劉希夷〈擣衣篇〉）

白狼河北音書斷，丹鳳城南秋夜長。（沈佺期〈古意呈補闕喬知之〉）

落葉驚秋婦。（沈佺期〈雜詩三首〉之一）

燕支黃葉落，妾望自登臺；海上碧雲斷，單于秋色來。（李白〈秋思〉）

秋風吹不盡，總是玉關情。（李白〈子夜秋歌〉）

亦知戍不返，秋至拭清砧。（杜甫〈擣衣〉）

凜凜秋閨夕，綺羅早知寒。（賈至〈寓言二首〉之二）

行人九月憶寒衣，飲馬滹河晚更清。（劉長卿〈疲兵篇〉）

去秋送衣渡黃河，今秋送衣上隴坂。（王建〈送衣曲〉）

爽砧應秋律。（劉禹錫〈擣衣曲〉）

沙塞秋應晚，金閨恨已空。（吳大江〈擣衣〉）

君今遠戍在何處，遣妾秋來長望天。（崔公遠詩）

秋天一夜靜無雲，斷續鴻聲到曉聞。（張仲素〈秋思〉）

秋逼暗蟲通夕響。（張仲素〈秋夜曲〉）

淒淒還切切，戍客多離別；何處最傷心，關山見秋月。（長

孫佐輔〈關山月〉

2. 自然景物方面：以月、鴻雁最常爲詩人引用。

在「月」方面，如：

相思在萬里，明月正孤懸。(盧照鄰〈關山月〉)

望斷流星驛，心馳明月關。(楊烱〈折楊柳〉)

相思明月夜，迢遞白雲天。(楊烱〈有所思〉)

虛牖風驚夢，空牀月厭人。(劉允濟〈怨情〉)

西北風來吹細腰，東南月上浮纖手；此時秋月可憐明，此時秋風別有情。(劉希夷〈擣衣篇〉)

誰謂含愁獨不見，更教明月照流黃。(沈佺期〈古意呈補闕喬知之〉)

自憐愁思影，常共月裴回。(鄭愔〈秋閨〉)

願隨孤月影，流照伏波營。(沈如筠〈閨怨二首〉之一)

長安一片月，萬戶擣衣聲。(李白〈子夜秋歌〉)

風摧寒梭響，月入霜閨悲。(李白〈獨不見〉)

螢飛秋窗滿，月度霜閨遲。(李白〈塞下曲六首〉之四)

漢月何曾照客心，胡笳只解催人老。(劉長卿〈疲兵篇〉)

家住秦城鄰漢苑，心隨明月到胡天。(皇甫冉〈春思〉)

城烏作營啼野月，秦州少婦生離別。(王建〈秋夜曲二首〉之一)

玉堂美人邊塞情，碧窗皓月愁中聽。(李賀〈龍夜吟〉)

鑒獨是明月，識志唯寒松。(孟郊〈古意〉)

深閨此宵夢，帶月過遼西。(顧非熊〈關山月〉)

寒空動高吹，月色滿清砧。(杜牧〈秋夢〉)

正憐漢月當空照，不奈胡沙滿眼飛。(羅鄴〈征人〉)

隴月盡牽鄉思動。(沈彬〈塞下曲〉)

西園新月伴愁眉。(陳陶〈水調詞十首〉之二)

秦樓霜月苦邊心。(同上之七)

月圓皷枕夢初迴。(劉兼〈征婦怨〉)

絕塞杪春悲漢月。(劉兼〈春怨〉)

以「鴻雁」表達的，或取鴻雁隨時南北，因而憾恨不得歸的，如：

江南日暖鴻始來，柳條初碧葉半開；玉關遙遙戍未回，金閨日夕生綠苔。(崔液〈代春閨〉)

看看北雁又南飛，薄倖征夫久不歸。(施肩吾〈望夫詞二首〉之一)

報寒驚邊雁。(劉禹錫〈擣衣曲〉)

邊草蕭條塞鴻飛，征人南望淚沾衣。(令狐楚〈塞下曲二首〉之二)

碧雲空斷雁行處，紅葉已彫人未來。(杜牧〈寄遠〉)

塞鴻長是到春歸。(羅鄴〈征人〉)

北斗星前橫旅雁。(劉元叔〈妾薄命〉)

或取鴻雁傳書事，如：

繫書春雁足，早晚到雲中。(鄭遂初〈別離怨〉)

音書秋雁斷。(鄭愔〈秋閨〉)

雁盡書難寄。(沈如筠〈閨怨二首〉之一)

白雁從中來，飛鳴苦難聞；足繫一書札，寄言難離群。(李白〈學古思邊〉)

雁來雖有書，衡陽越不得。(黃滔〈閨怨〉)

儻見西征雁，應傳一字還。(趙嘏〈昔昔鹽二十首：關山別蕩子〉)

佳子持錦字，無雁寄遼西。(崔道融〈春閨二首〉之一)

曾寄錦書無限意，塞鴻何事不歸來。(劉兼〈征婦怨〉)

錦書雁斷應難寄。(劉兼〈春怨〉)

或取雁終身一偶配，雙飛雙宿，而感己身夫婦分離的孤獨，如：

時聞寒雁聲相喚，紗窗只有燈相伴。(裴說〈聞砧〉)

夜深聞雁腸欲絕，獨坐縫衣燈又減。(劉元叔〈妾薄命〉)

3. **人事方面**：以寄書、寄衣、擣衣（聞砧）、裁縫織繡等事爲主
　　要抒發方式。

有關寄書部分，詩人主要從音書難寄，書信不達來抒寫情感，由
於此在前面已分別提過，爲免重覆，故此處但略不提。

詩人或將閨婦對征夫的思念、關懷情誼，藉著織繡裁縫、擣衣等
行爲表達出來，而這些行爲，或和寄衣有關，如：

去年離別雁初歸，今夜裁縫螢已飛；征客近來音信斷，不
知何處寄寒衣。（張紘〈閨怨〉）

爲君秋夜擣衣裳，……調砧亂杵思自傷。（王勃〈秋夜長〉）

怨啼能至曉，獨自懶縫衣。（沈佺期〈雜詩三首〉之一）

春風日向盡，銜涕作征衣。（徐彥伯〈閨怨〉）

衣香逐舉袖，釧動應鳴梭；還恐裁縫罷，無信達交河。（虞
世南〈中婦織流黃〉）

曲房理針線，平砧擣文練；鴛綺裁易成，龍鄉信難見。（喬
知之〈秋閨〉）

明朝驛使發，一夜絮征袍；素手抽針冷，那堪把剪刀；裁
縫寄遠道，幾日到臨洮。（李白〈子夜冬歌〉）

機中織錦秦川女，碧紗如煙隔窗語；停梭悵然憶遠人，獨
宿空房淚如雨。（李白〈烏夜啼〉）

不知歲晚歸不歸，又將啼眼縫征衣。（施肩吾〈效古興〉）

織錦機邊鶯語頻，停梭垂淚憶征人。（溫庭筠〈楊柳八首〉之
八）

征衣一倍裝綿厚，猶慮交河雪凍深。（陳陶〈水調詞十首〉之
七）

寒到君邊衣到無。（王駕〈古意〉）

除上述詩句外，亦有以擣衣爲題的，如劉希夷〈擣衣篇〉：

秋天瑟瑟夜漫漫，夜白風清玉露漙；燕山遊子衣裳薄，秦
地佳人閨閣寒；欲向樓中縈楚練，還來機上裂齊紈；攬紅

袖兮愁徙倚，眄青砧兮悵盤桓；盤桓徒倚夜已久，螢火雙
飛入簾牖；西北風來吹細腰，東南月上浮纖手；此時秋月
可憐明，此時秋風別有情；君看月下參差影，為聽莎間斷
續聲；絳河轉兮青雲曉，飛鳥鳴兮行人少；攢眉緝縷思紛
紛，對影穿針魂悄悄；聞道還家未有期，誰憐登隴不勝悲；
夢見形容亦舊日，為許裁縫改昔時；緘書遠寄交河曲，須
及明年春草綠；莫言衣上有斑斑，只為思君淚相續。

杜甫〈擣衣〉：

亦知戍不返，秋至拭清砧；已近苦寒月，況經長別心；寧
辭擣熨倦，一寄塞垣深；用盡閨中力，君聽空外音。

吳大江〈擣衣〉：

沙塞秋應晚，金閨恨已空，那堪裂紈素，時許出房櫳；杵
影弄寒月，砧聲調夜風；裁縫雙淚盡，萬里寄雲中。

浦起龍注杜詩以為：「古樂府擣衣篇皆託為從軍者之婦言。」〔註51〕
觀今《全唐詩》中所錄，率如其言。是「擣衣」一事，乃詩人專用以
抒寫征婦情感的，隨著杵聲的高低節奏，將閨婦關懷思念之情傳送。

唐武宗時，邊將張揆妻侯氏繡迴文詩為龜形，表達思夫之情，詣
闕上之，是以裁縫織繡、擣衣為題材，表現最真切的情感之作：

睽離已是十秋強，對鏡那堪重理妝；聞雁幾迴修尺素，見
霜先為製衣裳；開箱疊練先垂淚，拂杵調砧更斷腸；繡作
龜形獻天子，願教征客早還鄉。（《全唐詩》卷七九九）

侯氏的深情果真打動了皇帝，而離家十餘載的張揆因此方得以還
家。

除此之外，唐人亦有以送衣、寄衣名篇的，如王建〈送衣曲〉：

去秋送衣渡黃河，今秋送衣上隴坂；婦人不知道徑處，但
問新移軍近遠；半年著道經雨濕，開籠見風衣領急；舊來
十月初點衣，與郎著向營中集；絮時厚厚綿纂纂，貴欲征
人身上暖；願身莫著裹屍歸，願妾不死長送衣。

〔註51〕見浦著《讀杜心解》卷三之二，中華書局。

年年送衣，不辭遠近；縫時厚厚攢，不辭辛勞，只願丈夫身上暖，只
盼丈夫生得還。閨婦的關懷、悲淒情懷，從縫衣、寄衣的舉動中，生
動地表現出來。張籍亦有一首〈寄衣曲〉：

> 織素縫衣獨苦辛，遠因回使寄征人；官家亦自寄衣去，貴
> 從妾手著君衣；高堂姑老無侍子，不得自到邊城裡；殷勤
> 為看初著時，征夫身上宜不宜。（《張籍詩注》卷一）

縫衣雖辛苦，衣雖不足貴，但是「貴從妾手著君身」，寄衣對征戍
的人來說，其最大意義正是如此！是皆因夫征戍所表現出的深濃情
誼。

三、經　商

　　大唐帝國的鼎盛，並不僅只是武功的鼎盛而已，更重要的是繁榮
的經濟，建構起富庶的社會。經濟的繁榮，導致交易的熱絡，居中的
商賈，扮演了重要的角色。有關唐代商賈的活動情形，元稹〈估客
樂〉中有很生動詳盡的敘寫：

> 估客無住著，有利身則行；出門求火伴，入戶辭父兄；父
> 兄相教示，求利莫求名；求名莫所避，求利無不營；火伴
> 相勒縛，賣假莫賣誠；交關但交假，本生得失輕；自茲相
> 將去，誓死意不更；亦解市頭語，便無鄰里情；鋪石打臂
> 釧，糯米吹項瓔；歸來村中賣，敲作金石聲；村中田舍娘，
> 貴賤不敢爭；所費百錢本，已得十倍贏；顏色轉光靜，飲
> 食亦甘馨；子本頻蕃息，貨販日兼并；求珠駕滄海，採珠
> 上荊衡；北買党項馬，西擒吐蕃鸚；炎洲布火浣，蜀地錦
> 織成；越婢脂肉滑，奚僮眉眼明，通算衣食費，不計遠近
> 程；經遊天下徧，卻到長安城，城中東西市，聞客次第迎；
> 迎客兼說客，多財為勢傾；客心本明黠，聞語心已驚；先
> 問十常侍，次求百公卿；侯家與主第，點綴無不精。歸來
> 始安坐，富與王者勍；市卒醉肉臭，縣骨家舍成；豈唯絕
> 言語，奔走極使令；大兒販材木，巧識梁棟形；小兒販鹽
> 鹵，不入州縣征；一身偃市利，突若截海鯨；鉤距不敢下，

下則牙齒橫；生爲估客樂；判爾樂一生；爾又生兩子，錢
刀何歲平。(《元氏長慶》卷二三)

劉禹錫〈賈客詞〉(《全唐詩》卷三五四) 中亦有「賈客無定遊，所遊
唯利并」句，是商賈逐利而生活，少有長居於一地的現象，時時遠行
經商。而遠行經商，少聞攜家帶眷，於是商賈之家，夫婦分離的現象
遂時常發生。夫婦分離，在商賈「重利輕別離」〔註52〕，「所遊唯利
并」的強烈功利取向態度下，現存唐詩中，有關描寫因經商而夫婦分
離情感的詩作，皆從閨婦角度抒寫，而少見商人對妻婦的分離情感表
現。這種抒寫，或由有文采的商婦自作，如郭紹蘭〈寄夫〉：

我壻去重湖，臨窗泣血書；殷勤憑燕翼，寄與薄情夫。(《全
唐詩》卷七九九)

據《開元天寶遺事》卷三記載，郭紹蘭乃巨商任宗之妻，任宗爲賈於
湘中，數年不歸，復音書不達，紹蘭目睹堂中雙燕戲於梁間，因而長
吁，燕子飛鳴上下，似有所諾，於是紹蘭作此詩繫於燕足。時任宗在
荊州，燕忽飛鳴泊其肩上，訝然見書，感而泣下，次年即歸。與郭紹
蘭此篇近似的，有晁采二首〈雨中憶夫〉：

窗前細雨日啾啾，妾在閨中獨自愁；何事玉郎久離別，忘
憂總對豈忘憂。

春風送雨過窗東，忽憶良人在客中；安得妾身今似雨，也
隨風去與郎同。(《全唐詩》卷八〇〇)

據《全唐詩》所載，采家畜一白鶴，名爲素素。一日雨中，忽憶其夫，
謂鶴曰：昔王母青鸞、紹蘭紫燕，皆能寄書遠達，汝獨不能乎？鶴延
頸向采，若受命狀。采即援筆直書二絕，繫於鶴足，竟致其夫。殊不
論事之眞假，單就詩之內容來看，郭紹蘭的「臨窗泣血書」，晁采的
「忘憂總對豈忘憂」，恨不得化身成雨，隨風去伴夫婿旁，將商婦怨
恨離別的情緒，生動地表現出來。

這種抒寫，亦或由詩人代擬情感而作，如李白〈長干行〉中寫

〔註52〕白居易〈琵琶引〉，《白居易集》卷十二。

道：

> 十六君遠行，瞿塘灩澦堆；五月不可觸，猿聲天上哀；門前遲行跡，一一生綠苔；苔深不能掃，落葉秋風早；八月胡蝶來，雙飛西園草；感此傷妾心，坐愁紅顏老；早晚下三巴，預將書報家；相迎不道遠，直至長風沙。（《李太白文集》卷四）

丈夫遠行經商，閨婦在家，一方面既掛心旅途的艱險，一方面又每每觸景傷情，難過丈夫的遠行不歸。末二句的「相迎不道遠，直至長風沙」，正將閨婦心中深切的盼望與相思情懷，生動地表現出來，除此之外，李白尚有另一首〈江夏行〉亦是描寫商婦相思之情：

> 憶昔嬌小姿，春心亦自持；為言嫁夫婿，得免長相思；誰知嫁商賈，令人卻愁苦；自從為夫妻，何曾在鄉土；去年下揚州，相送黃鶴樓；眼看帆去遠，心逐江水流；只言期一載，誰謂歷三秋；使妾腸欲斷，恨君情悠悠。東家西舍同時發，北去南來不逾月；未知行李遊何方，作箇音書能斷絕；適來往來浦，欲問江西船；正見當壚女，紅妝二八年；一種為人妻，獨自多悲悽；對鏡便垂淚，逢人只欲啼；不知輕薄兒，旦暮長相隨；悔作商人婦，青春長別離，如今正好同懽樂，君去容華誰得知。（《李太白文集》卷八）

左右鄰舍同時出門的，皆已回家；而相期一年便返的丈夫卻三秋不見人影。青春守空房，此情何以堪，不禁有「悔作商人婦」的慨嘆。

稍晚於李白的張潮〔註53〕，亦作有〈江風行〉（一名〈長干行〉）一首：

> 婿貧如珠玉，婿富如埃塵；貧時不忘舊，富日多寵新。妾本富家女，與君為偶匹；惠好一何深，中門不曾出。妾有繡衣裳，葳蕤金縷光；念君貧且賤，易此從遠方；遠方三千里，思君心未己；日暮情更來，空望去時水；孟夏麥始秀，江上多南風；商賈歸欲盡，君今尚巴東；巴東有巫山，窈窕神女顏；常恐遊此方，果然不知還。（《全唐詩》卷一一四）

〔註53〕據《全唐詩》詩前小傳，張潮乃大曆中處士。

在所有描寫賈婦相思閨怨的詩作中，本詩是頗爲特殊的一首。除了表現出苦苦的期盼等待之情外，更多的是對丈夫喜新厭舊行爲態度的怨嗟；貧相守、富相棄；而門外世界，巫山神女多窈窕，「常恐遊此方，果然不知還」，深深表現出閨婦內心的痛楚。

李益的〈長干行〉一首，則表現出賈婦對丈夫見少離別多的怨恨：

> 憶妾深閨裡，煙塵不曾識；嫁與長干人，沙頭候風色。五月南風興，思君下巴陵；八月西風起，想君發揚子；去來悲如何，見少離別多；湘潭幾日到，妾夢越風波；昨夜狂風度，吹折江頭樹；渺渺暗無邊，行人在何處；好乘浮雲驄，佳期蘭渚東；鴛鴦綠浦上，翡翠錦屏中；自憐十五餘，顏色桃花紅；那作商人婦，愁水復愁風。(《李太白文集》卷四)〔註54〕

在李益另一首〈江南曲〉中，亦有相似的怨恨：

> 嫁得瞿塘賈，朝朝誤妾期；早知潮有信，嫁與弄潮兒。(《全唐詩》卷二八三)

商人的重利經別離，使閨婦時時「沙頭候風色」、「愁水復愁風」，頗有嫁錯郎之幽怨。其他如劉得仁〈賈婦怨〉：

> 嫁與商人頭欲白，未曾一日得雙行；任君逐利輕江海，莫把風濤似妾輕。(《全唐詩》卷五四五)

劉采春〈囉嗊曲六首〉之一：

> 不喜秦淮水，生憎江上船；載兒夫婿去，經歲又經年。(《全唐詩》卷八〇二)〔註55〕

是皆表達了賈婦對丈夫長期因經商而遠遊在外的怨恨之情。

除了思念和怨恨的情緒外，由於長期的等候、分離，於是求神卜訊成了思念的另一種型式表現，如王建〈江南三臺詞四首〉之一：

〔註54〕本詩原在李白詩集中，據黃山谷意爲李益之作，故此依黃氏之說，標爲李益詩。一或以爲張潮詩。

〔註55〕劉采春乃越州妓，故此詩僅可視爲代擬情感之作，而非親身情感的抒寫。

揚州橋邊少婦，長安城裡商人；三年不得消息，各自拜鬼
求神。（《全唐詩》卷三〇一）

劉采春〈囉嗊曲六首〉之三中亦有：

莫作商人婦，金釵當卜錢；朝朝江口望，錯認幾人船。

長期的夫婦兩地相隔，音訊難通的情況下，使遠行的商賈、空閨的
少婦，莫不以拜鬼求神、問卜爲心靈寄託的方式。而「朝朝江口望，
錯認幾人船」句，更進一步將閨婦殷切期盼的心態，生動地表現出
來。

　　大致上而言，詩人筆下因經商而導致夫婦分離時，所表現出來的
情感，「怨」佔了很大的比例，且往往有嫁錯郎的感嘆，這和因仕宦、
征戍而導致夫妻分離時表現出的綿密思念，深刻關懷情感，是有很大
不同的。

四、嬉　遊

（一）一般臣民

　　唐代前期，國勢鼎盛，外蕃咸服，天下一家。社會的繁榮富庶，
在自由開放的風氣下，於是形成了唐人奢靡淫逸的習性。崔顥〈渭城
少年行〉中即記載了當時社會流行的景象：

長安道上春可憐，搖風蕩日曲江邊；萬户樓臺臨渭水，五
陵花柳滿秦川；秦川寒食盛繁華，遊子春來不見家；鬥雞
下杜塵初合，走馬章臺日半斜；章臺帝城稱貴里，青樓日
晚歌鐘起；貴里豪家白馬驕，五陵年少不相饒；雙雙挾彈
來金市，兩兩鳴鞭上渭橋；渭城橋頭酒新熟，金鞍白馬誰
家宿？可憐錦瑟箏琵琶，玉壺清酒就倡家；小婦春來不解
羞，嬌歌一曲楊柳花。（《全唐詩》卷一三〇）

在豪貴之家是如此，而在一般市井百姓的生活中，雖或不如富貴人家
的奢華，但嬉遊淫樂的習氣卻是相同的，如鬥雞一事，陳鴻〈東城老
父傳〉中即提到：「上之好之，民風尤甚。諸王世家、外戚家、貴主
家、侯家，傾帑破產市雞，以償雞直。都中男女，以弄雞爲事，貧者

弄假雞。」唐人的娛樂項目繁多〔註56〕，首都長安城中雖有宵禁，然而遠在江南，揚州秦淮，卻有夜不熄火的熱鬧夜市〔註57〕；攜妓遊玩的風氣盛行。社會上存在了太多眩目愉悅的風氣與事物，吸引著唐人，夜不歸家的現象於是形成，「賞春惟逐勝，大宅可曾歸」〔註58〕，而這種不歸，往往造成了夫婦的分離，崔顥〈代閨人答輕薄少年〉中即提到：

> 兒家夫婿多輕薄，借客探丸重然諾；平明挾彈入新豐，日晚揮鞭出長樂；青絲白馬冶遊園，能使行人駐馬看；自矜陌上繁華盛，不念閨中花鳥闌；花間陌上春將曉，走馬鬥雞猶未返。(《全唐詩》卷一三○)

曹鄴〈去不返〉中亦有：

> 寒女不自知，嫁爲公子妻；親情未識面，明日便東西；但得上馬了，一去頭不回；雙輪如鳥飛，影盡東南街。(《全唐詩》卷五九二)

繁華多奇的娛樂，沈迷了丈夫的心，對於家中的妻妾，自是不屑於一顧，不加以留戀的了。如蔣維翰〈怨歌〉：

> 百尺珠樓臨狹邪，新妝能唱美人車；皆言賤妾紅顏好，要自狂夫不憶家。(《全唐詩》卷一四五)

繁華奢迷的生活，使丈夫無視於家中姬妾的美貌，「要自狂夫不憶家」，一語道出了閨婦愁緒所在。又如于鵠〈題美人〉：

> 秦女窺人不解羞，攀花趁蝶出牆頭；胸前空帶宜男草，嫁得蕭郎愛遠遊。(《全唐詩》卷三一○)

在這樣的情況下，閨婦所表現出的情感態度，或是傷憐哀泣的情緒，如楊凝〈花枕〉：

〔註56〕參見傅樂成〈唐人的生活〉一文。
〔註57〕如王建〈夜看揚州市〉：「夜市千燈照碧雲，高樓紅袖客紛紛；如今不似昇平日，猶自笙歌徹曉聞。」〈閶丘曉夜渡江〉：「夜火連淮市，春風滿客船。」等等詩中，所敘皆熱鬧之夜生活。(此據羅老師宗濤上課講義)
〔註58〕李廓〈長安少年行十首〉之六，《全唐詩》卷二四。

　　　　席上花香枕，樓中蕩子妻；那堪一夜裡，長涇兩行啼。(《全
　　　　唐詩》卷二九○)
張琰〈春詞二首〉之一：
　　　　昨日桃花飛，今朝梨花吐；春色能幾時，那堪此愁緒；蕩
　　　　子遊不歸，春來淚如雨。(《全唐詩》卷八○一)
因丈夫嬉遊分離時，妻婦的哭泣，充滿了無可奈何的情懷，思念丈夫
卻無力回夫行，只好以兩行清淚相對。而在這種傷憐哀泣的情緒下，
更多的是對丈夫的思念情懷。

　　　表達閨婦相思哀傷情緒的，又如崔顥〈代閨人答輕薄少年〉一詩
最末所描寫的：
　　　　三時出望無消息，一去那知行近遠；桃李花開覆井欄，朱
　　　　樓落日捲簾看；愁來欲奏相思曲，抱得秦箏不忍彈。
蕩子出遊不知返，閨婦時時外出看，欲以彈琴解愁緒，卻又傷情不忍
彈，從動靜行爲的反覆間，傳達出閨婦深刻的思念之情。而曹鄴的〈去
不返〉中，更將此相思的愁緒轉爲凄厲：
　　　　君從此路去，妾向此路啼；但得見君面，不辭插荊釵。
以荊木爲釵，乃貧寒人家妻女的裝飾。嫁爲富貴公子妻，本是多麼幸
福的事，不用再爲生活清苦而煩惱；然而丈夫的嬉遊不返，卻使之萌
生只要能見到丈夫面，縱使插荊釵、過苦日子都甘心的想法。反映出
在閨婦心中，是何等的凄涼、難過！

　　　在長期的等待下；或不免產生臆測，如曹鄴〈薄命妾〉：
　　　　薄命常惻惻，出門見南北；劉郎馬蹄疾，何處去不得；淚
　　　　珠不可收，蟲絲不可織；知君綠桑下，更有新相識。(《全唐
　　　　詩》卷五九三)
司空圖〈洛中三首〉：
　　　　秋風團扇未驚心，笑看妝臺落葉侵；繡鳳不教金縷暗，青
　　　　樓何處有寒砧。(《全唐詩》卷五九三)
「知君綠葉下，更有新相識」，表現出閨婦在獨守空閨時，心情是何
等的哀傷；丈夫日日在外遊嬉不返，無非是迷戀娼妓，更識新人。一

句「青樓何處有寒砧」，是勉丈夫珍惜家中貞節的妻婦，以爲畢竟青樓女子，憐錢不憐德，何能像家人對丈夫的關懷呢？多少的恨意，埋藏在其中。而在這二首詩中，則點出嬉遊丈夫不顧家中妻婦的另一原因：喜新厭舊。

喜新厭舊的行爲表現，多僅只是表現在丈夫方面。由於婚姻地位的夫尊婦卑，形成「用不用，惟一人」全憑丈夫喜好而維繫的夫婦關係。而在「丈夫百行，婦人一志」〔註59〕的觀念下，更兼以唐代禮法觀念淡薄、風氣自由開放，於是造成了唐代對男子婚姻關係的縱容，娼妓大行，丈夫所好即情之所在，情在則相聚，情移則相棄，喜新厭舊，形成夫婦的分離。然而有一點須注意的是：喜新厭舊是一種對情感的態度，含有「嬉遊」的心理，是以不固定守於一情，但和前所述的因嬉遊分離並不完全相同。前所謂的因嬉遊分離，指的是因丈夫四方出遊而造成的夫婦分離現象；而喜新厭舊的丈夫，並不一定出遊。以其仍有共通之處，故在此將喜新厭舊併入嬉遊一類中。

因丈夫喜新厭舊而導致夫婦分離的，就閨婦而言，所表現出的情感是怨、恨交加，諸多情感雜陳，如喬知之〈定情篇〉中提到：

> 君念春光好，妾向春光啼；君時不得意，棄妾還金閨；結言本同心，悲歡何未齊；怨咽前致辭，願得申所悲；人間丈夫易，世路婦難爲；始如經天月，終若流星馳；天月相終始，流星無定期；長信佳麗人，失意非蛾眉；盧江小吏婦，非關織作遲；本願長相對，今已長相思。(《全唐詩》卷八一)

只因不得丈夫意，遂長棄妻妾，一句「人間丈夫易，世路婦難爲」，將閨婦心中多少不平意，深深地表現出來。又如李白〈白頭吟〉：

> 錦水東北流，波蕩雙鴛鴦；雄巢漢宮樹，雌弄秦草芳；寧同萬死碎綺翼，不忍雲間兩分張；此時阿嬌正嬌妒，獨坐長門愁日暮；但願君恩顧妾深，豈惜黃金買詞賦；相如作

〔註59〕鄭氏《女孝經·廣首信章》：「婦地夫天，廢一不可。然則丈夫百行，婦人一志，男有重婚之義，女無再醮之文。」

賦得黃金，丈夫好新多異心；一朝將聘茂陵女，文君因贈
白頭吟；東流不作西歸水，落花辭條羞故林；兔絲固無情，
隨風任傾倒；誰使女蘿枝，而來強縈抱；兩草獨一心，人
心不如草；莫捲龍鬚席，從他生網絲；且留琥珀枕，或有
夢來時；覆水再收豈滿杯，棄妾已去難重迴；古來得意不
相負，秖今惟見青陵臺。(《李太白文集》卷四)

李白此詩多稱引前人典故，以顯現出閨婦的幽怨，一句「人心不如
草」，正對丈夫喜新厭舊的心態作了最淒涼的諷刺。又李白〈怨情〉：

新人如花雖可寵，故人似玉由來重；花性飄揚不自持，玉
心皎潔終不移；故人昔新今尚故，還見新人有故時；請看
陳后黃金屋，寂寂珠簾生網絲。(《李太白文集》卷二五)

以故人新人相比，一似玉貞潔，一似花飄揚。雖則如此，但無情丈夫
終究棄離故人，詩中雖不曾言怨，但怨意自深；詩末更以今昔相比，
是警惕新人，而更多的是傷夫情不久。

以今昔相比，慨嘆夫情不長久的，除了李白此詩外，尚有李端〈姜
薄命〉：

憶妾初嫁君，花鬢如綠雲；迴燈入綺帳，轉面脫羅裙，折
步教人學，偷香與客聞；容顏南國重，名字北方聞；一從
失恩意，轉覺身憔頓；對鏡不梳頭，倚窗空落淚；新人莫
恃新，秋至會無春；從來閉在長門者，必是宮中第一人。(《全
唐詩》卷二八四)

長孫佐轉〈對鏡吟〉：

憶昔逢君新納聘，青銅鑄出千年鏡；意憐光彩固無瑕，義
比恩情永相映；每將鑒面兼鑒心，鑒來不輾情逾深；君非
結心空結帶，結處尚新恩已背，開簾覽鏡悲難語，對門相
看孟門阻；掩匣徒慚雙鳳飛，懸臺欲效孤鸞舞；昔日照人
來共許，今朝照罷自生疑；鏡上有塵猶可淬，君恩詎肯無
迴時。(《全唐詩》卷四六九)

鮑溶〈古意〉：

女蘿寄青松，綠蔓花綿綿；三五定君婚，結髮早移天；肅

> 肅羌雁禮，冷冷琴瑟篇；恭承采蘩祀，敢效同車賢；皎日
> 不留景，良辰如逝川；愁心忽移愛，花貌無歸妍；翠袖皓
> 珠粉，碧階封綠錢；新人易如玉，廢瑟難為弦；寄謝蘗華
> 木，榮君香閣前；豈無搖落苦，貴與根蒂連；希君舊光景，
> 照妾薄暮年。（《全唐詩》卷四八五）

昔日恩愛，均隨著年華的老去而移轉。「男兒全盛日忘舊」，回想起昔日的恩愛，閨婦心中是何等的幽怨，或難過地傷心哭泣，或仍淒留一絲期望：「希君舊光景，照妾薄暮年」，哀哀的語句，何等心酸！

其他又如趙嘏〈代人贈杜牧侍御〉，託為一女子口吻，表達失寵者之心情：

> 郎作東臺御史時，妾長西望斂雙眉；一從詔下人皆羨，豈
> 料恩衰不自知；高闕如天縈曉夢，華筵似水隔秋期；坐來
> 情態猶無限，更向樓前舞柘枝。（《全唐詩》卷五四九）

風流詩人杜牧，曾作有「十年一覺揚州夢，贏得青樓薄倖名」〔註60〕詩句，沉迷於歌樓酒色之間，嬉樂既多，妻婦自不能無怨。趙嘏此詩，即描繪出失寵者之心態。

曹鄴〈相思極〉中，在表現幽婦的幽怨方面，從將心比心的角度抒寫：

> 妾顏與日空，君心與日新；三年得一書，猶在湘之濱；料
> 君相輕意，知妾無至親；況當受明禮，不令再嫁人；願君
> 從此日，化質為妾身。（《全唐詩》卷五九三）

在喜新厭舊的丈夫眼中，常常是「但見新人笑，那聞舊人哭」〔註61〕；所表現的態度亦是「有義即夫婿，無義還他人；愛如寒爐火，棄若秋風扇；山獄起面前，相看不相見」〔註62〕，此等對妻婦舊人的輕視忽略態度，對失寵的人來說，是十分淒苦傷心的，曹鄴此詩，以「願君從此日，化質為妾身」結束，正希望薄倖的丈夫，多能為他人想想；

〔註60〕杜牧〈遣懷〉，見《樊川外集》。
〔註61〕杜甫〈佳人〉，《杜工部詩集》卷五。
〔註62〕李益〈雜曲〉。

那種苦痛,實是不堪言!全詩之中,不云一怨字,而怨意深濃;不言
一恨字,而恨意至深。

面對當時社會的這種不良風氣,魏氏〈贈外〉一詩中,表現妻子
深切的期望與擔心:

> 浮萍依綠水,弱蔦寄青松;與君結大義,移天得所從;翰
> 林無雙鳥,劍水不分龍;諧和類琴瑟,堅固同膠漆;義重
> 恩欲深,夷險貴如一;本自身不令,積多嬰痛疾;朝夕倦
> 牀枕,形體恥巾櫛;遊子倦風塵,從官初解巾;束裝赴南
> 鄭,脂駕出西秦;比翼終難遂,銜雌苦未因;徒悲楓岸遠,
> 空對柳園春;男兒不重舊,丈夫多好新;新人喜新聘,朝
> 朝臨粉鏡;兩駕固無比,雙蛾誰與競;詎憐愁思人,銜啼
> 嗟薄命;蕣華不足恃,松枝有餘勁;所願好九思,勿令虧
> 百行。(《全唐詩》卷七九九)

先從夫婦關係本分談起,而後方論至本詩的重心:希望丈夫能珍重夫
婦情誼。婉轉敘述,前後相警相示,只是祈望丈夫多加思考,「勿令
虧百行」,表面上是關心丈夫的行止,勿使有虧,而實際上更多的是
懼怕擔心丈夫喜新厭舊,棄己不顧。李商隱〈柳枝五首〉之四中即以
爲:

> 柳枝井上蟠,蓮葉蒲中乾;錦鱗與繡羽,水陸有傷殘。(《李
> 義山詩集》卷下)

在詩前義山曾有序說明此五首詩的寫作,乃因其所悅好的洛中里娘柳
枝,爲鎮帥所取去,感慨之餘,發爲詩作。本詩專就鎮帥取去立言,
想以鎮帥的荒淫,柳枝目前雖受寵愛,但轉眼即寵移棄置,使之空老
閨房;最後慨嘆尤物在世上遭受摧殘的可能性太多〔註63〕。丈夫棄置
妻妾的可能性太多,也難怪魏氏有如是的擔心與期待。

(二)宮 中

「用不用,惟一人」的夫婦關係,在後宮中表現最爲明顯。後宮

〔註63〕此據葉蒽奇說法,葉疏頁570。

佳麗三千人，盡皆只是帝王一人的禁臠。面對如此眾多的選擇，很容易使帝王的情感無法長久固定於一人身上，於是喜新厭舊在宮中便成了毫不稀奇的事；失寵的妃嬪，永遠多於當寵的人數。詩人們雖遠隔在宮牆之外，但對宮人遭遇卻頗為同情；宮怨，是唐代詩人喜為抒寫的題材。

　　唐代詩人抒寫的有關失寵的宮怨詩，大致上可分為兩類：一是以前代故實為主題，如漢代的陳皇后長門怨、班婕妤長信怨等；除此之外，但抒宮怨者另為一類。多是詩人代擬情感的作品。今則循此，觀察詩人對分離情感的表現。

1. 以陳皇后長門怨為主題的詩歌

　　故實：陳皇后乃漢武帝廢皇后，武帝姑館陶長公主嫖女，名阿嬌。因擅寵驕妒無子，寵幸日衰；而後又以讒衛子夫，陷之幾死者數次；並惑於巫祝，挾婦人媚道，大忤怒於上，廢其后位，罷退長門宮〔註64〕。傳說其嘗以黃金百斤託於司馬相如，作為〈長門賦〉以悟主上，終復得幸〔註65〕。相如此賦，構為文學佳作，為世人所吟頌，是以此後，陳皇后長門事成為失寵妃嬪、宮怨的象徵。

　　詩作：現存唐詩中以陳皇后長門怨為主題，描寫失寵的宮怨，計有四十四首之多〔註66〕。其抒寫失寵廢后的情感，或借外在景物以為烘托、襯照，而表現出廢后的寂寥、悲悽情感，如劉長卿〈長門怨〉：

〔註64〕 見《史記》卷四九〈外戚世家〉、《漢書》卷九七〈外戚傳〉。

〔註65〕 《文選》卷十六〈長門賦序〉：「孝武皇帝陳皇后，時得幸，頗妒，別在長門宮，愁悶悲思。聞蜀郡成都司馬相如，天下工為文。奉黃金百斤，為相如、文君取酒，因于解悲愁之辭。而相如為文以悟主上，陳皇后復得親幸。」《樂府解題》亦有如是記載。然此事不見於史書，且史書上亦無陳皇后復得親幸之記載，故此但以傳說名之。

〔註66〕 黃美玉學姐《唐人以漢代婦女為主題詩歌之研究》論文中，以為唐人以陳皇后長門怨為主題的詩歌計有四十三首。今復重新檢擇，又新得二首，並去其所錄黃滔〈司馬長卿〉一首非干失寵的作品，都為四十四首。

何事長門閉，珠簾只自垂；月移深殿早，春向後宮遲；蕙
草生閒地，梨花發舊枝；芳菲自恩幸，看著被風吹。(《劉隨
州詩集》卷三)

本詩先從珠簾空垂閉長門的蕭條景象寫起，而後藉月移、春至等時光
的變遷襯托深宮的寂寥。在此冷淡的長門宮中，蕙草、梨花雖綻枝芽，
似承恩幸，然實受風吹損，無人憐惜。終首詩中不見人影，全由外在
景物著筆，然而失寵的索寞卻深深流露。又如李白〈長門怨二首〉：

天迴北斗挂西樓，金屋無人螢火流；月光欲到長門殿，別
作深宮一段愁。

桂殿長愁不記春，黃金四屋起秋塵；夜懸明鏡青天上，獨
照長門宮裡人。(《李太白文集》卷二五)

二詩文句雖不同，但立意頗為相近，先以金屋的繁華和深宮的凄涼索
漠相映襯，而後以月光映照出長門宮中孤獨的身影，以正反的烘托，
抒寫出失寵被棄者的孤獨愁緒。

又如皎然〈長門怨〉：

春風日日閉長門，搖蕩春心自夢魂，若遣花開只笑妾，不
如桃李正無言。(《皎然集》卷六)

春風花開，本是多麼欣喜的事，而在孤寂的長門宮中，卻成了勾起傷
心的事因。末二句充滿了無奈之意，正足以現其哀愁。又如耿湋〈長
門怨〉：

聞道昭陽宴，嚬蛾落葉中；清歌逐寒月，遙夜入深宮。(《全
唐詩》卷二六九)

本詩以昭陽宮的盛事，映襯出長門宮的寥落悲愁，首句「聞道」二字，
將廢后的悵惘深深地扣入詩中。盧綸〈長門怨〉中亦有類似的表現：

空宮古廊殿，寒月落斜暉；臥聽未央曲，滿箱歌舞衣。(《全
唐詩》卷二七七)

滿箱的歌舞衣，本是為未央曲而準備，如今卻身處空宮之中，無限的
凄清之情，溢於詩外。

以上諸詩所呈現出的，皆是失寵廢后身處孤宮之中，寂寞悲凄的

愁緒，止於傷情而已；這種傷情的感覺若更加深一步，則化爲哀怨的
幽泣，以淚水表達內心中對君王的深情相思，或自憐遭遇，如：

愁眠羅帳曉，泣坐金閨暮；獨有夢中魂，猶言意如故。(袁
暉〈長門怨〉，《全唐詩》一一一)

泣盡無人間，容華落鏡中。(崔顥〈長門怨〉，卷一三〇)

紅粉濕啼痕。(岑參〈長門怨〉，《岑嘉州詩集》卷三)

望望昭陽信不來，迴眸獨掩紅巾泣。(楊衡〈長門怨〉，卷四六
五)

手持金筯垂紅淚，亂撥寒灰不舉頭。(劉言史〈長門怨〉，卷四
六八)

淚痕不共君恩斷，拭卻千行更萬行。(劉皂〈長門怨三首〉之
一，卷四七二)

旁人未必知心事，一面殘妝空淚痕。(同上之三)

自閉長門經幾秋，羅衣濕盡淚還流。(裴交泰〈長門怨〉，卷四
七二)

珠鉛滴盡無心語，強把花枝冷笑看。(張祐〈長門怨〉，卷五一
一)

倚枕夜悲金屋雨，卷簾朝泣玉樓雲。(胡曾〈薄命妾〉，卷六四
七)

殘春未必多煙雨，淚滴閒階長綠苔。(鄭谷〈長門怨二首〉之
二，卷六七七)

長安花泣一枝春，爭奈君恩別處新。(崔道融〈長門怨〉，卷七
一四)

紅淚漸消傾國態，黃金誰爲難相如。(柯崇〈宮怨二首〉之二，
卷七一五)

時看迴輦處，淚臉濕夾桃。(無名氏〈長門〉，卷七八五)

是皆表現出廢后孤處深宮時，相思、哀愁、自憐的悲泣情感。

除此之外，或表現出對君王昔寵今移，不察己心態度的怨秋情

懷。如沈佺期〈長門怨〉：

> 妾心君未察，愁歎劇繁星。(《全唐詩》卷九六)

是愁嘆君主不察自己的衷心，哀怨於冷冷的孤宮歲月。又如魏奉古〈長門怨〉：

> 長門桂殿倚空城，每至黃昏愁轉盈；舊來偏得君王意，今日無端寵愛輕；窈窕容華爲誰惜，長門一閉無行跡；聞道他人更可憐，縣知欲垢終無益；星移北斗露淒淒，羅幔襜襜風入闈；孤燈欲滅留殘焰，明月初團照夜啼；向月唯須影相逐，不如纔昔同金屋；雲浮雕練此城遊，花綴珠衾紫臺宿；自從捐棄在深宮，君處芳香更不通；黃金買得長門賦，祇爲寒床夜夜空。(《補全唐詩》，頁 15)

又如李白〈妾薄命〉：

> 漢帝寵阿嬌，貯之黃金屋；咳唾落九天，隨風生珠玉；寵極愛還歇，妒深情卻疏；長門一步地，不肯暫迴車；雨落不上天，水覆難再收；君情與妾意，各自東西流；昔日芙蓉花，今成斷根草；以色事他人，能得幾日好。(《李太白文集》卷四)

李華〈長門怨〉：

> 弱體駕鴛薦，啼妝翡翠衾；鴉啼秋殿曉，人靜禁門深；每憶椒房寵，那堪永巷陰；自驚羅帶緩，非復舊來心。(《全唐詩》卷一五三)

戴叔倫〈長門怨〉：

> 自憶專房寵，曾居第一流；移恩向他處，暫妒不容收；夜靜管弦絕，月明宮殿秋，空將舊時意，長望鳳凰樓。(《全唐詩》卷二七三)

是皆傷感於昔日君王愛寵天下無比，而今日卻幽閉長門，空令紅顏愁老。「以色事他人，能得幾日好」，將廢后心中幽怨不平的情緒，傾吐出來。「君前誰是百年人」〔註67〕，縱使當年專房寵，曾爲第一流，一旦寵移愛奪，覆水難收，也只有深閉永巷的命運。無限的淒楚之情，

〔註67〕高蟾〈長門怨〉，《全唐詩》卷六六八。

深深地表露出來。

　　或是表現出對自己昔日驕妒行為的悔恨，仍殷殷盼望重獲帝王的愛戀，如張循之〈長門怨〉（一作張修之作）中所述：

　　　妾妒今應改，君恩惜未平；寄語臨邛客，何時作賦成？（《全唐詩》卷九九）

是後悔於昔日驕妒行為，而憾恨君恩的不再，希望借語司馬相如，作賦得返君心。又如齊澣〈長門怨〉（一說劉皂作）：

　　　嫈嫈孤思逼，寂寂長門夜；妾妒亦知非，君恩那不借；攜琴就玉階，調悲聲未諧；將心託明月，流影入君懷。（《全唐詩》卷九四）

雖已知昔日妒嫉為非，然君恩卻不憐惜，只有寄託明月，長入君懷。相思情意，溢於言表。

　　表現出的情感，除了相思、相怨、自憐、自責外，或亦由怨生恨，或由怨生悔的，如齊澣〈長門怨〉：〔註68〕

　　　宮殿沈沈月欲分，昭陽更漏不堪聞；珊瑚枕上千行淚，不是思君是恨君。（《全唐詩》卷九四）

長夜漫漫，不忍聽聞昭陽殿更漏聲，千行珠淚，只是恨君。強烈直接的情感，由詩中躍出，是由怨而生恨者。又如劉得仁〈長門怨〉：

　　　爭得一人聞此怨，長門深夜有妍妹；早知雨露翻相誤，只插荊釵嫁匹夫。（《全唐詩》卷五四五）

此詩中，對君王的寵新棄舊作了很嚴厲的控訴。雖然如此，但詩人畢竟是蘊藉的，僅從反正著手：「只插荊釵嫁匹夫」，是寧願嫁與平民百姓，平淡相守過一生，也不願因失寵而長怨空宮。深深的怨悔之情，由詩中顯現出來。

2. 以班婕妤長信宮怨為主題的詩歌

　　故實：班婕妤，乃西漢成帝婕妤，賢淑端雅，善於文學。本頗為帝寵受，而後趙飛燕姐妹受帝寵愛日增，貴傾後宮，驕妒熾張，許皇

〔註68〕一說劉皂作，一說李紳作。

后、班婕妤皆失寵。並以趙飛燕譖告，許后廢處昭臺宮，班婕妤亦幾遭禍，後恐日久見危，故求供養太后於長信宮，上許之。至是與成帝絕隔分離，不得再見〔註69〕。班婕妤長信宮怨，是繼陳皇后長門怨後，詩人喜爲抒寫的對象。

　　詩作：現存唐詩中，以班婕妤長信宮怨爲主題，抒寫失寵情感的，共計有四十七首〔註70〕。所表現的情感以悲愁幽怨爲主，或從君王情感的轉移、變遷幽嘆起，如徐賢妃〈長門怨〉：

舊愛柏梁臺，新寵昭陽殿；守分辭芳輦，含情泣團扇；一朝歌舞榮，夙昔詩書賤；頹恩誠已矣，覆水難重薦。（《全唐詩》卷五）

本詩雖題爲「長門怨」，然觀其內容，乃詠長信宮事。按班婕妤乃一詩文俱佳，賢淑德容的女子，作有〈怨歌行〉一首詠「團扇」以喻自己的遭遇〔註71〕。本詩中「柏梁臺」、「詩書」皆爲班婕妤的代稱；而趙飛燕本陽阿主家歌舞妓，以獲成帝寵愛，封爲皇后，居昭陽殿，是詩中「昭陽殿」、「歌舞」皆指趙飛燕。詩中以舊愛新寵相對照，將漢成帝重色不重德、喜新厭舊作一嚴詞譴責。末二句「頹恩誠已矣，覆水難重薦」，將班婕妤無盡的哀愁，深深道出。又如陸龜蒙〈婕妤怨〉：

妾貌非傾國，君主忽然寵；南山掌上來，不敵新恩重，後宮多窈窕，日日學新聲；一落君王耳，南山又須輕。（《全唐詩》卷六一九）

本詩中，充份流露出宮中「用不用，唯一人」的夫婦關係，而將君王喜新厭舊、薄倖的行爲刻畫出；並從敘述中表達出失寵被棄者幽怨的心態，多少無奈在其中。

〔註69〕見《資治通鑑》卷三一，成帝鴻嘉三年。
〔註70〕黃美玉學姐以爲計有四十四首。今復重新撿擇，又新得五首，並去于武陵〈長信宮〉、鄭谷〈代秋扇詞〉二首非干失寵情感的作品，故計爲四十七首。
〔註71〕見《昭明文選》卷二七。

又如于武陵〈長信宮二首〉之二：

一失輦前恩，綺羅生暗塵；惟應深夜月，獨伴向隅人；長
信翠蛾老，昭陽紅粉新；君心似秋節，不使草長春。（《全唐
詩》卷五九五）

嚴識玄〈班婕妤〉（一說嚴武作）：

賤妾如桃李，君王若歲時；秋風一已勁，搖落不勝悲；寂
寂蒼苔滿，沈沈綠草滋；繁華非此日，指輦競何辭。（《全唐
詩》卷七六八）

此二詩皆以歲時秋節比君心，傷心君王的喜新厭舊。失寵之後，沈寂
孤獨，榮華不再，自傷自痛，怨悲之情，溢於言表。以上是皆慨嘆於
君王的薄倖寡恩、寵新厭舊，而寄託幽怨自傷之情。

或以君恩的不再而怨愁，如王維〈班婕妤三首〉之二：

宮殿生秋草，君王恩幸疏；那堪聞鳳吹，門外度金輿。（《王
右丞集》卷六）

陳標〈倢伃怨〉：

掌上恩移玉帳空，香珠滿眼泣春風；飄零怨柳凋眉翠，狼
籍愁桃墜臉紅；鳳輦祇應三殿北，鸞聲不向五湖中；笙歌
處處迴天眷，獨自無情長信宮。（《全唐詩》卷五〇八）

是慨嘆君王處處可留情，另結新歡，卻偏獨獨對長信宮不予眷顧，車
輿過門前亦不稍留。深深的怨恨、愁緒，因而悠悠浮現。

或哀傷於被棄的命運，而借班婕妤團扇以為抒寫的，如皇甫冉
〈婕妤怨〉：

由來詠團扇，今已值秋風；事逐時皆往，恩無日再中；早
鴻聞上怨，寒露下深苔；顏色年年謝，相如賦豈工。（《全唐
詩》卷二四九）

劉方平〈班婕妤〉：

夕殿別君王，宮深月似霜；人幽在長信，螢出向昭陽；露
浥紅蘭濕，秋凋碧樹傷，唯當合歡扇，從此篋中藏。（《全唐
詩》卷二五一）

劉得仁〈長信宮〉（一說于武陵作）：

　　　簟涼秋氣初，長信恨何如；拂黛月生指，解鬟雲滿梳；一
　　　從悲畫扇，幾度泣前魚；坐聽南宮樂，清風搖翠裾。(《全唐
　　　詩》卷五四四)

李咸用〈倢伃怨〉：

　　　莫恃芙蓉開滿面，更有身輕似飛燕；不得團圓長近君，珪
　　　月鉼時泣秋扇。(《全唐詩》卷六四四)

劉雲〈婕妤怨〉：

　　　君恩不可見，妾豈如秋扇；秋扇尚有時，妾身永微賤；莫
　　　言朝花不復落，嬌容幾奪昭陽殿。(《全唐詩》卷八〇一)

田娥〈長信宮〉：

　　　團圓手中扇，昔爲君所持；今日君棄捐，復値秋風時；悲
　　　將入篋笥，自歎知何爲。(《全唐詩》卷八〇一)

張烜〈婕妤怨〉：

　　　賤妾裁紈扇，初搖明月姿；君王看舞席，坐起秋風時；玉
　　　樹清御路，金陳翳垂絲；昭陽無分理，愁寂任前期。(《全唐
　　　詩》卷七六九)

班婕妤〈怨歌行〉：「新裂齊紈素，皎潔如霜雪；裁爲合歡扇，團團似
明月；出入君懷袖，動搖微風發；常恐秋節至，涼風奪炎熱，棄捐篋
笥中，恩情中道絕。」從上述諸詩中，可以很明顯看到班婕妤〈怨歌
行〉的影子，是皆借團扇秋藏，以抒寫被棄哀傷的情感。

　　或以昭陽宮的榮盛對照長信宮的寂寥，藉以寫婕妤心中的孤
寂、愁苦，如崔顥〈行路難〉：

　　　君不見建章宮中金明枝，萬萬長條拂地垂。二月三月花如
　　　霰，九重幽深君不見。艷彩朝含四寶宮，香風吹入朝雲殿。
　　　漢家宮女春未闌，愛此芳香朝暮看。看去看來心不忘，攀
　　　折將安鏡台上。雙雙素手剪不成，兩兩紅妝笑相向。建章
　　　昨夜起春風，一花飛落長信宮。長信麗人見花泣，憶此珍
　　　樹何嗟及。我昔初在昭陽時，朝攀暮折登玉墀。只言歲歲
　　　長相對，不悟今朝遙相思。(《全唐詩》卷一三〇)

是慨嘆昔日恩寵而今日幽閉的命運：當年專寵時，怎料得有今日？深

深的悲傷，溢於言表。

又如李白〈長信宮〉：

月皎昭陽殿，霜清長信宮。天行乘玉輦，飛燕與君同。別
有歡娛處，承恩樂未窮。誰憐團扇妾，獨坐怨秋風。(《李太
白文集》卷二五)

是以趙飛燕的承恩專寵，歡樂無窮，和班婕妤獨坐淒苦的處境相對
照，更襯托出長信宮中婕妤的幽怨。和此表現相類似的尚有錢起的一
首〈長信怨〉：

長信螢來一葉秋，蛾眉淚盡九重幽。鳷鵲觀前明月度，芙
蓉闕下絳河流。鴛衾久別難爲夢，鳳管遙聞更起愁。誰念
昭陽夜歌舞，君王玉輦正淹留。(《錢考功集》卷八)

是君王正沉醉於昭陽殿中的笙歌樂舞，早已忘卻長信宮中失寵佳人泣
淚漣漣了。以一哀一樂強烈對比，將婕妤的幽怨表現得更爲深刻。「誰
念」兩字，表現出婕妤深切的無奈與哀愁。又如李端〈長信宮〉(一
作〈長門怨〉)：

金壺漏盡禁門開，飛燕昭陽侍寢回；隨分獨眠秋殿裡，遙
聞笑語自天來。(《全唐詩》卷二八六)

隔宮聞人盈盈笑語，似如天上來，表現出失寵婕妤不堪聽聞他人恩愛
的傷情心理，更襯托出婕妤哀怨的悠長。與此相近的，尚有王翰〈飛
燕篇〉一首：

專榮固寵昭陽殿；紅妝寶鏡珊瑚臺，青瑣雲簧雲母扇；日
夕風傳歌舞聲，祇擾長信憂人情；長信憂人氣欲絕，君王
歌吹終不歇。(《全唐詩》卷一五六)

此詩雖主要描寫趙飛燕，但此處對班婕妤的抒寫亦頗爲生動：「長信
憂人氣欲絕，君王歌吹終不歇」，將班婕妤的淒苦心境突躍於詩上。

雖然帝王表現的或是如此薄倖，然而表現在唐詩中婕妤的情感，
除了哀傷幽怨以外，或仍殷切地期望君王的復寵，對帝王懷著依依的
相思之情，如王昌齡〈長信秋詞五首〉之二：

高殿秋砧響夜闌，霜深猶憶御衣寒；銀燈青瑣裁縫歇，還

　　向金城明主看。(《全唐詩》卷一四三)

雖身閉長信宮，但仍殷勤挑燈夜縫御衣，恐帝王身上寒冷。深刻的關懷與思念之情，並不因失寵而有所影響。同詩之四則從夢中相見著筆，表現出婕妤日思夜想的深濃情懷：

　　眞成薄命久尋思，夢見君王覺後疑；火照西宮知夜飲，分明複道奉恩時。

劉方平〈長信宮〉亦從夢境著手：

　　夢裡君王近，宮中河漢高；秋風能再熱，團扇不辭勞。(《全唐詩》卷二五一)

現實中不能相聚，只有從夢中得到補償安慰，「秋風能再熱，團扇不辭勞」，表現出婕妤殷切期盼君王再復恩幸的心情。在期望失望間徘徊，幽思綿邈。

　　其他又如趙嘏〈長信宮〉(一說孟遲作)：

　　君恩已盡欲何歸，猶有殘香在舞衣；自恨身輕不如燕，春來長遶御簾飛。(《全唐詩》卷五五〇)

殘香未盡，君恩已斷，徒留殘香傷婕妤。末二句一語雙關，既慨嘆不得長遶君左右，又恨趙飛燕奪主恩，相思之情，深摯宛切。而曹鄴的〈代班姬〉，更充滿了哀怨之情：

　　寵極多妒容，乘車上金階；欻然趙飛燕，不語到日西；手把菖蒲花，君王喚不來；常嫌鬢蟬重，乞人白玉釵；君心無定波，咫尺流不回；後宮門不掩，每夜黃鳥啼；買得黃金賦，花顏已如灰。(《全唐詩》卷五九三)

菖蒲花乃香草之一種，頗受唐人重視〔註72〕。手把菖蒲花，以喻自己的貞節高貴，然而君王卻不重視，「喚不來」三字，包含了班婕妤多少的幽恨。君恩不再，傷孤宮寂寥，雖如此，仍殷殷期盼重獲君恩，然而「買得千金賦，花顏已如灰」，在現實覺悟和幻想期盼中掙扎，何等深痛！徐彥伯〈倢伃〉的「君恩忽斷絕，妾恩終未央」〔註73〕句，

〔註72〕劉駕〈鄰女〉：「菖蒲花可貴，只爲人難見。」《全唐詩》卷五八五。
〔註73〕《全唐詩》卷七六。

亦是此種心情的呈現。是後宮失寵者的心情，無限淒婉！

是唐人抒寫班婕妤退居長信宮、失寵的情感，多從憂愁哀怨著手，不盡的淒婉之情，深深流露。由於班婕妤是自請奉養太后於長信宮，和陳皇后的被黜退長門宮不同，因此長門怨中或有悔、有恨等明顯而強烈的情感表現，而婕妤怨中則多爲溫婉蘊藉的哀怨之情，雖同爲失寵，而二者情感並不完全相同。

3. 其他有關失寵宮怨詩作

唐代抒寫宮怨詩作甚多，然眞正可以確認爲失寵被棄的宮怨詩，除了上述以長門怨、長信宮怨爲主題的詩作外，僅十七首而已。所表現的情感，和前二類以前代故實爲主題抒寫者大致相同，皆是描寫失寵妃嬪獨處孤寂愁苦、思念君王、哀憐身世的幽怨心情，如：

> 君王若有情，不奈陳皇后；誰憐頰似桃，孰知腰勝柳；今日在長門，從來不如醜。(于濆〈宮怨〉，《全唐詩》卷五九九)

> 寵移恩稍薄，情疏恨轉深。(虞世南〈怨歌行〉，卷三六)

> 寵移新愛奪，淚落故情留；啼鳥驚殘夢，飛花擾獨愁。(杜審言〈賦得妾薄命〉，卷六二)

> 西宮夜靜百花香，欲捲珠簾春恨長。(王昌齡〈西宮春怨〉，《全唐詩》卷一四三)

> 誰分含啼掩秋扇，空懸明月待君王。(王昌齡〈西宮秋怨〉)

> 夢中魂魄猶言是，覺後精神尚未迴；念君嬌愛無終始，使妾長啼後庭裡；獨立每看斜日盡，孤眠直至殘燈死；秋日聞蟲翡翠簾，春晴照面鴛鴦水；紅顏舊來花不勝，白髮如今雪相似；傳聞紈扇恩未歇，預想蛾眉上初月；知君貴儔不貴眞，還同棄妾逐新人；借問南山松葉意，何如北砌槿花新。(王諲〈後庭怨〉，卷一四五)

> 紫禁迢迢宮漏鳴，夜深無語獨含情；春風鸞鏡愁中影，明

月羊車夢裡聲。（戴叔倫〈宮詞〉，卷二七三）

春天百草秋始衰，棄我不待白頭時；羅襦玉珥色未暗，今朝已道不相宜；揚州青銅作明鏡，暗中持照不見影；人心回互自無窮，眼前好惡那能定；君恩已去若再返，菖蒲花開月長滿。（張籍〈白頭吟〉，《張籍詩注》卷一）

盛衰傾奪欲何如，嬌愛翻悲逐佞諛；重遠豈能慚沼鵠，棄前方見泣船魚，看籠不記薰龍腦，詠扇空曾禿鼠鬚；始喜類蘿新託柏，終傷如薺卻甘荼；院深獨開還獨閉，鸚鵡驚飛苔滿地；滿箱舊賜前日衣，漬枕新垂夜來淚；痕多開鏡照還悲，綠鬢青蛾尚未衰；莫道新縑長絕比，猶逢故劍會相追。（長孫佐輔〈古宮怨〉，卷四六九）

妾命何太薄，不及宮中水；時時對天顏，聲聲入君耳。（李咸用〈妾薄命〉，卷六四四）

閒憑玉欄思舊事，幾回春暮泣殘紅。（盧汝弼〈薄命妾〉，卷六八八）

是皆呈現出憂憐遭遇、愁怨悲苦的心情；對君恩的薄倖多變，傷情不已。

　　除了表現出愁怨悲苦的情緒外，從諸詩中，可以發現一現象：唐人頗喜引前代故實以為抒寫失寵宮怨的情感，如：

披庭羞改畫，長門不惜金。（虞世南〈怨歌行〉）

是引王昭君不願贈金畫師，故不曾獲君王寵愛；及陳皇后贈金司馬相如，作賦重獲君心故實。又如：

長門盡日無梳洗，何必珍珠慰寂寥。（江妃〈謝賜珍珠〉）

草綠長門掩，苔青永巷幽。（杜審言〈賦得妾薄命〉）

香飄金屋篆煙清；貞心一任蛾眉妒，買賦何須問馬卿。（戴叔倫〈宮詞〉）

長門寒水流，高殿曉風秋。（鄭錫〈玉階怨〉）

黃金買賦心徒切。（盧汝弼〈薄命妾〉）

是皆引陳皇后長門怨事爲抒寫。

自憐春色罷，團扇復迎秋。（杜審言〈賦得妾薄命〉）

飛燕待寢昭陽殿，班姬飲恨長信宮；長信宮，昭陽殿，春來歌舞妾自知，秋至簾櫳君不見。（沈佺期〈鳳簫曲〉）

斜抱雲和深見月，朦朧樹色隱昭陽。（王昌齡〈西宮春怨〉）

班女因猜下長信；長信宮門閉不開，昭陽歌吹風送來。（王諲〈後庭怨〉）

誰知團扇送秋風。（盧汝弼〈薄命妾〉）

是皆引班婕妤長信宮怨以爲抒寫。

甄妃爲妒出層宮。（王諲〈後庭怨〉）

是引三國魏文帝甄后失寵事。

捫心卻笑西子顰，掩鼻誰憂鄭姬謗。（長孫佐輔〈古宮怨〉）

是引西施捧心聲蛾眉，更得君王深寵事；及石季龍后鄭櫻桃殺後宮佳麗故實。

　　在本細目十六首詩中，計有十首引前代故實以抒寫失寵宮怨。若併合前面兩項一同觀看，可以發現：現存唐詩中有關宮中帝后分離情感的抒寫，在全部一百零六首詩中，有一百零一首是假前代故實以爲抒寫的，此種現象的形成，或和其代擬情感創作有關。

五、其　他

　　現存有關夫婦分離情感的唐人詩作，除了可依其造成分離原因分爲上述四類之外，餘皆雜屬於本類。細究之，又可以區分爲兩種情形：一是分離原因雖可考，但係個人特殊狀況，有關詩作或僅一、二首而已，爲免分類流於繁瑣，故別出於此，此多屬詩人自抒情感之作；一是但述離情，而不明其所以分離原因的，此種作品主要以樂府詩題爲抒寫，多因其詩題而有固定內容的。以下循此，分別探究。

（一）特殊狀況

1. 遭亂分離——杜甫

肅宗至德元載（756），杜甫在鄜州聞肅宗即位，隻身離家，羸服奔行在，不幸為賊所獲，陷於長安。在長安時曾作有〈月夜〉一首，懷念遠在鄜州的妻小：

> 今夜鄜州月，閨中只獨看；遙憐小兒女，未解憶長安；香霧雲鬟濕，清輝玉臂寒；何時倚虛幌，雙照淚痕乾。（《杜工部詩集》卷三）

王右仲評此詩云〔註74〕：「公本思家，反想家人思己，已進一層。至念及兒女不能思，又進一層。五六語麗情悲。末想到聚首時對月舒愁之狀，詞旨婉切。公之篤於伉儷如此。」杜甫此詩，設身處地著想妻子的情狀，雖不言思念而思念之情自現，語極清麗幽婉，情則深刻篤切。

至德二載（757）七月，杜甫自賊中逃出，竄歸鳳翔，由於久無家信，不知遭亂之後家人是否安在，擔憂之餘，作有〈述懷〉一首：

> 去年潼關破，妻子隔絕久；今夏草木長，脫身得西走；麻衣見天子，衣袖露兩肘；朝廷愍生還，親故傷老醜，涕淚授拾遺，流離主恩厚，柴門雖得去，未忍即開口；寄書問三川，不知家在否；比聞同罹禍，殺戮到雞狗；山中漏茅屋，誰復依戶牖；摧頹蒼松根，地冷骨未朽；幾人全性命，盡室豈相偶；嶔岑猛虎場，鬱結回我首；自寄一封書，今已十月後；反畏消息來，寸心亦何有；漢運初中興，生平老耽酒；沈思歡會處，恐作窮獨叟。（《杜工部詩集》卷三）

全詩就現實狀況鋪敘，直陳己之擔憂；末尾「沈思歡會處，恐作窮獨叟」二句，藉歡會榮盛的景象烘托，更深刻表現出自己的擔憂：怕家人皆已不存。無盡的纏綿憂慮之情，呈現於詩中，深刻而動人。

代宗廣德元年（763）秋，杜甫至閬州弔祭房琯，時家于梓州。初冬，得家書而急返，時作有〈發閬中〉一詩以述懷：

〔註74〕據《杜詩鏡銓》所引王氏語，頁126。

前有毒蛇後猛虎，溪行盡日無村塢；江風蕭蕭雲拂地，山
木慘慘天欲雨；女病妻憂歸意速，秋花錦石誰能數；別家
三月一得書，避地何時免愁苦。（《杜工部詩集》卷十）

擔憂女病，使杜甫得家書後不論旅途的危險辛苦，不顧景物的優美，
急速返家欲與妻小分擔憂苦。「女病妻憂歸意速」一句，深刻流露出
杜甫對妻子兒女的關懷之情，忼儷之情篤切。雖不免有所分離，但心
仍時時繫於妻孥身上。

2. 因妻離家而分離──白居易

憲宗元和六年（811），白居易長女金鑾子三歲而夭折，白氏曾
作〈病中哭金鑾子〉一詩以爲哀悼。而後白妻楊氏曾離開家中一段時
日〔註75〕，思念之餘，白氏作詩以寄內，詩云：

條桑初綠即爲別，柿葉半紅猶未歸；不如村婦知時節，解
爲田夫秋擣衣。（〈寄內〉，《白居易集》卷十四）

時白氏丁母憂，居於渭村，貧窮多病。而楊氏從初春離家，至秋天尚
未歸來，是以作爲此詩，以輕鬆的半諷刺語句，溫柔的責備其何以尚
未回家，頗饒風趣，雖不言相思，而相思之情自現。

3. 因夫滯筵席而暫離──永福潘令妻王氏

據《全唐詩》記載，王氏隨夫宰永福，任滿祖餞，留連累日。王
先解舟，泊五里汰王灘下，俟久不至。月夜登岸，題詩石壁，末署
太原族望。詩云：

何事潘郎戀別筵，歡情未斷妾心懸；汰王灘下相思處，猿
叫空山月滿船。（〈書石壁〉，《全唐詩》卷七九九）

只因丈夫留連筵席，未得急返啓程，久候不至，這種暫時的離別，只
因臨行逼迫，情況特殊，不禁使王氏亦產生焦急的相思之情。首句即
點明幽怨的原因，而後述自己心中的懸念，最後以周遭景物襯托出自

〔註75〕楊氏究竟爲何離家，原因不甚清楚，楊向瑩《白居易研究》以爲是
　　　爲了散心，忘掉喪女的悲痛。然此純爲臆測，只能供參考，不能即
　　　以爲是。顧學頡編〈白居易年譜〉，以爲此詩約作於元和六年的一、
　　　二年內。

己心中的無限哀思，情韻綿邈，若有不斷之意。

4. 因夫遠遊而離別——夢中歌

本項離別詩歌的寫作，雖有事跡可探，然於分離原因皆僅以一「遊」字交代，是亦不明其原因，更以其接夢中所作之詩歌，狀況特殊，故別列於此，以爲說明。

獨孤遐書妻白氏〈夢中歌〉：

> 今夕何夕，存耶沒耶？良人去兮天之涯，園樹傷心兮三見花。（《全唐詩》卷八六八）

又張生妻〈夢中歌〉：

> 歎衰草，絡緯聲切切，良人一去不復還，今夕坐愁鬢如雪。
>
> 怨空閨，秋日亦難暮；夫婿斷音書，遙天雁空度。
>
> 切切夕風急，露滋庭草濕；良人去不回，焉知掩閨泣。（《全唐詩》卷八六八）

此二人詩作的寫作背景頗爲類似，皆是丈夫久別未歸（遐叔遊劍南，張生遊河朔五年），還家時於歸途中某一夜宿，忽聞有數人挾其妻宴飲，強其妻歌詩。其夫見而驚憤，捫一磚飛擊，中妻額，忽悄然一無所見。以爲妻已死。及至還家後，見妻在，問明後方知前夜所見，乃妻夢中之事。上列諸詩，即妻爲人強迫歌唱時所吟詠的有關相思情感的篇什，所表現大抵皆是哀傷丈夫的久別不歸，空閨難耐、相思的情感，此外即無任何深刻之意。

（二）不明狀況

在詩人吟詠夫婦分離情感時，或有著重於情感的表現，而略於點明性質者，然造成夫婦分離原因，實不外乎前面所述諸項，因此詩作雖或不明夫婦所以分離的原因，然其所呈現出的情感和前面所述實有相同之處，多是傳達出閨婦深深的相思之情，及因長期相思後衍生的悲傷、愁苦、怨恨等情感。對這些情感的介紹，由於前面稱引已多，相同的部分，此處則不再重覆引述，但就其表現較爲突出部分予以稱引，探究唐詩對夫婦分離情感的表現，除了思念、關懷、悲傷、愁苦、

怨恨之外，尚有那些狀況。

在情感的表現方面，或對丈夫的時時遠行不歸，因愁思而產生阻行的想法，如孟郊〈車遙遙〉：

路喜到江盡，江上又通舟；舟車兩無阻，何處不得遊；丈夫四方志，女子安可留；郎自別日言，無令生遠愁；旅雁忽叫月，斷猿寒啼秋；此夕夢君夢，君在百城樓；寄淚無因波，寄恨無因輔：願爲馭者手，與郎迴馬頭。（《孟東野詩集》卷二）

閨婦雖明白「丈夫四方志，女子安可留」，然而面對長期的分離，卻恨不得能化爲馭馬者的手，懸勒夫馬，使往回家路上行。是因愁思而產生的阻行使歸想法。又如曹鄴〈不可見〉：

常聞貧賤夫，頭白終相待；自從嫁黔妻，終歲長不在；君夢有雙影，妾夢空四鄰；常思勁北風，吹折雙車輪。（《全唐詩》卷五九三）

車是乘載丈夫遠行的工具，閨婦想藉強勁的北風，吹折夫車的車輪，是亦阻行的想法。而邵謁〈苦別離〉中：

願爲陌上土，得作馬蹄塵；願爲曲木枝，得作雙車輪；安得太行山，移來君馬前。（《全唐詩》卷六〇五）

是不但想化爲陌上土、雙車輪，在旅途中時時陪伴在丈夫身側，更希望能移來太行山，使丈夫的車馬不得前行。是不論希望化爲馭者手，與郎回馬頭；或思勁北風，吹折雙車輪；或移太行山來君馬前，是皆希望能阻止丈夫，使不得遠行而早日歸來。

或因思念丈夫的久行不歸，而寄託於卜筮迷信，如李愿〈思婦〉：

憔悴衣寬日，空房問女巫。（《全唐詩》卷五一〇）

李賀有所思：

橋南更問仙人卜。（《昌谷集》卷四）

而李廓〈聽鏡詞〉（《全唐詩》卷四七九）中則描寫婦人藉鏡聽以測丈夫歸來之音訊。是皆假卜筮問訊，以求得心靈的寄託，而深深的思念

情懷，蘊藏其中。

　　李白〈湖邊採蓮婦〉中，則描述出一貞心閨婦的形象：

　　　　小姑纖白紵，未解將人語；大嫂採芙蓉，溪湖千萬重；長
　　　　兄行不在，莫使外人逢；願學秋胡婦，貞心比古松。（《李太
　　　　白文集》卷二五）

丈夫遠行，妻婦在家仍辛勤操勞工作，一片貞心自持，雖不言相思之
情，然此別離相守之情懷，卻又更爲難得。

　　孟郊〈離怨〉則從反面寫出當夫婦分離時，最重要的是兩心相
繫，而非空寄衣裳：

　　　　憶人莫至悲，至悲空自衰；寄人莫剪衣，剪衣未必歸；朝
　　　　爲雙蒂花，暮爲四散飛，花落還遶樹，遊子不顧期。（《孟東
　　　　野詩集》卷二）

又〈結愛〉（一作〈古結愛〉）：

　　　　心心復心心，結愛務在深；一度欲離別，千迴結衣襟；結
　　　　妾獨守志，結君早歸意；始知結衣裳，不如結心腸；坐結
　　　　行亦結，結盡百年月。（《孟東野詩集》卷二）

此二詩恰從正面、反面書寫同一意念，表現出夫婦間若不結心腸，光
僅是結衣裳、剪衣寄衣，遊子亦「未必歸」。勉人夫婦間應著重在心
思的相繫，如此雖不得不分別，而丈夫亦將有早歸之意。

　　除此之外，有些不明狀況詩作，或由於本身詩題的限制。前已提
過，在抒寫夫婦分離情感時，詩人多喜以代擬情感方式吟詠；而代擬
情感，最常見的是以樂府曲辭等固定詩題吟詠。樂府曲辭，多半因其
詩題而有固定的內容，如本節前面第二小節中提到的「擣衣篇」一題，
即多託爲從軍者之婦言。而在此小節中，以〈自君之出矣〉一題最具
代表性，所作皆不明狀況。如：

　　　　自君之出矣，不復理殘機；思君如滿月，夜夜減清輝。（張
　　　　九齡〈賦得自君之出矣〉，《全唐詩》卷四九）

　　　　自君之出矣，弦吹絕無聲；思君如百草，撩亂逐春生。（李
　　　　康成〈自君之出矣〉，卷二〇三）

> 自君之出矣，壁上蜘蛛織；近取見妾心，夜夜無休息；妾
> 有雙玉環，寄君表相憶；環是妾之心，玉是君之德；馳情
> 增悴容，蓄思損精力；玉簟寒悽悽，延想心惻惻；風含霜
> 月明，水泛碧天色，此情無終極。(盧仝〈自君之出矣〉，卷三
> 八八)
>
> 自君之出矣，寶鏡爲誰明；思君如隴水，長聞鳴咽聲。(雍
> 裕之〈自君之出矣〉，一説辛弘智作，卷四七一)
>
> 自君之出矣，萬物看成古；千尋葶藶枝，爭奈長長苦。(張
> 祜〈自君之出矣〉，卷五一一)
>
> 自君之出矣，鸞鏡空塵生；思君如明月，明月逐君行。(李
> 咸用〈自君之出矣〉，卷六四四)
>
> 自君之出矣，梁塵靜不飛；思君如滿月，夜夜減容輝。(辛
> 弘智〈自君之出矣〉，卷七七三)

是受詩題固定寫作方式限制，因此而有不明分離原因的情況產生，且
內容侷限在分離後相思情感的表達。除此之外，以其他樂府詩題寫
作，雖或亦有不明狀況的產生，然未如〈自君之出矣〉明顯，或僅是
其中部分作品不明狀況而已。

第三節　重逢的情感

　　夫婦間千里的分別，多載的相思，只要人身不死，心不變，則終
有重逢再見的一日。因此在探究完久別的情感之後，便接著發掘存在
唐詩中，夫婦久別重逢的心態，及所表現出的情感、行爲。和臨別情
感相同的是，唐代詩人對此重逢後夫妻情感的表現著墨亦甚少，僅二
十餘首而已，這和前一節久別情感的詩作四百八十餘首相距實是遠
甚，因此僅能作一現象的呈現，明白當時有如是夫婦重逢的情感的存
在，但不以此斷言唐人普遍皆是如此。明瞭此點後，本節將從行人的
有歸信探究起，至夫婦倆眞正重逢止，呈現出唐詩中所描寫的夫或婦
情感表現。

一、行人有歸信

　　經過長期的分別、等待和期盼後，就孤守空閨的閨婦而言，最渴望，也最令人高興的莫過於遠行在外的遊子有回家的訊息。而這種遊子歸家的訊息，有時以閨婦思念的殷切，或僅是一種迷信，源自於閨婦的想像，而非真實的信息，如權德輿〈玉臺體十二首〉之十一：

　　　　昨夜裙帶解，今朝蟢子飛；鉛華不可棄，莫是薰砧歸。（《權
　　　　載之文集》卷九）

古人以見蟢子為喜樂之端〔註76〕。此描述獨守空閨的婦女，在前一夜無緣無故裙帶鬆解；一早醒來，又見蟢子飛，以為吉兆，喜孜孜的僶勉鉛華，懷疑是久出未還的丈夫將要回家了。是由迷信徵兆，而以為夫將歸的。又如王建〈聽鏡詞〉：

　　　　重重摩挲嫁時鏡，夫婿遠行憑鏡聽；回身不遣別人知；人
　　　　意丁寧鏡神聖；懷中收拾雙錦帶，恐畏街頭見驚怪；嗟嗟
　　　　嗦嗦下堂階，獨自竈前來跪拜；出門願不聞悲哀，郎在任
　　　　郎回未回；月明地上人過盡，好語多同皆道來；卷帷上牀
　　　　喜不定，與郎裁衣失翻正；可中三日得相見，重繡錦囊磨
　　　　鏡面。（《全唐詩》卷二九八）

聽鏡測吉凶，這個盛行於民間的習俗究竟起於何時，雖不可考，然從王建此詩中，可以看出閨婦的虔信情形：摩挲嫁時鏡，許願竈王前，出門聽訊息，以所聽得的話語推測願事的吉凶，幸得喜訊，遂使閨婦高興得不但睡不著覺，連為丈夫裁衣時都裁錯了。從這一個「與郎裁衣失翻正」的動作中，可以看出閨婦對於夫婿將歸一事感到無比的興奮。雖只是一種迷信，一種假象，但長期期盼丈夫早日歸來的閨婦卻寧願相信它。又劉希夷〈代秦女贈行人〉：

　　　　今朝喜鵲傍人飛，應是狂夫走馬歸；遙想行歌共遊樂，迎
　　　　前含笑著春衣。（《全唐詩》卷八二）

僅喜鵲的傍人飛便使閨婦以為丈夫將回，癡癡幻想丈夫回家後的情

〔註76〕北齊劉晝《劉子》卷三〈鄙名〉：「今野人晝見蟢子者，以為有喜樂
　　　之端。」

景，此亦是出於迷信。

因應著唐人這種迷信的習俗，當丈夫確有歸期時，亦或以此種迷信做爲想像，如韓翃〈送襄垣王君歸南陽別墅〉中提到：

少婦比來多遠望，應知蟢子上羅巾。（《全唐詩》卷二四五）

是可見這種迷信在唐人心中頗有份量。

當夫無確切的歸信，僅憑著迷信的吉兆，便能使家中的妻婦感到莫大的喜悅；然而當丈夫有確切的歸期傳來時，妻子的表現，卻或不如想像中的喜悅，如蔡瓌〈夏日閨怨〉中提到：

近日書來道欲歸，鴛鴦文錦字息機；但恐愁容不相識，爲教恆著別時衣。（《全唐詩》卷七七三）

久別的夫壻即將回家，本是一件多麼令人開心的事，然而閨婦反倒擔心起的容貌，恐多年的愁思，改變了面貌，使丈夫認不出自己來，「爲教恆著別時衣」，這一個細微的動作，傳達了閨婦既喜又怕的複雜心態。

同樣的，這種喜懼雜揉的複雜情緒亦影響著將歸的丈夫，如宋之問〈渡漢江〉：

嶺外音書斷，經冬復歷春；近鄉情更怯，不敢問來人。（《全唐詩》卷五三）

唐人的功利思想，對於夫婦分別後將重逢的心態也有很大的影響，如杜羔妻趙氏〈夫下第〉中提到：

良人的的有奇才，何事年年被放回；如今妾面羞君面，君若來時近夜來。（《全唐詩》卷七九九）

在注重功名的唐代社會中，久舉不第，縱使妻兒也堪羞，是以杜羔不第，將至家時趙氏有如此之作。而羅鄴〈落第東歸〉一詩則道出丈夫的悲哀：

年年春色獨懷羞，強向東歸懶舉頭；莫道還家便容易，人間多少事堪愁。（《全唐詩》卷六五四）

在功利思想下，久別重逢的喜悅早已隨著丈夫的落魄而消散殆盡了。

　　拋開功利的思想，則夫婦離而復合實亦是一件值得高興的事，如王翰〈古蛾眉怨〉中提到：

　　　　忽聞天子憶蛾眉，寶鳳銜花撲兩蛾；傳聲走馬開金屋，夾
　　　　路鳴環上玉墀；長樂彤庭宴華寢，三千美人曳光錦；燈前
　　　　含笑更羅衣，帳裡承恩薦瑤枕。(《全唐詩》卷一五六)

是遽聞天子有情，宮中三千美人連夜梳妝更衣，期盼能再得到君王的寵愛，是何等的欣喜愉悅，而「用不用，唯一人」的尊卑現象，於此又再一次明顯的呈現。然而在長期後宮的等待生涯中，君王寵愛的失而復得，對有些宮人的感覺，並不是全然欣喜的，如戎昱〈閨情〉中所描寫：

　　　　側聽宮官說，知君寵尚存；未能開笑頰，先欲換愁魂；寶
　　　　鏡窺妝影，紅衫裛淚痕；昭陽今再入，寧敢恨長門。(《全唐
　　　　詩》卷二七〇)

君恩反覆無常數，寵在寵移全憑帝王一人喜好，妃嬪全無自主之權利。在這樣的情形下，君寵尚存對受冷落的妃嬪而言，昔日的苦痛生活，使其未笑先換愁：今日得以再入見寵，又怎敢恨昔日長門孤苦的寂寥呢？將後宮佳麗心中的怨苦情懷，藉著寵愛再度降臨的訊息，呈現出來。

二、久別重逢

　　夫婦經過長時間的分離，一旦能團圓，本是一件令人興奮的事，如權德輿〈玉臺體十二首〉之十二：

　　　　萬里行人至，深閨夜未眠；雙眉燈下掃，不待鏡臺前。(《權
　　　　載之文集》卷九)

由蛾眉倉促掃，不待鏡臺前這一個動作，反映出對於遠行丈夫的歸來，閨婦心中難以遏抑的喜悅之情。

　　又如梁鍠〈代征人妻喜夫還〉：

　　　　征夫走馬發漁陽，少婦含嬌開洞房；千日廢臺還掛鏡，數
　　　　年塵面再新妝；春風喜出今朝戶，明月虛眠昨夜床；莫道

幽閨書信隔，還衣總是舊時香。(《全唐詩》卷二〇二)

「千日廢臺還挂鏡，數年塵面再新妝」，是丈夫的得以生還回家，對妻子而言，彷彿死而復生一般；「還衣總是舊時香」，珍重舊情，流露出一股平實深厚的夫婦情感於字句外，重逢的喜悅，盡在不言中。

情感的表現，因人因事因時，而有不同的表現，就同樣征夫還家，即有各種不同的重逢情感表現。除上述之外，又如無名氏〈雜詩〉之六：

一去遼陽繫夢魂，忽傳征騎到中門；紗窗不肯施紅粉，徒遣蕭郎問淚痕。(《全唐詩》卷七八五)

是丈夫的突然歸來，妻子在長期相思後反藉此以嬌嗔：「不肯施紅粉」，想要博取丈夫的關懷。而張說〈送郭大夫元振再使吐蕃〉更道出了征人的悲哀：

容髮徂邊歲，旌裘敝海色；五年一見家，妻子不相識。(《全唐詩》卷八六)

郭元振以少年進士，經營邊境，功勳彪炳，爲唐代前期一不可多得之將才〔註77〕。張說此詩，雖云送郭大夫元振再使吐蕃，然中間此四句，卻可爲一般征人的寫照：長年戍守邊境，爲邊事驅馳，塞上沙雪侵蝕，老卻人身，難得歸家，或五年一回，但以衰容敝服，妻子竟然不相識。五年但且不相識，更何況長期戍守，十年，甚或更久不歸家的戍卒呢？「君學秋胡不相識」〔註78〕，一語道盡夫婦久別重逢的哀感。

唐人重視功利，此種心態亦反映在久別重逢的夫婦行爲上，如錢起〈送張參及第還家〉：

太學三年聞琢玉，東堂一舉早成名；借問還家何處好？玉人含笑下機迎。(《錢考功集》卷十)

又韓翃〈送故人歸魯〉：

魯客多歸興，故人悵別情；雨餘衫袖冷，風急馬蹄輕；秋

〔註77〕詳見《舊唐書》卷九七、《新唐書》卷一二二〈郭元振傳〉。

〔註78〕見《全唐詩》卷二七，不著名氏〈雙帶子〉。

　　　草靈光殿，寒雲曲阜城；知君拜親後，少婦下機迎。(《全唐
　　　詩》卷二四四)

是皆丈夫於外有所功名成就時，妻子表現出欣喜、愉悅的歡迎之情；
相反的，當夫或失意歸家時，所面對的妻子迎接態度將和此大異；溫
婉的或只是不忍苛責，暗自傷心而已，如李賀〈出城〉：

　　　雪下桂花稀，啼鳥被彈歸，關水乘驢影，秦風帽帶垂；入
　　　鄉試萬里，無印自堪悲；卿卿忍相問，鏡中雙淚姿。(《昌谷
　　　集》卷三)

激烈的甚至表現出不歡迎的態度，如潘圖〈末秋到家〉：

　　　歸來無所利，骨肉亦不喜；黃犬卻有情，當門臥搖尾。(《全
　　　唐詩》卷七七〇)

這種功利的態度，也難怪有前面所引羅鄴〈落第東歸〉「懷羞」、「懶
舉頭」等等憂愁的行徑了。

　　時代的亂離，兵馬的倥傯，生命有如飄絮，在這種情況下夫婦失
散而又重逢的，往往有恍若隔世的感覺，如杜甫〈羌村〉：

　　　崢嶸赤雲西，日腳下平地；柴門鳥雀噪，歸客千里至；妻
　　　孥怪我在，驚走還拭淚；世亂遭飄蕩，生還偶然遂；鄰人
　　　滿牆頭，感嘆亦歔欷；夜闌還秉燭，相對如夢寐。(《杜工部
　　　詩集》卷四)

杜甫另一首〈北征〉中亦提到：

　　　況我墮胡塵，及歸盡華髮；經年至茅屋，妻子衣百結；慟
　　　哭松聲回，悲泉共幽咽。(《杜工部詩集》卷四)

至德元載，杜甫隻身赴行在，中途爲賊兵所獲。翌年方自賊中逃出，
屢經探問，始得家人所在，而得返家。此二首詩即敘述回家時夫婦久
別重逢激動的景象：「妻孥怪我在，驚走還拭淚」、「慟哭松聲回，悲
泉共幽咽」，是長期受戰亂流離的痛苦、夫婦失去音信連絡後的擔心
受怕情緒，在此一重逢中，全數傾瀉而出，是極悽苦，然所反映出的
夫妻間情感，卻是那般眞摯動人。

　　最後提到的，是唐人以七夕牛郎織女一年一相會故事爲題材，所

表現出的夫妻久別重逢時情感，如陸敬〈七夕賦詠成篇〉中描述：

> 婉變夜分能幾許，靚妝冶服爲誰新；片時歡娛自有極，已
> 復長望隔年人。（《全唐詩》卷三三）

是哀嘆於美好時光的不長久，雖爲夫壻勤於妝束，然而短暫相聚，
又將得無奈地兩地相思，期待隔年的相見了。一句「靚妝冶服爲誰
新」，將織女心中對夫婦得以重逢的喜悅，藉整妝的動作，含蓄而
又深刻的表現出來。和此表現相似的尚有沈叔安〈七夕賦詠成篇〉：

> 皎皎宵月麗秋光，耿耿天津橫復長；停梭且復留殘緯，拂
> 鏡及早更新妝；彩鳳齊駕初成輦，雕鵲填河已作梁；雖喜
> 得同今夜枕，還愁重空明日牀。（《全唐詩》卷三三）

何仲宣〈七夕賦詠成篇〉：

> 日日思歸勤理鬢，朝朝佇望懶調梭；凌風寶扇遙臨月，映
> 水仙車遠渡河；歷歷珠星疑拖珮，冉冉雲衣依曳羅；通宵
> 道意終無盡，向曉離愁已復多。（《全唐詩》卷三三）

許敬宗〈奉和七夕宴懸圃應制〉二首：

> 牛閨臨淺漢，鷺駟涉秋河；兩懷縈別緒，一宿慶停梭；星
> 模鉛裡靨，月寫黛中蛾；奈許今宵度，長嬰離恨多。

> 婺閨期今夕，蛾輪泛淺潢；迎秋伴暮雨，待暝合神光；薦
> 寢低雲鬢，呈態解霓裳；喜中愁漏度，別後怨天長。（《全唐
> 詩》卷三五）

又〈七夕賦詠成篇〉：

> 一年抱怨嗟長別，七夕含態始言歸；飄飄羅襪光天步，灼
> 灼新妝鑒月輝；情催巧笑開星靨，不惜呈露解雲衣；所嘆
> 欲隨更漏盡，掩泣還弄昨宵機。（《全唐詩》卷三五）

牛郎織女一年一相會，相距短暫別日長，詩人引此千古傳說，歌詠出
織女與牛郎久別重逢的喜悅，及短暫相聚後別離的怨傷，由於受到故
事的限制，詩所能發揮的也極有限，所表現出的情感不外乎相思、喜
悅、怨離等三種。

第四節　綜合觀察

一、形成唐人夫婦分離的內在因素

在前面第二節研究分離情感時，曾依其導致分離的原因不同，概分為仕宦、征戍、經商、嬉遊等四大類。細論之，此四者實屬外在因素，除此之外，就詩中所表現，造成唐人夫婦分離現象的尚有強烈的功名慾望和侍奉父母的孝道觀念等二大內在因素。

（一）強烈的功名慾望

整個唐代社會，崇尚功利，以功名評價個人，促成唐人強烈的功名慾望；「出門便作焚舟計，生不成名死不歸」〔註 79〕這種強烈的慾望，促成丈夫毅然地別妻離家，外出求取功名，「古來懸弧義，豈顧子與妻」、「商人重利輕離別」、「所思在功名，離別何足歎」〔註80〕；而在妻婦方面，亦有鼓勵丈夫求取功名的行為，如王韞秀的勸夫西秦遊學，王昌齡詩的「悔教夫婿覓封侯」〔註81〕，是證其初始鼓勵丈夫覓封侯、求功名，而後來所以有悔，不過是因有感於春色而已。安史之亂，雖使唐國勢衰微、社會混亂，但唐人強烈的功名慾望並不曾因此而稍減。

熱衷功名，促使唐人離家追求功名，於是或造成了夫婦的分離；而「生不成名死不歸」的想法，便促使唐人功名未就則恥於還家，於是形成了夫婦的長期別離。在功名的評價下，夫婦間的情誼，便不再那麼受到重視。所表現出的行為，在丈夫方面，或是「功名待寄凌煙閣，力盡遼城不肯迴」、「心許凌煙名不滅，年年錦字傷離別」、「會須麟閣留蹤跡，不斬天驕莫議歸」〔註82〕等功名不成不還家的行為；或是「家園好在尚留秦，恥作明時失路人」、「一則恥妻兒、一則羞同伴；

〔註79〕雍陶〈離家後作〉，《全唐詩》卷五一八。
〔註80〕陸龜蒙〈別離〉，《全唐詩》卷六一九。
〔註81〕王昌齡〈閨怨〉，《全唐詩》卷一四三。
〔註82〕陳陶〈水調詞十首〉之十。

無面還本鄉，諸州且遊觀」〔註83〕的無功羞返心態。而在妻子家人方面，亦有「知君拜親後，少婦下機迎」、「玉人含笑下機迎」對丈夫功成名就的欣喜；和「如今妾面羞君面，君若來時近夜來」、「歸來無所利、骨肉亦不喜」的勢利態度。雖或長期的分離，將使閨婦表現不再如此功利，呈現在詩中，多是相思關懷的情感，然而這種強烈的功名慾望，卻在丈夫心中縈繞，不曾消褪。縱使安史之亂後，豪邁出塞的情緒轉為非戰思鄉的情懷，然而轉變的原因，和連年征戰無功無賞有很大的關係，而唐人追求功名的心態，卻不曾有所改變，苟有利可圖，仍是趨之若鶩的。

（二）侍奉父母的孝道觀念

以唐代社會的自由開放，男女社交自由來看，丈夫可以遊歷的地方，妻婦並無不可至的禮法限制。雖或有「婦人在軍中，兵氣恐不揚」〔註84〕的說法，但唐代軍中，設有營妓；杜甫〈石壕吏〉詩中，有老嫗為軍隊備晨炊的記載；李賀〈送秦光祿北征〉詩，有攜妾別妻出征的敘述〔註85〕，是雖以為「婦人在軍中，兵氣恐不揚」，然事實防禁並非如此嚴格；且仕宦、經商並無干兵氣，而妻婦亦不得隨行，是可見除此外在因素外，必另有原因。疑此或和傳統孝道觀念，及對妻的角色定位有關。

《論語・里仁》：

　　子曰：父母在，不遠遊；遊必有方。

《孝經・紀孝行章第十》中亦提到：

　　子曰：孝子之事親也，居則致其敬，養則致其樂，病則致
　　其憂，喪則致其哀，祭則致其嚴。五者備矣，然後能事親。

〔註83〕作者缺名，《敦煌殘卷》伯希和卷三四一八，收錄於《全唐詩續補遺》卷二。

〔註84〕杜甫〈新婚別〉，《杜工部詩集》卷五。

〔註85〕由於李賀用語隱晦不明，關於此說，後人頗多爭議，此但據清吳汝綸注，以為「黃龍就別鏡」句，乃別妻；「青塚念陽臺」句，乃攜妾：「錢塘階鳳羽」亦指攜妾而行，是謂秦光祿攜妾別妻而出征。

中國本是一個十分注重孝道的民族，而唐玄宗特別御注《孝經》，是可證知在唐代風氣開放自由之餘，孝道仍十分爲人所重視。傳統的孝道，希望的是子女能終身守在父母之側，謹愼恭敬、奉養父母，不輕易遠離；而唐代男子的赴考，仕宦、征戍、經商等等，往往一出門便是數月，甚至數年，以唐人的熱衷功名、功利態度，是不得不出門求取的，如此一來，則於傳統孝道，勢必有所虧缺。解決這道難題，最好的方法便是將「一體」的妻子留在家中，代爲侍奉父母。且傳統對「妻」的期望，便是承家、持家的角色，要能上奉祭祀，恭順事舅姑、丈夫，與六姻和諧相處，而下足以生養後代；丈夫娶妻，本即含有「赴倚門期」、「披萊子衣」〔註86〕的意義。因此丈夫出外求取功名，將妻留在家中侍奉父母是很自然的事，雖或因此而導致夫妻分離，但以傳統的家庭意義重於個人意義觀念，故夫妻分離反不是最重要的。

　　因留妻在家侍奉父母而致夫妻分離的，現存唐詩中亦留有一二證據：如賈島〈送沈鶴〉「家楚壻於秦，攜妻去養親」〔註87〕；曹鄴〈怨歌行〉「官田贈倡婦，留妾侍舅姑」〔註88〕；張籍〈寄衣曲〉「高堂姑老無侍子，不得自到邊城裡」〔註89〕、〈雜怨〉「念君非征行，年年長遠途；妾身甘獨沒，高堂有舅姑」〔註90〕；白居易〈蜀路石婦〉「十五嫁邑人，十六夫征行。夫行二十載，婦獨守孤煢。其夫有父母，老病不安寧；其婦執婦道，一一如禮經；晨昏問起居，恭順發心誠；藥餌自調節，膳羞必甘馨。」〔註91〕是皆留妻在家以侍奉父母的。

　　造成夫妻分離，除了留妻侍奉父母的因素外，其實尚有許多，諸

〔註86〕獨孤及〈送李賓客荊南迎親〉中有「還申供帳別，言赴倚門期」句，見《毘陵集》卷二，岑參〈奉送李賓客荊南迎親〉中有「手把黃香扇，身披萊子衣」句，見《岑嘉州詩》卷四。
〔註87〕《全唐詩》卷五七三。
〔註88〕《全唐詩》卷五九三。
〔註89〕《張籍詩注》卷一。
〔註90〕《張籍詩注》卷一。
〔註91〕《白居易集》卷一。

如舉家遷居的不易、祖產的守持等等，皆可使丈夫在不得不外出時，妻婦無法跟隨而形成分離。然而此在詩中未曾表達過，是已出超本論研究範圍，故此但略提而不細究。

二、反映出的社會現象

在唐人抒寫有關夫婦分離情感的詩作中，可以歸納發現唐代社會中的一二現象：

（一）攜妾攜妓的風氣

和留妻在家侍奉父母相對的，是唐人攜妾攜妓遠行的風氣。雖然在家庭地位中，妻高於妾，妻負有「上以事宗廟，下以繼後世」的重責大任；而妾卻只是丈夫的娛樂工具、寵物而已，並無妻的重責大任，因此丈夫遠行，留家侍奉父母的責任，自然落在妻的身上；而妾或因丈夫的喜愛，或可隨丈夫遠行，如前引述的秦光祿攜妾別妻出征；又如李白〈留別李少府〉一詩中「余亦如流萍，隨波樂休明；自有兩少妾，雙騎駿馬行」〔註92〕，是時李白家在東魯，而其遠遊於晉地〔註93〕，以二妾隨行而別妻；《北夢瑣言》中亦記載唐末王中令鐸鎮渚宮爲都統，「先是赴鎮，以姬妾自隨，其內未行。」王氏未攜妻同行，雖非干侍奉父母〔註94〕，然是可見唐人確有攜妾別妻的現象。

而在攜妓同行部分，更是唐人普遍存在的一種社會風氣。在唐詩中，屢可見「攜妓」同行之詞，如李白〈送姪良攜二妓赴會稽戲有此贈〉：

> 攜妓東山去，春光半道催；遙看若桃李，雙入鏡中開。（《李太白文集》卷十七）

又如崔泰之的「攜妓玩林泉」〔註95〕、張說「迎賓南澗飲，載妓東城

〔註92〕《李太白文集》卷十五。

〔註93〕見王琦編《李白年譜》，天寶三年條。

〔註94〕其下有載：「其內未行，本以妒忽」是因其妻善妒，因而不攜同行的。

〔註95〕〈奉酬韋嗣立祭酒偶遊龍門〉，《全唐詩》卷九一。

嬉」〔註96〕，而進士及第後的夜宿平康里等等，是唐人不但不以狎妓爲恥，反以攜妓同遊爲風流高尚之事，每每爲之吟詠，以記勝事。而與娼妓間的情感，有時亦頗似夫妻，如油蔚〈贈別營妓卿卿〉「爲報花時少惆悵，此生終不負卿卿」〔註97〕，劉禹錫〈懷妓〉「料得夜來天上鏡，只應偏照兩人心」〔註98〕。面對著丈夫攜妓、狎妓的社會風氣，在妻婦心中，有不盡的幽怨之情，如張潮〈襄陽行〉中提到：

> 是君婦，識君情，怨君恨君爲此行；下床一宿不可保，況
> 乃萬里襄陽城。襄陽傳近大堤北，君到襄陽莫迷惑；大堤
> 諸女兒，憐錢不憐德。（《全唐詩》卷一一四）

是商賈之妻對丈夫遠行可能狎妓的行爲，表現出既擔心又難過的情懷。而這種憂慮，在征婦中亦可看見，如李白〈代贈遠〉：

> 燕支多美女，走馬輕風雪；見此不記人，恩情雲雨絕。（《李
> 太白文集》卷二五）

鮑溶〈秋思二首〉之一：

> 燕國有佳麗，蛾眉富春光；自然君歸晚，花落君空堂。（《全
> 唐詩》卷四八六）

劉元叔〈妾薄命〉：

> 誰家夫婿不從征，應是漁陽別有情；莫道紅顏燕地少，家
> 家還似洛陽城；且逐新人殊未歸，還令秋至夜霜飛。（《全唐
> 詩》卷七七三）

是皆傷感於丈夫久役之際，留戀燕地美女而久不還家。又司空圖〈洛中三首〉的「青樓何處有寒砧」、「倡家未必肯留君」〔註99〕，流露出閨婦深深的幽怨。以上諸詩，是皆顯示出唐代丈夫一方面離別家中妻婦，出門遠行；而另一方面卻又不甘寂寞，或狎妓、或攜妓、或攜妾，徒留家中閨婦空房寂寞的行爲。

〔註96〕〈酬崔光祿冬日述懷贈答〉，《全唐詩》卷八八。
〔註97〕《全唐詩》卷七六八。
〔註98〕《全唐詩》卷三六一。
〔註99〕《全唐詩》卷六三三。

（二）迷信的行為

久別音信斷，常使人心中感到虛茫無助，此時或希望能藉由神力，以慰解心靈。因此而為詩人反映出的迷信行為，有聽鏡、拜烏、問卜求神等三種。

1. 聽　鏡

李廓〈聽鏡詞〉：

> 匣中取鏡辭竈王，羅衣掩盡明月光；昔時長著照容色，今夜潛將聽消息；門前地開人來稀，無人錯道朝夕歸；更深弱體冷如鐵，繡帶菱花懷裡熱；銅片銅片如有靈，願照得見行人千里形。（《全唐詩》卷四七九）

除此之外，尚有王建一道〈鏡聽詞〉，此上節中即已引述過，故不再重覆。傳統婦女生活，不外閨房與廚房，取閨房長照鏡拜廚房灶神，是皆以身邊最親近之物為寄託。聽鏡的程序是：在一個月明的晚上，灶前取匣中鏡重重摩挲，暗中訴說所祈求的事；而後收拾鏡入錦囊，置於懷中，出門潛聽他人言語，以所聽得的話語為吉凶的推測。詩中表現的此種求拜，大多和丈夫的遠行不歸有關。

2. 拜　烏

元稹〈聽庾及之彈烏夜啼引〉：

> 君彈烏夜啼，我傳樂府解古題。良人在獄妻在閨，官家欲赦烏報妻；烏前再拜淚如雨，烏作哀聲妻暗語；後人寫出烏啼引，吳調哀弦聲楚楚。四五年前作拾遺，諫書不密丞相知；謫官詔下吏驅遣，身作囚拘妻在遠；歸來相見淚如珠，唯說閒宵長拜烏，君來到舍是烏力，妝點烏盤邀女巫。
>
> （《元氏長慶集》卷九）

又張籍〈烏夜啼引〉：

> 秦烏啼啞啞，夜啼長安吏人家；吏人得罪囚在獄，傾家賣產將自贖；少婦起聽夜啼烏，知是官家有赦書；下牀心喜不重寐，未明上堂賀舅姑；少婦語啼烏，汝啼慎勿虛，借汝庭樹作高巢，年年不令傷爾雛。（《張籍詩注》卷一）

案：拜鳥迷信，乃當時習俗，所拜不拘於一事，且常有巫爲之解語，頗以爲鳥有神力，能消災解禍致福，故當丈夫不幸遭難時，閨婦或以拜鳥、聽鳥強自寬解。

3. 問卜求神

在中國的社會中，卜筮求神由來已久，是最常見的一項習俗。因此當夫婦分離，不得消息時，問卜求神便成爲一種情感的表達方式。如李愿〈思婦〉：

> 良人久不至，惟恨錦屏孤；憔悴衣寬日，空房問女巫。（《全唐詩》卷三一〇）

李賀〈有所思〉：

> 白玉蕭條夢不成，橋南更問仙人卜。（《昌谷集》卷四）

施肩吾〈望夫詞〉：

> 自家夫婿無消息，卻恨橋頭賣卜人。（《全唐詩》卷四九四）

王建〈江南三臺詞四首〉之一：

> 三年不得消息，各自拜鬼求神。

曹鄴〈風人體〉：

> 將金與卜人，謬道遠行吉。（《全唐詩》卷五九二）

劉采春〈囉嗊曲六首〉之三：

> 莫作商人婦，金釵當卜錢。

是皆唐人問卜求神的習俗。

三、結　論

綜合以上各節中的探究，可以發現：就分離的現象而言，唐代詩人對夫婦分離情感的表現，主要著重在久別時情感的表現；臨別和久別重逢的情感，反少爲詩人所吟詠。就分離時所表現的情感而言，詩人主要著重在深情眞摯的情感抒寫；而薄倖寡恩的一方，多僅從深情一方的哀怨中看出，而少見詩人專門以其爲對象的抒寫。由此可以看出詩人對夫婦間分離情感所抱持的態度，基本上仍是以深情眞摯爲主。

　　而在情感的抒寫上，詩人多從閨婦角度描寫，此從表一（見第二節第一小節）中可以發現。詩人多寫閨婦情感而少寫丈夫情感，固然和傳統「丈夫百行，婦人一志」觀念導致丈夫多薄倖寡恩，不符合詩人寫作要求有關，然中國傳統家庭意義大於個人意義的觀念，使丈夫必須以家庭為主，負擔家計，多關懷家庭而少顧及兒女私情，因此在現存唐詩中，以家庭、家族為思念的篇什屢屢可見，但真正提及對妻婦思念的數量就少得多了。但不論是婦對夫，或夫對婦，就一般而言，詩中所呈現的，皆是綿綿不盡的相思情愁，這種情感表現於初別、久別、重逢各階段的詩歌中。

第五章　唐詩中夫婦關係消失後的
　　　　情感探討

　　「夫妻本是同林鳥，大限來時各自飛」。有相聚，總有分離，生離死別，是人一生中總難免會遇到的事。在探討完唐詩中夫婦相處，生離的情感表現後，最後本章將探討表現在唐詩中夫婦關係消失後的情感。

　　本節所謂的夫婦關係消失，有兩種情形：一是人為的關係消失，如因離婚、休妻、贈妾、改嫁等造成的夫婦關係結束，從此男婚女嫁，兩不相干；一是自然的關係消失，指的是因夫婦間任何一方的死亡而造成的關係消失。前者二人皆健在，而後者必有一方死亡，此其分別處。以下就此兩類，分別探究其表現在唐詩中的情感現象。

第一節　人為的夫婦關係結束後的情感

　　人為所造成的夫婦關係結束，就夫婦本身而言，有夫棄婦、婦棄夫兩種情形；除此外，或有因外力的介入而導致夫婦不得不分別，結束婚姻關係的。面對不同情形所導致的夫婦關係結束時，原本為夫婦的兩人所表現出的情感又將是如何的呢？以下一一探究其在唐詩中表現的情形。

一、夫棄婦

（一）因禮法棄婦──無子見出

「不孝有三，無後為大」。婚禮的三大意義中，即有「下以繼後世」一項。是子嗣的有無，在重視上事下繼的傳統中國家庭中，是頗被看重的一件大事。「巢成不生子，大義有乖離」〔註1〕，七出之條中，列「無子」一項，以無子而見出，遂成為夫棄婦的正當理由。面對著這樣的命運，妻婦或表現出哀傷的情感，如張籍〈離婦〉：

> 十載來夫家，閨門無瑕疵；薄命不生子，古制有分離；託身言同穴，今日事乖違；念君終棄捐，誰能強在茲；堂上謝姑嫜，長跪請離辭；姑嫜見我往，將決復沈疑；與我古時釧，留我嫁時衣；高堂拊我身，哭我於路陲。昔日初為婦，當君貧賤時；晝夜常紡績，不得事蛾眉；辛勤積黃金，濟君寒與飢；洛陽買大宅，邯鄲買侍兒；夫婿乘龍馬，出入有光儀；將為富家婦，永為子孫資；誰謂出君門，一身上車歸；有子未必榮，無子坐生悲，為人莫作女，作女實難為。（《張籍詩注》卷七）

本詩託為一無子見出婦女的口吻，訴說決絕出夫家時複雜哀傷的情感。閨門無瑕疵，只因不生子而遭到休出的命運。臨別跪拜舅姑，連舅姑也為之不忍、不捨。回憶當年新婚時與夫共寒飢，辛苦積成如今偌大之家業，本以為今後得以享福，卻那知富貴無分，無子見出。自憐自傷，末尾「為人莫作女，作女實難為」二句，更一發為慨嘆、幽怨之辭。通篇之中，不見一語對丈夫的恨意，亦不見一辭寫丈夫的情意，只是感傷於命運，慨歎於「古制有分離」，傳統婦女賢淑的典型，於此正明白地顯示出。

自抒因無子見出哀傷心情的，有慎氏一首〈感夫詩〉：

> 當時心事已相關，兩散雲飛一餉間；便是孤帆從此去，不堪重上望夫山。（《全唐詩》卷七九九）

〔註 1〕 韓愈〈別鵠操〉，《朱文公校昌黎先生集》卷一。

《雲溪友議》卷一記載：「愼氏者，毗陵慶亭儒家之女也。三史嚴灌夫，因遊彼，結媾好，同載歸蘄春。經十餘秋，無胤嗣，灌夫乃拾其過而出之，令歸二浙。愼氏慨然登舟，親戚臨流相送，乃爲詩以訣灌夫。灌夫覽詩畢，悽感，遂爲夫婦如初。」愼氏此詩，以短短二十八字，抒寫被休出、孤寂哀傷的心情，終於感動丈夫的心，使得重新恢復夫婦關係，算是不幸中的大幸。

（二）薄情棄婦

　　丈夫薄情棄婦的行爲，表現在唐詩中，有寵新棄舊、以妾換馬、以妾贈人、以妾下賭、學道棄妻等種種情形。大致而言，因丈夫的薄情棄婦而造成夫婦關係消失的，在丈夫方面，自已無情感可言。而在被棄妻婦方面，或多表現出哀傷、怨恨不平的情感；或仕思憶之餘，仍殷殷盼望丈夫回心轉意。以下分別就其各種不同狀況，探究詩中所表現出的情感。

1. 寵新棄舊

　　丈夫的寵新棄舊，輕者只是造成舊人的失寵，而嚴重的或可能產生舊人被休出的命運。丈夫寵新棄舊行爲的產生原因，亦或可能因爲妻婦的無子，如李白〈平虜將軍妻〉：

　　　　平虜將軍婦，入門二十年；君心自有悅，妾寵豈能專；出
　　　　解牀前帳，行吟道上篇；古人不唾井，莫忘昔纏綿。（《李太
　　　　白文集》卷二五）

王琦注云〔註2〕：「古樂府：王宋者，平虜將軍劉勳妻也。入門二十餘年，後勳悅山陽司馬氏女，以宋無子出還。於道中作詩二首曰：翩翩牀前帳，張以蔽光輝；昔將爾同去，今將爾同歸；緘藏篋笥裡，當復何時披。又曰：誰言去婦薄，去婦情更重；千里不吐井，況乃昔所奉；遠望未爲遙，踟躕不得並。」是平虜將軍以其妻無子爲藉口而將之休出，然而眞正的情形卻是其早已另有所愛，是以寵新棄舊而休妻。李白此詩，據此典故以爲書寫，雖通篇以記事爲主，然棄婦不盡的哀傷

〔註2〕見王注《李太白文集輯註》，正光書局，頁385。

與相思之情，卻深深流露於詩外。「莫忘昔纏綿」一句，將棄婦心中仍殷殷期盼重回夫家的情懷，幽幽地道出。

或因富貴而棄妻，例如李白〈寒女吟〉：〔註3〕

> 昔君布衣時，與妾同辛苦；一拜五官郎，便索邯鄲女；妾欲辭君去，君心便相許；妾讀蘼蕪書，悲歌淚如雨；憶昔嫁君時，曾無一夜樂；不是妾無堪，君家婦難作；起來強歌舞，縱好君嫌惡；下堂辭君去，去後悔遮莫。（《李太白文集》卷三十）

貧賤相守、富貴相棄，詩中對丈夫富貴棄妻的薄倖行為，做了最深沈的控訴。「妾欲辭君去，君心便相許」，是丈夫全不顧多年夫婦情誼，毫無留戀之意。相對的，去婦思念多年來生活的苦楚：「不是妾無堪，君家婦難作」，悲憐於自我遭遇的凄苦。雖然自願辭君，然而去後卻無限後悔，既傷痛又依戀。詩中將去婦內心中的矛盾心態，做了深刻的刻畫與呈現。

又如白居易新樂府〈母別子——刺新間舊也〉亦是描寫因丈夫富貴棄妻，棄婦心中悲悽的情感：

> 母別子，子別母，白日無光哭聲苦。關西驃騎大將軍，去年破虜新策勳，敕賜金錢二百萬，洛陽迎得如花人。新人迎來舊人棄，掌上蓮花眼中刺；迎新棄舊未足悲，悲在君家留兩兒；一始扶行一初坐，坐啼行哭牽人衣；以汝夫婦新燕婉，使我母子生別離；不如林中鳥與鵲，母不失雛雄伴雌；應似園中桃李樹，花落隨風子在枝；新人新人聽我語，洛陽無限紅樓女；但願將軍重立功，更有新人勝如汝。
>
> （《白居易集》卷四）

是丈夫立功得賞，富貴後即另迎新人而休棄前妻，棄婦面對丈夫的無情，領受在心，怨恨已不再是針對丈夫一人，而是并同新人一同怨傷；超越對自己命運的哀憐，更難過的是和二子的分離。母性的偉大，由此正顯現出！而詩人藉兩兒的「一始扶行一初坐」幼小，暗喻

〔註3〕此詩不見《全唐詩》中，乃王琦據《才調集》而補。

棄婦的受寵時間並不長久，更顯示丈夫情感變移的快速。而末尾四句，藉棄婦的怨咒之語，表達出棄婦心中的怨恨與嫉妒之情，雖是對新人而發，其實是深深銜恨於丈夫。

或以容顏衰退而見棄，如李白〈去婦詞〉：〔註4〕

> 古來有棄婦，棄婦有歸處；今日妾辭君，辭君遣何去；本家零落盡，慟哭來時路；憶昔未嫁君，聞君卻周旋；綺羅錦繡段，有贈黃金千；十五許嫁君，二十移所天；自從結髮日未幾，離君緬山川；家家盡歡喜，孤妾長自憐；幽閨多怨思，盛色無十年；相思若循環，枕席生流泉；流泉咽不掃，獨夢關山道；及此見君歸，君歸妾已老；物情惡衰賤，新寵方妍好；掩淚出故房，傷心劇秋草；自妾為君妻，君東妾在西；羅幃到曉恨，玉貌一生啼；自從離別久，不覺塵埃厚；嘗嫌玳瑁孤，猶羨鴛鴦偶；歲華逐霜霰，賤妾何能久；寒沼落芙蓉，秋風散楊柳；以比顦顇顏，空持舊物還；餘生欲何寄，誰肯和羔攣；君恩既斷絕，相見何年月；悔傾連理杯，虛作同心結；女蘿附青松，貴欲相依投；浮萍失綠水，教作若為流；不歎君棄妾，自歎妾緣業；憶昔初嫁君，小姑纔倚牀；今日妾辭君，小姑如妾長；回頭語小姑，莫嫁如兄夫。（《李太白文集》卷六）

詩之中，表現出被棄婦心中無限哀淒幽怨之意。不盡的委屈與難過，盈盈於詩中，而凝集於末尾二句：「回頭語小姑，莫嫁如兄夫」，是將棄婦心中的怨傷，全投擲於此一言中。同樣描述因色衰見棄閨婦心態的，尚有劉駕〈棄婦〉：

> 回車在門前，欲上心更悲；路傍見花發，似妾初嫁時；養蠶已成繭，織素猶在機；新人應笑此，何如畫蛾眉；昨日惜紅顏，今日畏老遲；良媒去不遠，此恨今告誰。（《全唐詩》卷五八五）

辛勤工作，努力操持家業，卻不如嬌畫蛾眉的新人，詩中表達出對重

〔註4〕蕭士贇以為此乃顧況〈棄婦詞〉，後人添增數句，竄入太白集中，語俗意重，斧鑿之痕，斑斑可見，見王琦輯注《李太白文集》。

色不重賢丈夫的怨傷，色衰愛弛，此恨將能告與誰呢？

然亦有色未衰而丈夫愛已弛，因此而見棄的，如曹鄴〈棄婦〉：

> 嫁來未曾出，此去長別離；父母亦有家，羞言何以歸，此
> 日年且少，事姑常有儀；見多自成醜，不待顏色衰；何人
> 不識寵，所嗟無自非；將欲告此意，四鄰已相疑。(《全唐詩》
> 卷五九三)

「見多自成醜」，丈夫對妻婦的情感竟止於此而已，亦難怪於棄婦的
怨嗟。而被棄婦雖賢慧，卻仍不免於被棄的命運；雖欲自明，然人多
疑置。是對丈夫雖有怨嗟，但卻不如無法自明於眾人的難過。

2. 愛妾換馬

姬妾在唐朝時，視如丈夫的財產，是可用來和人交換，或作為贈
品的，而這其中，最著名的是以妾換馬。

唐人以愛妾換馬為詩題，抒寫面對分離情感的，有盧殷〈妾換
馬〉：

> 伴鳳樓中妾，如龍櫪上駒；同年辭舊寵，異地受新恩；香
> 閣更衣處，塵蒙噴草痕；連嘶將忍淚，俱戀主人門。(《全唐
> 詩》卷四七○)

又張祜〈愛妾換馬〉之二（一說陳標作）：

> 綺閣香銷華廄空，忍將行雨換追風；休憐柳葉雙眉翠，卻
> 愛桃花兩眼紅，侍宴永辭春色裡，趁朝休立漏聲中；恩勞
> 未盡情先盡，暗泣嘶風兩意同。(《全唐詩》卷五一一)

是以皆以妾、馬相若，描寫其不忍離去原家主人時的悲傷、依戀的情
感。而相對妾、馬多情的，卻丈夫的薄情寡恩。

愛妾換馬一題，雖是古樂府雜曲歌辭〔註5〕，然而在唐代，確
有此種現象的存在，如李白〈襄陽歌〉「千金駿馬換小妾」〔註6〕，
白居易〈公垂尚書以白馬見寄光潔穩善以詩謝之〉「免將妾換慚來

〔註 5〕郭茂倩《樂府詩集》卷七三〈雜曲歌辭〉：「愛妾換馬。樂府解題曰：
愛妾換馬，舊說淮南王所作。疑淮南王即劉安也。古辭今不傳。」

〔註 6〕《李太白文集》卷七。

處」〔註7〕，紀唐夫〈驄馬曲〉「今日虜平將換妾，不如羅袖舞春風」〔註8〕等，是皆可證當時確有以妾換馬之風氣。而鮑四絃故事更是以妾換馬的實例。

據韋鮑二生傳所述〔註9〕，四絃，乃酒徒鮑生妾。鮑生家富蓄妓，外弟韋生好得良馬。一日兩人相遇於歷陽，酒闌，韋戲鮑曰：能以人換，任選殊尤。鮑欲馬之意頗切，密遣四絃更衣盛裝。頃之而至，乃命奉酒，歌詩，韋遂命牽紫叱撥以酬之。是以愛妾換馬的實例。而四絃所歌之詩，正表現出其離別鮑生的心情：

> 白露濕庭砌，皓月臨前軒，此時去留恨，含思獨無言。（〈獻韋生歌〉）

> 風硯荷珠暫難圓，多情信有短姻緣；西樓今夜三更月，還照離人泣斷絃。（〈送鮑生酒〉）

此二詩中，皆流露出四絃的離恨。

3. 以妾贈人

在以妾贈人方面，表達被贈之妾分離情感的，有崔紫雲〈臨行獻李尚書〉一首；

> 從來學製斐然詩，不料霜臺御史知；忽見便教隨命去，戀恩腸斷出門時。（《全唐詩》卷八〇〇）

案：崔紫雲乃尚書李愿妓，愿在東都，時會朝士，杜牧以御史分司輕騎徑往，引滿三爵，問紫雲者孰是，愿指示之，牧曰：名不虛傳，宜以見惠。復引滿高吟，旁若無人，愿遂以贈。紫雲臨行，獻此詩而別。是詩中充滿無奈之意，不願別離之情溢於言表。〔註10〕

4. 學道棄妻

佛道兩教，在唐代社會中大放異彩，皈依佛門、學道入山者不少，

〔註7〕　《白居易集》卷三四。
〔註8〕　《全唐詩》卷五四二。
〔註9〕　見《說淵辛集》別傳四十四。
〔註10〕　〈舞女圖〉、《本事詩》皆載有崔紫雲故事，惟有出入處，此但據《全唐詩》所言爲說。

於是或造成夫棄妻婦的現象。如王建〈送山人二首〉之二：

> 山客狂來跨白驢，袖中遺卻潁陽書；人間亦有妻兒在，拋
> 向嵩陽古觀居。（《全唐詩》卷三〇一）

詩中描述一山人，拋妻別子入山修道，狂放自在，於夫婦情誼流露出全然不顧的態度。面對丈夫的學道棄妻，妻子或表現出宛如生離死別的哀痛，如韓愈〈誰氏子〉：

> 非癡非狂誰氏子，去入王屋稱道士；……翠眉新婦年二十，
> 載送還家哭穿市。（《朱文公校昌黎先生集》卷五）

序云：「呂炅，河南人，元和中，棄其妻，著道士服，謝母曰：當學仙王屋山。」是詩中描述其妻對丈夫入道學仙分別時的哀痛：「載送還家哭穿市」，宛若死別一般。所幸呂炅學仙不成，去數月即爲河南少尹李素送付其母，重返俗世。

　　或有妻子受丈夫影響，亦入道，如李涉〈送妻入道〉：

> 人無回意似波瀾，琴有離聲爲一彈；縱使空門再相見，還
> 如秋月水中看。（《全唐詩》卷四七七）

《唐才子傳》卷五記載，涉嘗隱居終南、少室之地，罕交人事，雖曾任官，然行爲頗有隱逸之風，爲詩亦不群世俗。蓋受其影響，妻亦入道。既入道，則人世情懷一切皆平淡，「縱使空門再相見，還如秋月水中看」別後夫妻情誼，受學道影響，終將只如秋月水中看，雖似而不眞切，終究是有隔的。

5. 其　他

　　或有丈夫因事棄妻。如周仲美一事即是。據《全唐詩》所載：「仲美隨夫金陵幕，夫因事棄官入華山，仲美求歸未得。會舅從泗調任長沙，載之而南，因書所懷於壁」：

> 愛妾不愛子，爲問此何理；棄官更棄妻，人情寧可已；永
> 訣泗之濱，遺言空在耳；三載無朝昏，孤悼淚如洗；婦人
> 義從夫，一節誓生死；江鄉感殘春，腸斷晚煙起；西望太
> 華峰，不知幾千里。（《全唐詩》卷七九九）

詩中首先深深表露出周氏對丈夫棄官棄妻入華山行爲的怨恨、不平之

情；繼之而起的是傷心於夫婦的永訣，以及貞節孤守的心志。是對丈夫的無情雖怨恨，但自己卻仍願做一多情人，空幃淚洗長相思。

　　除此之外，唐人或仿古詩〈上山採蘼蕪〉，以書寫丈夫薄情棄婦後的情感。茲先錄古詩如下：

> 上山採蘼蕪，下山逢故夫。長跪問故夫：新人復何如？新
> 人雖言好，未若故人姝；顏色類相似，手爪不相如；新人
> 從門入，故人從閣去；新人工織縑，故人工織素；織縑日
> 一匹，織素五丈餘；將縑來比素，新人不如故。（〈古詩八首〉
> 之一，《玉臺新詠》卷一）

唐人仿此者，如喬知之〈下山逢故夫〉：

> 妾身本薄命，輕棄城南隅；庭前厭芍藥，山上采蘼蕪；春
> 風胃紈袖，零露濕羅襦；羞將憔悴日，提籠逢故夫。（《全唐
> 詩》卷八一）

是藉古詩為基礎，表達出棄婦對被棄一事的哀傷，及羞以今日憔悴逢故夫的自慚自傷心理而已。同此又有徐之才一首〈下山逢故夫〉：

> 踟躕下山婦，共申別離久；為問織縑人，何必長相守。（《全
> 唐詩》卷七七三）

是詩更為淺近，下山逢故夫，只是互道久別離之問候；而後二句作者雖似乎有意表達其看法，惜未明顯中的，情感反流於平淡，雖似有怨，但不深切。

　　和古詩〈上山採蘼蕪〉立意有點相近的，有王建〈去婦〉一首：

> 新婦去年胼手足，衣不暇逢蠶廢簇；白頭使我憂家事，還
> 如夜裡燒殘燭；當初為信傍人語，豈道如今自辛苦；在時
> 縱嫌織絹遲，有絲不上鄰家機。（《全唐詩》卷二九八）

此詩深深流露出輕於離異後丈夫心中的悔恨，雖名為「去婦」，實寫去婦後丈夫的後悔心情。

（三）因關懷而放婦

　　夫棄婦的行為中，並非全然是無情的，有時丈夫反因更深的關懷而主動放姬妾，結束彼此間夫婦關係的。而主要的原因，是丈夫自

感於己身的老病，縱使美色在前，亦無分消受，是以將所屬的姬妾放歸，使其別嫁，自尋幸福，如顧況〈宜城放琴客歌〉：

> 佳人玉立生此方，家住邯鄲不是倡；頭鬢鬖鬖手爪長，善撫琴瑟有文章；新妍籠裙雲母光，朱絃綠水暄洞房。忽聞斗酒初決絕，日暮浮雲古離別；巴猿啾啾峽泉咽，淚落羅衣顏色暍；不知誰家更張設，絲履牆偏釵股折；南山闌干千丈雪，七十非人不暖熱；人情厭薄古共然，相公心在持事堅；上善若水任方圓，憶昨好之今棄捐；服藥不如獨自眠，從他更嫁一少年。（《全唐詩》卷二六五）

詩前有序云：「琴客，宜城〔註11〕愛妾也。宜城請老，愛妾出嫁，不禁人之欲而私耳目之娛，達者也。況承命作歌。」表面上雖是夫棄婦的行為，而實際上宜城此舉，卻充滿了人性的光輝：不以己欲而禁斷他人一生幸福。是以分別時雖傷感，但非怨離，而是更多的關懷（宜城）和感恩（琴客）。末尾二句，更顯示出宜城心胸的開闊，和合乎人性的想法。與此相似的尚有司空曙〈病中嫁女妓〉：

> 萬事傷心在目前，一身垂淚對花筵；黃金用盡教歌舞，留與他人樂少年。（《全唐詩》卷二九二）

是感傷於自我的衰病，花筵勝事無分，於是更嫁女妓，使其得樂。關懷之情，寓於詩中。

除此之外，白居易欲放樊素、小蠻二妾事亦頗傳於時。文宗開成四年（839），白氏年六十八，得風痺之疾，於是放妓賣馬。臨別之時，白氏作〈別柳枝〉一首以寄情：

> 兩枝楊柳小樓中，嬝嬝多年伴醉翁；明日放歸歸去後，世間應不要春風。（《白居易集》卷三五）

是詩中充滿了捨不得又不得不捨的相思情懷，憶及多年歡樂，一日放歸，便將與勝景永隔了。哀戀之情，溢於言表。而後樊素以依戀，再拜長跪致辭不忍去，因此返閨不放〔註12〕。是面對老病放姬妾，丈夫

〔註11〕柳渾封宜城縣伯，此以宜城名柳渾，見《全唐詩》卷二六五。
〔註12〕見《白居易集》卷七一，〈不能忘情吟〉。

與姬妾心中，或皆有依依不捨之心情，舊情終難忘。

二、婦棄夫

婦棄夫的現象，雖甚爲少見，但並非完全不曾發生過。或因貧窮而棄夫，如《雲溪友議》卷一載楊志堅妻棄夫事：

> 顏魯公爲臨川內史，澆風莫競，文教大行，康樂已來，用爲嘉譽也。邑有楊志堅者，嗜學而居貧，鄉人未之知也。山妻厭其饘藿不足，索書求離，志堅以詩送之曰：平生志業在琴詩，頭上如今有二絲；漁父尚知豁谷暗，山妻不信出身遲；荊釵任意撩新鬢，鸞鏡從他畫別眉；今日便同行路客，相逢即是下山時。其妻持詩詣州，請公牒以求別適，魯公按其妻曰：楊志堅素爲儒學，遍覽九經，篇詠之間，風騷可摭。愚妻睹其未遇，遂有離心。王歡之廩既虛，豈遵黃卷；朱叟之妻必去，寧見錦衣。污辱鄉閭，敗傷風俗，若無襃貶，僥倖者多。阿王決二十，後任改嫁；楊志堅秀才贈布絹各二十匹，米二十石，便署隨軍，仍令遠近知悉。江左十數年來，莫有敢棄其夫者。

楊志堅妻嫌貧棄夫求去，而顏眞卿以其敗傷風俗，笞之而後判離，爲楊申張。是唐代雖開放自由，但仍不輕易允許婦棄夫的行爲，這和丈夫可以任意拋棄妻婦的行爲恰恰相反。而楊氏送妻一詩中，充滿了壯志不達，不被了解的抑鬱、無奈感。

或有因姬妾改嫁於他人，丈夫留之不得的婦棄夫現象，如李賀〈謝秀才有姜縞練改從於人秀才引留之不得後生感憶座人製詩嘲誚賀復繼四首〉：

> 誰知泥憶雲，望斷梨花春；荷絲製機練，竹葉剪花裙；月明啼阿姊，燈暗會良人；也識君夫婿，金魚挂在身。

> 銅鏡立青鸞，燕脂拂紫綿；腮花弄暗粉，眼尾淚侵寒；碧玉破不復，瑤琴重撥弦；今日非昔日，何人敢正看。

> 洞房思不禁，蜂子作花心；灰暖殘香炷，髮冷青蟲簪；夜遙燈焰短，睡熟小屏深；好作鴛鴦夢，南城罷擣砧。

尋常輕宋玉，今日嫁文鴦；戟幹橫龍簴，刀環倚桂窗；邀
人裁半袖，端坐據胡床；淚濕紅輪重，棲鳥上井梁。(《昌谷
集》卷三)

此四首皆託為描寫縞練改嫁後思憶前夫的心情〔註13〕。第一首以泥雲
相憶不相及為喻，形容其思而不見，眼幾望斷的濃濃相思情懷。雖然
如此，卻無由相會；末二句嘲諷其擇貴人而嫁，又何必憶故夫。第二
首則從其閨房妝扮、日常中不盡的哀怨思念著筆，末尾藉旁觀者之行
為，反襯其思憶故夫之不智。第三者亦從閨房思憶著筆，描寫縞練思
憶難禁的心態，期望夢中相會，少慰輾轉反側之思。第四首則將前夫
的文秀和今夫的粗武相比，更現其難過與後悔之情。所呈現出的，皆
是其棄夫改嫁後悔不當初，難忘故夫的濃濃思念情懷。詩題之意，本
為謝生感憶故妾嘲諷之作，而四詩皆不以謝生思念為內容意旨，反從
去妾縞練的感憶悔恨入手，是頗為特殊者。

三、外力介入

(一) 尊者奪卑者妻婦

這種因他人豪奪的外力介入而造成的夫婦分離，因地位貴賤的懸
殊，被奪取、拆散的一方往往是敢怒而不敢言，因此反映在詩歌中的
情感，對以暴力橫奪的一方是怨恨；對被拆散的另一半則流露出憂
傷、相思的情懷；而更多的無奈感充溢於詩中。在這類詩中，最常為
詩人書寫的，是以息夫人為主題的詩歌，如宋之問〈息夫人〉：

可憐楚破息，腸斷息夫人；仍為泉下骨，不作楚王嬪；楚
王寵莫盛，息君情更親；情親怨生別，一朝俱殺生。(《全唐
詩》卷五一)

汪遵〈息國〉：

家國興亡身獨存，玉容還受楚王恩；銜冤只合甘先死，何
待花間不肯言。(《全唐詩》卷六○二)

〔註13〕此據王琦彙解《三家評註李長吉歌詩》之說法，世界書局，頁102
～104。

胡曾〈息城〉：

> 息亡身入楚王家，回首春風一面花；感舊不言長掩淚，祇
> 應翻恨有容華。（《全唐詩》卷六四七）

羅隱〈息夫人廟〉：

> 百雉摧殘連野青，廟門猶見昔朝廷；一生雖抱楚王恨，千
> 載終為息地靈；蟲網翠環終縹緲，風吹寶瑟助微冥；玉顏
> 渾似羞來客，依舊無言照畫屏。（《全唐詩》卷六六三）

《左傳》莊公十四年：「楚子如息，以食入享，遂滅息。以息嬀歸，生堵敖，及成王焉。未言。楚子問之，對曰；吾一婦人，而事二夫，縱弗能死，其又奚言。」又劉向《列女傳》卷三〈息君夫人〉條；「楚代息，破之，虜其君，使守門將；妻其夫人，而納之於宮。楚王出遊，夫人遂出見息君，謂之曰；人生要一死而已，何至自苦，妾無須臾而忘君也，終不以身貳醮。生離於地上，豈如死歸於地下哉？乃作詩曰：穀則異室，死則同穴，謂予不信，有如皦日。息君止之，夫人不聽，遂自殺，息君亦自殺，同日俱死。」《左傳》和《列女傳》記載雖出入頗大，然不變的皆是息夫人思念息君之心。唐代詩人，或據《左傳》，或據《列女傳》，來抒寫息夫人因息亡入楚國，為楚王豪奪為婦後心中悲苦，隱忍委屈的情感，表達出其柔中帶剛的性格。

除上述之外，王維〈息夫人〉一首，則引息夫人不共楚王言的典故，描寫當時一被親王豪奪平民妻婦心中的幽怨：

> 莫以今時寵，能忘舊日恩；看花滿眼淚，不共楚王言。（《王
> 右丞集》卷六）

《本事詩‧情感第一》：「（寧王）宅左有賣餅者，妻纖白明媚。王一見屬目，厚遺其夫取之，寵惜逾等。環歲，因問之：汝復憶餅師否？默然不對。王召餅師使見之，其妻注視，雙淚垂頰，若不勝情。時王座客十餘人，皆當時文士，無不悽異，王命賦詩，王右丞詩先成。」是王維以息夫人的不言，形容餅師妻的涕泣不語，表現出餅師妻不忘舊人、相思卻不敢言無奈的情懷。後寧王將其歸還餅師，以終其志，是此詩最圓滿的結果！

　　除息夫人故實外，喬知之則以石崇金谷園事，抒寫愛妾爲人豪奪後，心中難忍的情感：

> 石家金谷重新聲，明珠十斛買娉婷；此日可憐君自許，此時可喜得人情；君家閨閣不曾關，常將歌舞借人看；意氣雄豪非分理，驕矜勢力橫相干；辭君去君終不忍，徒勞掩袂傷鉛粉；百年離別在高樓，一旦紅顏爲君盡。（〈綠珠篇〉，《全唐詩》卷八一）

據《本事詩‧情感第一》記載：「唐武后載初中，左司郎中喬知之有婢名窈娘，藝色爲當時第一，知之寵待，爲之不婚。武延嗣聞之，求一見。勢不可抑，既見即留，無復還理。知之憤痛成疾，因爲詩，寫以縑素，厚賂閽守以達。窈娘得詩悲惋，結於裙帶，赴井而死。延嗣見詩，遣酷吏誣陷知之，破其家。」喬氏此詩前半段敍說夫妾兩人的恩情，及自己的無私態度；後半段一轉歡愉爲悲悽、無奈，強豪橫奪，致使兩人終不得不分離。藉石崇金谷園綠珠事以爲抒寫，描繪出自己和窈娘的哀怨情感，而末句直有以死相誓之意。窈娘不負知之，見詩果赴井而死，然知之亦因此見殺，金谷園事，竟一語成讖，何等的不幸！

　　以尊奪卑者妻最著名的該是唐玄宗楊貴妃事。案：楊貴妃在受玄宗寵愛、封爲貴妃以前，本是玄宗子壽王瑁妃。面對愛妃爲父王所奪的宮中情怨，詩人李商隱曾對壽王無奈又難過的心境作了一簡單而深刻的刻畫：

> 龍池賜酒敞雲屏，羯鼓聲高眾樂停；夜半宴歸宮漏永，薛王沈醉壽王醒。（〈龍池〉，《李義山詩集》卷中）

首句「敞雲屏」即寓含有楊貴妃在旁待宴之意 [註14]，是以夜宴雖然熱鬧繁華，但在壽王心裡，如何也快樂不起來。一句「薛王沈醉壽王醒」，點出壽王觸目傷情，無限感慨的情愁。而李商隱另一首〈驪山有感〉，亦蘊有壽王相同的感傷：

〔註14〕此據葉蔥奇疏注說法，見葉注頁 358。

驪岫飛泉泛暖香，九龍呵護玉蓮房；平明每幸長生殿，不
從金輿唯壽王。(《李義山詩集》卷中)

長生殿乃玄宗、貴妃誓言生生世世相守的地方，壽王的「不從金輿」，
其意正十分耐人尋味。此二詩除了對壽王無奈、悲淒的情感刻畫外，
更重要的是對玄宗的荒淫無恥表達深刻的譏刺之意。

（二）因亂失散而婦為人取去

　　本類詩中，由於婦為人取去，已如同改嫁，然其夫婦本無決絕，
因此表現出的情感，以情深難言、暗自淒愴為主。有李商隱〈代越公
房妓嘲徐公主〉一詩：

笑啼俱不敢，幾欲是吞聲；遠遣離琴怨，都由半鏡明；應
防啼與笑，微露淺深情。(《李義山詩集》卷中)

義山此詩，是本徐德言、樂昌公主夫婦破鏡重圓故事以為抒寫。據《本
事詩》記載，徐氏乃陳太子舍人，妻為陳後主叔寶之妹。陳露敗象時，
徐氏知不相保，於是破一鏡為二，分執其半，約他日離散後，以正月
望日賣於都市，以求團聚。及陳亡，其妻果入越公楊素家。徐氏流離
辛苦，於約定日訪於都市，果得賣半鏡之蒼頭，夫婦因此復得消息。
而後楊素知之，感其情誼，使得復合，仍為夫妻。義山此詩中，代為
越公房妓嘲弄、警告的口氣，表現出樂昌公主新得失散夫婿消息時內
心的起伏與戒慎小心、隱忍的心態：「笑啼俱不敢」，內心有深情卻不
得表達呈現，此是何等的傷痛啊！

（三）因夫逾期不還而婦為他人所納

　　或有因夫逾期不還而婦為他人所納而分離者，如江陵士子〈寄故
姬〉：

陰雲冪冪下陽臺，惹著襄王更不迴；五度看花空有淚，一
心如結不曾開，纖蘿自合依芳樹，覆水寧思返舊杯；惆悵
高麗坡底宅，春光無復下山來。(《全唐詩》卷七八四)

《全唐詩》引《盧氏雜記》云：「江陵寓居士子，忘其姓名，有美姬，
甚貧。去遊交廣問，戒其姬曰：我若五年不歸，任爾改適。去後五年

未歸，姬遂爲前刺史所納，在高麗坡底。及明年歸，已失姬所在，尋訪知處，遂爲詩寄之，刺史見詩，給一百千及資裝，遣還士子。」是詩中流露出丈夫心中無限的思念及哀傷之情，期望覆水能重收。惆悵之意，溢於詩表。

（四）因夫獲罪而分離

　　唐律中，有夫獲罪而妻沒入掖庭之法，是亦造成夫婦關係的結束。武后時，曾有一因夫婿陷冤獄而致配沒掖庭的宮人，撰〈離別難〉一曲，以寄託其思念之情：

> 此別難重陳，花飛復戀人；來時梅覆雪，去日柳含春；物候催行客，歸途淑氣新；剡川今已遠，魂夢暗相親。（《全唐詩》卷七九七）

詩中充滿了深深的思念之情，沒有怨，也沒有恨。雖然宮門一入即無由得出，從此夫婦兩隔，永難相見，然而空間的距離卻無法阻隔人心的連繫：「魂夢暗相親」，雖悲嘆只有魂夢之中兩人方能再相親，但另一方面則顯示出兩人的情深意厚，是無法阻隔得住的。絲絲的幽悽，暗暗流露。

（五）因岳父壓力而分離

　　此屬特例。據《雲溪友議》卷五載：崔涯妻雍氏，乃揚州總效之女，儀質閑雅，夫婦相處甚睦。雍族以崔郎甚有詩名，資贍每厚，然涯卻略不加敬，於妻父但呼雍老而已。日子一久，雍漸不能忍受，終於勃然仗劍呼女出，立命其女剃髮爲尼。雖崔涯悲泣謝過，其岳父始終不聽，夫婦倆遂因此而生別離，臨別時崔涯曾贈詩一首：

> 隴上泉流隴下分，斷腸鳴咽不堪聞；嫦娥一入宮中去，巫峽千秋空白雲。

詩中以「隴上泉流隴下分」相喻，將夫婦不得不分離的悽慘哀愁直況爲死別般。無限的哀悽與不捨之情，盈溢於詩外。

　　由上述中可以發現，因外力介入而造成夫婦關係結束，不管是暫時或是永久，皆在被迫結束夫婦關係的男女心中產生無限相思、哀

傷，但又無奈的情懷。

綜合上面的探究可以發現，人爲的婚姻關係結束後的情感表現，不論是夫或婦，大抵而言，採主動離棄態度的一方通常是薄情的，是薄情使其忍於結束夫婦關係；而被動、遭人離棄的一方，通常表現出較多的哀傷、幽怨、慨嘆的情感，或仍不死心絕情，殷殷期盼對方的回心轉意，使再回復往日關係。而因外力介入導致夫婦關係結束的，往往由於夫婦二方都是被動、被迫分離的，因此雙方的情感皆是相思、哀怨又無奈的深情呈現，而無薄情的詩句存在。雖然如此，但亦有例外，如丈夫因老病而放姬妾，雖是丈夫採主動棄婦，然其本出於人性關懷，非但不是無情，而是深情的表現。唯此種現象並不常見，應屬特例。

此外，有一點值得注意的是：抒寫人爲的婚姻關係結束後情感，詩人多從被動的一方著手，表現出其哀傷，不捨分離的一面；而從主動離棄的一方著筆者，僅五、六首而已，且均表現出後悔的心情。由此可以看出詩人對夫婦情感所抱持的態度和看法，是以深情眞摯、永恆不變爲主，重和不重離。

第二節　自然的夫婦關係消失後的情感

人的壽命，短長不一，夫婦雖或誓願白頭偕老，但眞正能如願的卻不多。夫婦間任何一方的先死亡，皆可造成夫婦關係自然的消失。面對另一半的死亡，因際遇有異，每一個人的反應並不完全相同。以下但依其配偶的死亡區別，分爲夫亡、妻亡、妾亡三類，分別探究詩人筆下悼傷情感的呈現。

一、夫　亡

（一）湘妃泣夫

湘妃，乃唐堯二女、虞舜二妃，長名娥皇，次名女英。劉向《列

女傳》：「舜陟方，死蒼梧，號重華；二妃死江湘之間，俗謂之湘君。」
亦謂爲湘妃。唐代詩人寫湘妃於舜亡後的情感，主要著重在悲泣、淚
染斑竹一事，如常建〈古意三首〉之一：

> 二妃方訪舜，萬里南方懸；遠道隔江漢，孤舟無歲年；不
> 知蒼梧處，氣盡呼青天；愁淚變楚竹，蛾眉喪湘川。後人
> 立爲廟，累世稱其賢；過客設祠祭，狐狸來坐邊，懷古未
> 忍還，猿吟徹空山。（《全唐詩》卷一四四）

《述異記》云：「舜南巡，葬於蒼梧之野。堯之二女娥皇女英，追之
不及，相與慟哭，淚下沾竹，竹上文爲之斑斑。」常建此詩，即循此
故實以爲吟詠，「不知蒼梧處，氣盡呼青天」，將舜亡後二妃訪尋於茫
茫江漢中，內心裡淒痛無助的感覺，深深地表現出來。「愁淚變楚竹，
蛾眉喪湘川」，記述了湘妃思念帝舜，淚染斑竹，並隨死於湘江的故
蹟。除此之外，又如劉長卿〈斑竹〉：

> 蒼梧千載後，斑竹對湘沅；欲識湘妃怨，枝枝滿淚痕。（《劉
> 隨州文集》卷一）

周雲〈舜妃〉：

> 蒼梧一望隔重雲，帝子悲尋不記春；何事淚痕偏在竹，貞
> 姿應念節高人。（《全唐詩》卷七二八）

〈再吟〉：

> 瀟湘何代泣幽魂，骨化重泉志尚存；若道地中休下淚，不
> 應新竹有啼痕。（《全唐詩》卷七二八）

是皆從淚染斑竹事寫湘妃的思念之情。而李白〈遠別離〉則更轉湘妃
泣淚相思爲淒屬之情：

> 遠別離，古有皇英之二女，乃在洞庭之南，瀟湘之浦；海
> 水直下萬里深，誰人不言此離苦；日慘慘兮雲冥冥，猩猩
> 啼煙兮鬼嘯雨；我縱言之將何補，……或言堯幽囚，舜野
> 死；九疑聯綿皆相似，重瞳孤墳竟何是；帝子泣兮綠雲間，
> 隨風波兮去無還；慟哭兮遠望，見蒼梧之深山；蒼梧山崩
> 湘水絕，竹上之淚乃可滅。（《李太白文集》卷三）

「蒼梧山崩湘水絕，竹上之淚乃可滅」，明舜死後湘妃遠別離的痛苦，

無窮無盡，何等的哀淒！

　　此外，描寫湘妃思念帝舜的，尚有劉長卿〈湘妃〉一首：

　　　　帝子不可見，秋風來暮思；嬋娟湘江月，千載空蛾眉。（《劉
　　　　隨州文集》卷一）

王貞白〈湘妃怨〉：

　　　　舜欲省蠻陬，南巡非逸遊；九江沈白日，二女泣滄洲；目
　　　　極楚雲斷，恨深湘水流；至今聞鼓瑟，咽絕不勝愁。（《全唐
　　　　詩》卷七〇一）

是皆描寫舜亡後，湘妃思念、哀怨的情愁。

（二）杞梁婦哭長城

　　杞梁婦萬里尋夫，哭崩長城故事，本發端於東周，至唐之後始定
型，成為家喻戶曉的故事〔註15〕。關於此故事，有汪遵〈杞梁墓〉一
首：

　　　　一叫長城萬仞摧，杞梁遺骨逐妻回；南鄰北里皆孀婦，誰
　　　　解堅心繼此來。（《全唐詩》卷六〇二）

是詩中以左右鄰婦為對照：「誰解堅心繼此來」，對杞梁婦不辭辛勞，
貞心動天地的行為表現歌頌，並襯托出杞梁婦面對夫亡的一片真情
可貴。

（三）銅雀臺空舞

　　《鄴都故事》曰：「魏武帝遺命諸子曰：吾死之後，葬於鄴之西
崗上，與西門豹祠相近，……吾妾與伎人，皆著銅雀臺，臺上施六尺
床，下綢帳。朝晡上酒脯糒之屬，每月朝十五，輒向帳前作伎。」是
銅雀臺妓身分，或為魏武帝妾，秉遺命奉君王，作歌舞。這種特殊的
命運，使得反映在詩篇中的情感，或哀傷於歌舞的空自來，而君恩不
見。如沈佺期〈銅雀臺〉：

　　　　綺羅君不見，歌舞妾空來；恩共漳河水，東流無重回。（《全
　　　　唐詩》卷九六）

〔註15〕詳見楊振良《孟姜女研究》，臺灣學生書局出版。

鄭愔〈銅雀妓〉：

　　日斜漳浦望，風起鄴臺寒；玉座平生晚，金尊妓吹闌；舞
　　餘依帳泣，歌罷向陵看；蕭索松風暮，愁煙入井闌。（《全唐
　　詩》卷一〇六）

袁暉〈銅雀妓〉：

　　君愛本相饒，從來似舞腰；那堪攀玉座，腸斷望陵朝；怨
　　著情無主，哀凝曲不調；況臨松日暮，悲吹坐蕭蕭。（《全唐
　　詩》卷一一一）

高適〈銅雀妓〉（一說王適作）：

　　日暮銅雀迥，秋深玉座清；薰森松柏望，委鬱綺羅情；君
　　恩不再得，妾舞爲誰輕。（《高常侍集》卷三）

劉方平〈銅雀妓〉：

　　遺令奉君王，顰蛾強一妝；歲移陵樹色，恩在舞衣香；玉
　　座生秋氣，銅臺下夕陽；淚痕霑井幹，舞袖爲誰長。（《全唐
　　詩》卷二五一）

諸詩中，皆流露出銅雀臺妓對空舞臨西陵一事深深的哀傷之情；君王
已逝，歌舞將爲何？無奈之意，溢於言表。

　　除此之外，如王勃「西陵松檟冷，誰見綺羅情」〔註16〕，賈至
「撫絃心斷絕，聽管淚霏微」〔註17〕，王建「嬌愛更何日，高臺空數
層；含啼映雙袖，不忍看西陵」〔註18〕，歐陽詹「惆悵總帷前，歌聲
苦於哭」〔註19〕等等，是皆流露出銅雀臺妓心中哀傷，想念君王卻不
見的愁思情懷。

（四）關盼盼燕子樓

　　關盼盼，乃徐州張尙書建封愛妓。張歿，獨居彭城張氏舊第燕子
樓十餘年，念舊愛而不嫁，曾作有〈燕子樓三首〉，抒寫獨居之情：

〔註16〕　〈銅雀妓二首〉之二，《王子安集》卷二。
〔註17〕　〈銅雀臺〉，《全唐詩》卷二三五。
〔註18〕　〈銅雀臺〉，《全唐詩》卷二九八。
〔註19〕　〈銅雀妓〉，《全唐詩》卷三四九。

> 樓上殘燈伴曉霜，獨眠人起合歡牀；相思一夜情多少，地
> 角天涯不是長。

> 北邙松柏鎖愁煙，燕子樓中思悄然；自埋劍履歌塵散，紅
> 褪香銷已十年。

> 適看鴻雁岳陽迴，又覩玄禽逼社來；瑤瑟玉簫無意緒，任
> 從蛛網任從灰。（《全唐詩》卷八〇二）

盼盼本善歌舞，雅多風態，然在詩中卻找不到一絲歌舞的曼妙。是自
尚書亡後，在盼盼心中只有無盡的哀思；隨著張的下葬，瑤瑟、玉
簫、劍履、歌聲也永埋，不復再用。「相思一夜情多少，地角天涯
不是長」二句，道出盼盼心中無限相思情意。

　　而後司勳員外郎張仲素過訪白居易，偶吟此三首詩，在深深感動
之餘，白氏乃和為燕子樓三首：〔註20〕

> 滿窗明月滿簾霜，被冷燈殘拂臥牀；燕子樓中霜月夜，秋
> 來只為一人長。

> 鈿暈羅衫色似煙，幾回欲著即潸然；自從不舞霓裳曲，疊
> 在空箱十一年。

> 今春有客洛陽回，曾到尚書墓上來；見說白楊堪作柱，爭
> 教紅粉不成灰。（《白居易集》卷十五）

前二者仿關盼盼燕子樓詩之意，描寫張尚書死後十餘年間，盼盼守志
不嫁，空閨思念，哀悽的心情；末一首則借言客語尚書墓上白楊已如
柱，而紅粉不成灰，隱隱然有責備盼盼不從尚書死，而空言孤房獨
守之意。而後白氏又作有〈感張僕射諸妓〉一首以贈盼盼：

> 黃金不惜買蛾眉，揀得如花三四枝；歌舞教成心力盡，一
> 朝身去不相隨。（《白居易集》卷十三）

據說關盼盼得到白氏此詩後，反覆讀之，而後方流淚說出不從死的原
因：恐百載之後，以我公重色，有從死之妾，玷我公清範，所以偷生。
於是乃和白詩：

〔註20〕詩前有序，詳述本詩寫作緣由，上述即據此序而言。

自守空樓斂恨眉，形同春後牡丹枝；舍人不會人深意，詴
道泉臺不去隨。(《全唐詩》卷八〇二)

此詩前二句抒寫十餘年來空樓獨守的心情，「形同春後牡丹枝」是枝
尚妍好卻已不再繁華嬌艷；而後兩句對白居易不明己意一事，深深感
到傷痛和委屈：非不能死，是不敢死。作完此詩後，盼盼便以絕食而
卒，更直接用行動證明心意〔註21〕。關盼盼雖卑為妓妾，然而處處為
亡夫設想，十餘載空閨獨守節，此高行貞節，在唐代不反對妻婦再嫁
的社會中，更形難能可貴。

(五)若耶溪女子(疑名為李弄玉)三鄉詩

唐武宗會昌年間，若耶溪女子撫往今昔，哀傷亡夫逝後己身的孤
單，於三鄉驛題詩一首：

昔逐良人西入關，良人身歿妾空還；謝娘衛女不相待，為
雲為雨歸此山。(《全唐詩》卷八〇一)

詩前有〈序〉記載其所以作此詩的經過：「余家本若耶溪東，與同志
者二三，紉蘭佩蕙，每貪幽閒之境，玩花光於風月之亭，盡晝綿宵，
往往忘倦。泊乎初笄，五換星霜矣。自後不得已，從良人西入函關，
寓居晉昌里第。其居迥絕塵囂，花木叢翠，東西鄰二佛宮，皆上國勝
遊之最。伺其閒寂，因遊覽焉，亦不辜一時之風月也。不意良人已矣，
邈然無依，帝里方春，弔影東邁，涉滻水，歷渭川，背終南，陟太華，
經虢略，抵陝郊，抱喜祥之情流，面女几之蒼翠。凡經過之所，皆曩
昔燕笑之地，銜冤興歎，舉目魂銷，雖殘骸尚存，而精爽都失，假使
潘岳復生，無以悼其幽思也，遂命筆聊題，終不能滌其懷抱，絕筆慟
哭而去。時會昌壬戌歲仲春十九日。」是舊地重遊，觸景傷情，無限
的相思之意，發之於詩中，表現出孀婦心中無盡的淒苦之情。

(六)征婦哭夫

唐代戰爭的頻繁，造成夫婦因征戍分離的現象普遍；隨著征戰犧

〔註21〕見白居易〈和燕子樓詩序〉。

牲的慘烈。死亡的兵士也增多：「去者無全生，十人九人死」、「河湟戍卒去，一半多不回」、「漢家天子平四夷，護羌都尉裹屍歸」〔註22〕；而士卒的死亡增多，連帶的也產生許多的寡婦。詩人有見於此，在描寫因征戍而分離的夫婦情感外，亦對夫死征役的寡婦心情作一抒寫，如李白〈北風行〉：

> 燭龍棲寒門，光曜猶旦開；日月照之何不及此，唯有北風號怒天上來；燕山雪花大如席，片片吹落軒轅臺；幽州思婦十二月，停歌罷笑雙蛾摧；倚門望行人，念君長城苦寒良可哀，別時提劍救邊去，遺此虎紋金鞞靫；中有一雙白羽箭，蜘蛛結網生塵埃；箭空在，人今戰死不復回；不忍見此物，焚之已成灰；黃河捧土尚可塞，北風雨雪恨難裁。
>
> （《李太白文集》卷二）

詩中藉北風雨雪的吹摧，襯托出孀婦睹物思情的深切傷痛：物雖可焚，情卻不可滅。無限的悲淒，溢於言表。

又如李端〈宿石澗店聞婦人哭〉：

> 山店門前一婦人，哀哀夜哭向秋雲，自說夫因征戰死，朝來逢著舊將軍。（《全唐詩》卷二八六）

偶逢舊將軍，使婦人勾起思念之情，想到自身丈夫死於征戰，哀傷之情遂一發不可收拾。寡婦本不可夜哭〔註23〕，而此不但夜哭，更是哀哀向秋雲，是顯示出其心中的哀痛實已到了極點，無法遏抑。

張籍〈征婦怨〉：

> 九月匈奴殺邊將，漢軍全沒遼水上；萬里無人收白骨，家家城下招魂葬；婦人依倚子與夫，同居貧賤心亦舒；夫死戰場子在腹，妾身雖存如畫燭。（《張籍詩注》卷一）

面對萬里關山外全軍覆沒的淒慘訊息，使孀婦心中產生寧願貧相守的夢想；「夫死戰場子在腹，妾身雖存如畫燭」，無盡的哀怨與淒苦之情，盈溢詩中。而陳陶〈隴西行四首〉之一「可憐無定河邊骨，猶是

〔註22〕張籍〈妾薄命〉。
〔註23〕《禮記‧坊記》：「寡婦不夜哭」。

春閨夢裡人」〔註24〕句，將孀婦綿綿不盡的相思情，以極淒涼的語句，深深地表現出來。

與征戰夫死，表達征婦思念情感有關的，尚有望夫石（山）一詩題。據魏文帝《列異傳》載：「武昌新縣北山上有望夫石，狀若人立者。傳云：昔有貞婦，其夫從役，遠赴國難；婦攜弱子餞送此山，立望而形化爲石。」後以爲乃貞婦久候丈夫不歸，立化爲石。由於未曾有夫歸之記載，因此將此劃屬夫婦關係消失類中。唐代詩人所作，以此爲詩題者，如李白〈望夫石〉：

> 髣髴古容儀，含愁帶曙輝，露如今日淚，苔似昔年衣；有恨同湘女，無言類楚妃；寂然芳靄內，猶若待夫歸。（《李太白文集》卷三十）

王建〈望夫石〉：

> 望夫處，江悠悠；化爲石，不回頭；上頭日日風復雨，行人歸來石應語。（《全唐詩》卷二九八）

劉禹錫〈望夫石〉：

> 終日望夫夫不歸，化爲孤石苦相思；望來已是幾千載，只似當時初望時。（《全唐詩》卷三六五）

胡曾〈望夫山〉：

> 一上青山便化身，不知何代怨離人；古來節婦皆銷朽，獨爾不爲泉下塵。（《全唐詩》卷六四七）

唐彥謙〈望夫石〉：

> 江上山見危磯，人形立翠微；妾來終日望，夫去幾時歸；明月空懸鏡，蒼苔漫補衣；可憐雙淚眼，千古斷斜暉。（《全唐詩》卷六七一）

是皆引望夫石故事，或歌頌，或抒寫閨婦遙遙長望，期盼丈夫早日歸來的心情，哀痛於其幾千年來的矗立等候與不變的情誼。〔註25〕

〔註24〕《全唐詩》卷七四六。

〔註25〕以望夫石（山）爲題抒寫者，尚有數首，此處但引其描述相思情誼較爲明顯者以爲說明。

（七）其　他

上述詩作中，表現出不同狀況下妻子對丈夫喪亡後的情感。除此之外，在他人的傷弔詩中，亦有所描寫；而這種描寫，由於侷於詩的內容，多僅限於「哭」的行爲呈現，如：

> 慈母斷腸妻獨泣。（李嘉祐〈傷歙州陳二使君〉，全詩卷二○七）
>
> 不欲頻回步，孀妻正哭時。（顧況〈哭李別駕〉，卷二六七）
>
> 孀婦開門一聲哭。（劉商〈弔從甥〉，卷三○四）
>
> 可憐鸞鏡下，哭殺畫眉人。（劉禹錫〈再傷龐尹〉，卷三六四）
>
> 妻孥兄弟號一聲，十二人腸一時斷。（白居易〈哭師皋〉，《白居易集》卷三十）
>
> 暮門已開笳簫遠，有夫人哭不休。（白居易〈元相公挽詞三首〉之二，《白居易集》卷二六）
>
> 故人丹旐出南威，少婦隨喪哭漸歸。（劉言史〈桂江逢王使君旅襯歸〉，卷四六八）
>
> 遠日哭惟妻。（賈島〈弔孟協律〉，卷五七二）

是皆以「哭」表現出亡夫後孀婦心中哀傷的情感。

在前面所述所有有關夫亡後妻婦的情感，盡皆呈現出貞節的形象，而有悲傷、哀思等情感的呈現；然而在寒山的詩作中，卻有與此貞節形象完全相反的夫亡再嫁行爲呈現：

> 買肉血滒滒，買魚跳鱍鱍；君身招罪累，妻子成快活；纔死渠便嫁，他人誰敢遏；一朝如破牀，兩箇當頭脫。（《全唐詩》卷八○六）

而《敦煌殘卷》伯希和卷三二一一亦錄有缺名五言白話詩一首，意思與此頗爲相近：

> 人生一代間，貧富不覺老；王役逼駈駈，走多換行少；他家馬上坐，我身坐擘草；種得果報緣，不須自煩惱；受報人中生，本爲前生罪；今身不修福，癡愚膿血㹸，病困臥著牀，慳心由不改；臨死命欲終，怯賤不懺悔，身死妻後嫁，總將陪新婿。（《全唐詩續補遺》卷二）

上述二詩中，從當時社會夫死妻再嫁，無任何夫婦情誼的現象著眼，是以奉勸世人在世時多爲自己修福，不要太爲妻勞苦，而自招罪受。「纔死渠使嫁」、「身死妻後嫁」，反映出雖然詩人極力歌詠夫死守貞的情境，但是當時社會並非全是如此，夫婦間情感抑或甚是薄弱，夫死即斷絕恩情的亦有。

二、妻　亡

（一）丈夫的情感

1. 韋應物悼亡

韋應物，京兆長安人，生於玄宗開元二十五年（737），卒年不詳，或以爲年九十餘〔註26〕，爲性高潔，鮮食寡欲，所居必焚香掃地而坐，冥心象外〔註27〕。其《韋江州集》卷六〈感歎〉中，載有〈悼亡詩〉十九首，皆是其於同德精舍舊舍傷懷時所作，表達出對亡妻無限的思念與哀傷之情。

韋氏之妻究爲何人，今雖已難知，然由韋氏於妻亡後不久所作的〈傷逝〉一詩中，可以看出其貞亮賢淑，進退知禮的大家閨秀風範：

> 染白一爲黑，焚木盡成灰；念我室中人，逝去亦不迴；結髮二十載，賓敬如始來，提攜屬時屯，契闊憂患災；柔素亮爲表，禮章夙所該；仕公不及私，百事委令才；一旦入閨門，四壁滿塵埃；斯人既已矣，觸物但傷摧；單居移時節，泣涕撫嬰孩；知妄謂當遣，臨感要難裁；夢想忽如睹，驚起復徘徊；此心良無已，遶屋生蒿萊。

此詩中，追憶結褵二十年來妻子的貞亮賢淑，進退知禮，使自己無後顧之憂，乃昔日生活中最大的支柱所在。而此賢淑之妻子一旦逝世，不禁使詩人十分哀傷，感嘆於妻亡。空盪的屋內，滿布的埃塵，睹物思情，涕泣難忍，卻又得照顧妻子遺留下來的幼小子女。百想千想，

〔註26〕見宋沈明遠〈補韋刺史傳〉，《韋江州集》附錄。
〔註27〕據李肇《國史補》說法。

忽然如有所見，「驚起復徘徊」一句，將詩人對亡妻無限的追思之情，深深道出。

　　而〈送終〉一詩，則寫出詩人送葬亡妻前後的哀悽心境：

　　奄忽逾時節，日月獲其良；蕭蕭車馬悲，祖載發中堂；生平同此居，一旦異存亡；斯須亦何益，終復委山岡；行出國南門，南望鬱蒼蒼；日入乃云造，慟哭宿風霜；晨遷俯玄廬，臨訣但遑遑；方當永潛翳，仰視白日光；俯仰遵終畢，封樹已荒涼；獨留不得還，欲去結中腸；童稚知所失，啼號捉我裳；即事猶倉卒，歲月始難忘。

「生平同此居，一旦異存亡」，此正是詩人心中最深的感慟處。心中感悽，則週遭景物，樣樣令人傷；送葬雖已畢，而詩人卻久久不忍歸去，無限的依戀，衷心令人為之心酸。而童稚的牽衣啼號，更加襯托出其淒涼無奈之感。

　　貞亮賢淑妻子的亡故，帶給詩人無比的悲傷，於是春花秋月、端居遠行，莫不引起詩人撫往傷今的愁緒，寫下了不少生動感人的悼亡詩作，如：

　　晨起凌嚴霜，慟哭臨素帷；駕官百里塗，惻愴復何為；昨者仕公府，屬城常載馳；出門無所憂，返室亦熙熙；今者掩筠扉，但聞童稚悲；丈夫須出入，顧爾內無依，銜恨已酸骨，何況苦寒時，單車路蕭條，迴首長逶遲，飄風忽截野，嘹唳雁起飛；昔時同往路，獨往今詎知。（〈往富平傷懷〉）

　　昔出喜還家，今還獨傷意；入室掩無光，銜哀寫虛位，悽悽動幽幔，寂寂驚寒吹；幼女復何知，時來庭下戲；咨嗟日復老，錯莫身如寄；家人勸我食，對案空垂淚。（〈出還〉）

　　杳杳日云夕，鬱結誰為開；單衾自不暖，霜霰已皚皚；晃歲淪夙志，驚鴻感深哀；深哀當何為，桃李忽凋摧，帷帳徒自設，冥寞豈復來；平生難恩重，遷去託窮埃，抱此女曹恨，顧非高世才；振衣中夜起，河漢尚徘徊。（〈冬夜〉）

　　思懷耿如昨，季月已云暮；忽驚年復新，獨恨人成故；冰

池始泮綠，梅梢還飄素；淑景方轉延，朝朝自難度。(〈除日〉)

迢迢芳園樹，列映清池曲；對此傷人心，還如故時綠；風
條灑餘靄，露葉承新旭；佳人不再攀，下有往來躅。(〈對芳
樹〉)

皓月流春城，華露積芳草；坐念綺窗空，翻傷清景好；清
景終若斯，傷多人自老。(〈月夜〉)

空濛不自定，況值暄風度；舊賞逐流年，新愁忽盈素；繞
縈下苑曲，稍滿東城路；人意有悲歡，時芳獨如故。(〈歎楊
花〉)

不復見故人，一來過故宅，物變知景暄，心傷覺時寂；池
荒野筠合，庭綠幽草積；風散花意謝，鳥還山光夕；宿昔
方同賞，詎知今念昔；緘室在東庿，遺器不忍覯：柔翰全
分意，芳巾尚染澤；殘工委筐籃，餘素經刀尺；收此還我
家，將還復愁惕；永絕攜手歡，空存舊行跡；冥冥獨無語，
杳杳將何適；唯思今古同，時緩傷與戚。(〈過昭國里故第〉)

已謂心苦傷，如何日方永；無人不晝寢，獨坐山中靜；悟
澹將遣慮，學空庶遺境；積俗易爲侵，愁來復難整。(〈夏日〉)

沉沉積素抱，婉婉屬之子；永日獨無言，忽驚振衣起；方
如在帷室，復悟永終已；稚子傷恩絕，盛時若流水；暄涼
同寡趣，朗晦俱無理；寂性常喻人，滯情今在己，空房欲
云暮，巢燕亦來止；夏木遽成陰，綠苔誰復履；感至竟何
方，幽獨長如此。(〈端居感懷〉)

非關秋節至，詎是恩情改；掩嚬人已無，委篋涼空在；何
言永不發，暗使銷光彩。(〈悲紈扇〉)

幽獨自盈抱，陰淡亦連朝；空齋對高樹，疏雨共蕭條；巢
燕翻泥濕，蕙花依砌消；端居念往事，倏忽苦驚飆。(〈閒齋
對雨〉)

雨歇見青山，落日照林園；山多煙鳥亂，林清風景翻；提
攜唯子弟，蕭散在琴言，同游不同意，耿耿獨傷魂，寂寞
鐘已盡，如何還入門。(〈林園晚霽〉)

庭樹轉蕭蕭，陰蟲還戚戚，獨向高齋眠，夜聞寒雨滴；微風時動牖，殘燈尚留壁；惆悵平生懷，偏來委今夕。

霜露已淒漫，星漢復昭回；朔風中夜起，驚鴻千里來；蕭條涼葉下，寂寞清砧哀；歲晏仰空宇，心事若寒灰。（〈秋夜二首〉）

歲月轉蕪漫，形影長寂寥；髣髴覿微夢，感嘆起中宵；綿思靄流月，驚魂颯回飇，誰念茲夕永，坐令顏鬢凋。（〈感夢〉）

洛京十載別，東林訪舊扉；山河不可望，存歿意多違；時遷跡尚在，同去獨來歸；還見窗中鴿，日暮遶庭飛。（〈同德精舍舊傷懷〉）

以上諸詩，或傷今，或懷昔；日常生活中，一事一物皆可勾起詩人的思念情懷。感念之情，無所不仕；感念之深，令人讀之亦為之傷懷。情深意摯，綿綿哀悼之意，不絕於詩中。

2. 元稹悼亡

元稹（779～831），字微之，河南洛陽人，德宗貞元十九年（803），元氏年二十四，與元配夫人韋叢結婚。韋氏系出名宦之家〔註28〕，知書達禮，頗為賢淑。元氏〈祭亡妻韋氏文〉中記載道：

逮歸於我，始知賤貧。食亦不飽，衣亦不溫，然而不悔於色，不戚於言。他人以我為拙，夫人以我為尊；置生涯於漠落，夫人以我為適道；捐晝夜於朋宴，夫人以我為狎賢；隱於幸中之言。嗚呼！成我者朋友，恕我者夫人。（《元氏長慶集》卷六十）

然而如此賢德的妻子，卻不幸於憲宗元和四年（809）七月九日病逝〔註29〕，距兩人結婚，不過才六年光景而已。六年，雖不算長，然

〔註28〕 韓愈〈監察御史元君妻京兆韋氏人墓誌銘〉：「夫人諱叢，字茂之，姓韋氏。其上七世祖父封龍門公。龍門之後，世率相繼為顯官。……王考夏卿以太子少保卒，贈左僕射，僕射娶裴氏皇女。皇為給事中，皇父宰相耀卿。夫人於僕射為季女。」《朱文公校昌黎先生集》卷二四。

〔註29〕 同註28。

而卻帶給元稹無窮的回憶，因此韋氏亡後，折翼的元稹以詩歌的吟作，表達心中無限的哀念與追思之情。有關作品，今俱收錄於《元氏長慶集》卷九之中，以下依其寫作的先後，呈現元稹筆下情感的表露情形。〔註30〕

元和四年秋，時韋氏剛病逝不久，或尚未下葬，元稹曾吟詩數首以爲感念：

> 感極都無夢，魂銷轉易驚；風簾半鉤落，秋月滿床明；悵望臨階坐，沉吟遠樹行；孤琴在幽匣，時迸斷絃聲。(〈夜閒〉)

> 纖幹未盈把，高條纔過眉；不禁風苦動，偏受露先萎；不分秋同盡，深嗟小便衰；傷心落殘葉，猶識合昏期。(〈感小林夜合〉)

> 積善坊中前度飲，謝家諸婢笑扶行；今宵還似當時醉，半夜覺來聞哭聲。(〈醉醒〉)

> 謝傅堂前音樂和，狗兒吹笛膽娘歌；花園欲盛千場飲，水閣初成百度過；醉摘櫻桃投小玉，懶梳叢鬢舞曹婆；再來門館唯相弔，風落秋池紅葉多。(〈追昔遊〉)

前二首寫出妻亡後，夜裡感物傷情的悲悽情愁；後二首則藉昔日寓居妻娘家中歡樂的景象，襯托出今日孤獨一人的悲傷之情。

同年十月十三日，葬夫人韋氏於咸陽元氏塋壙，時元稹爲職務羈絆在洛陽，未能親身前往。翌日（十月十四日）夜，作有〈空屋題〉一首以爲悼念：

> 朝從空屋裡，騎馬入空臺；盡日推閒事，還歸空屋來；月明穿暗隙，燈爐落殘灰；更想咸陽道，魂車昨夜回。(〈空屋題〉)

詩中特別突顯屋室之「空」，以屋之空和「魂車昨夜回」相呼應，寫出己身的孤獨悲悽，無限的哀思。元氏摯友白居易，作有〈答騎馬入空臺〉一首以代爲唱答：

〔註30〕詩作繫年部分，依陳寅恪《元白詩箋證稿》第四章〈艷詩及悼亡詩〉一文之說法。

> 君入空臺去，朝往暮還來；我入泉臺去，鯨門無復開；鯨
> 夫仍繫職，穉女未勝哀，寂寞咸陽道，家人覆墓迴。（《白居
> 易集》卷十四）

此詩中，寫出韋氏對「隻身」前往泉臺，鯨夫未得相送，穉女未能解哀，僅家人相送的寂寞淒涼離情。

　　韋氏初亡，感觸特多，因此同為此年中，元稹尚著有多首詩以為哀悼：

> 月是陰秋鏡，寒為寂寞資，輕寒酒醒後，斜月枕前時；倚
> 壁思閒事，回燈檢舊詩；聞君亦同病，終夜遠相悲。（〈初寒
> 夜寄盧子蒙〉）

> 十里撫柩別，一身騎馬回；寒煙半堂影，爐火滿庭灰；稚
> 女憑人問，病夫空自哀；潘安寄新詠，仍是夜深來。（〈城外
> 回謝子蒙見諭〉）

> 撫稚君休感，無兒我不傷；片雲離岫遠，雙燕念巢忙；大
> 壑誰非水，華星各自光；但令長有酒，何必謝家莊。（〈諭子
> 蒙〉）

> 內外都無隔，帷幨不復張；夜眠兼客坐，同在火爐牀。（〈旅
> 眠〉）

> 憶昔歲除夜，見君花燭前，今宵祝文上，重疊敘新年；閒
> 處低聲哭，空堂背月眠；傷心小男女，撩亂火堆邊。（〈除
> 夜〉）

元和五年（810），元稹貶江陵士曹參軍，於途中曾作有一首〈感夢〉，亦是表達對亡妻的思念之情：

> 行吟坐歎知何極，影絕魂銷動隔年。今夜商山館中夢，分
> 明同在後堂前。

元稹自元和五年貶江陵，至元和九年（814）從事於唐州止，中間有四、五年時間停留在江陵，以遭遇的困頓，行止的孤單，在江陵期間內，也正是元氏悼亡詩寫作最頻繁的時候，如：

> 良夕背燈坐，方成合衣寢；酒醉夜未闌，幾回顛倒枕。（〈合
> 衣寢〉）

竹簟襯重茵，未忍都令卷；憶昨初來日，看君自施展。(〈竹簟〉)

君彈烏夜啼，我傳樂府解古題。良人在獄妻在閨，官家欲赦烏報妻。烏前再拜淚如雨，烏作哀聲妻暗語。後人寫出烏啼引，吳調哀弦聲楚楚。四五年前作拾遺，諫書不密丞相知。謫官詔下吏驅遣，身作囚拘妻在遠。歸來相見淚如珠，唯說閨宵長拜烏。君來到舍是烏力，粧點烏盤邀女巫。今君爲我千萬彈，烏啼啄啄淚瀾瀾。感君此曲有深意，昨日烏啼桐葉墜。當時爲我賽烏人，死葬咸陽原上地。(〈聽庾及之彈烏夜啼引〉)

夢上高高原，原上有深井。登高意枯渴，願見深泉冷。徘迴遶井顧，自照泉中影。沉浮落井瓶，井上無懸綆。念此瓶欲沉，荒忙爲求請。遍入原上村，村空犬仍猛。還來遶井哭，哭聲通復哽。哽噎夢忽驚，覺來房舍靜。燈焰碧朧朧，淚光疑同同。鍾聲夜方半，坐臥心難整。忽憶咸陽原，荒田萬餘頃。土厚壙亦深，埋魂在深埂。埂深安可越，魂通有時逞。今宵泉下人，化作瓶相誓。感此涕汍瀾，汍瀾涕霑領。所傷覺夢間，便覺死生境。豈無同穴期，生期諒綿永。人恐前後魂，安能兩知省。尋環意無極，坐見天將曉。吟此夢井詩，春朝好光景。(〈夢井〉)

平生每相夢，不省兩相知。況乃幽明隔，夢魂徒爾爲。情知夢無益，非夢見何期。今夕亦何夕，夢君相見時。依稀舊粧服，晻淡昔容儀。不道間生死，但言將別離。分張碎針線，攝疊故幃幰。撫稚再三囑，淚珠千萬垂。囑云唯此女，自歎總無兒。尚念嬌且騃，未禁寒與饑。君復不憙事，奉身猶脫遺。況有官縛束，安能長顧私。他人生間別，婢僕多謾欺。君在或有託，出門當付誰。言罷泣幽噎，我亦涕淋漓。驚悲忽然寤，坐臥若狂癡。月影半床黑，蟲聲幽草移。心魂生次第，覺夢久自疑。寂默深想像，淚下如流澌。百年永已訣，一夢何太悲。悲君所嬌女，棄置不我隨。長安遠於日，山川雲間之。縱我生羽翼，網羅生繫維。今

宵淚零落，半爲生別滋。感君下泉魄，動我臨川思。一水不可越，黃泉況無涯。此懷何由極，此夢何由追。坐見天欲曙，江風吟樹枝。

古原三丈穴，深葬一枝瓊。崩剝山門壞，煙綿墳草生。久依荒隴坐，卻望遠村行。驚覺滿牀月，風波江上聲。

君骨久爲土，我心長似灰。百年何處盡，三夜夢中來。逝水良已矣，行雲安在哉。坐看朝日出，眾鳥雙徘徊。(〈江陵三夢〉)

踰年間生死，千里曠南北。家居無見期，況乃異鄉國。破盡裁縫衣，忘收遺翰墨。獨有繝紗幬，憑人遠攜得。施張合歡牀，展卷雙鴛翼。已矣長空虛，依然舊顏色。徘徊將就寢，徙倚情佪極。昔透香田田，今無魂惻惻。隙穿斜月照，燈背空床黑。達理強開懷，夢啼還過臆。平生貧寡歡，天枉勞苦憶。我亦訑幾時，胡爲自摧逼。燭蛾焰中舞，璽蠿叢上織。燋爛各自求，他人顧何力。多離因苟合，惡影當務息。往事勿復言，將來幸前識。(〈張舊蚊幬〉)

爐火孤星滅，殘燈寸焰明。竹風吹面冷，簷雲墜堦聲。寡鶴連天叫，寒雛徹夜驚。只應張侍御，潛會我心情。(〈獨夜傷懷贈呈張侍御〉)

傷禽我是籠中鶴，沉劍君爲泉下龍。重繐猶存孤枕在，春衫無復舊裁縫。(〈六年春遣懷八首〉之一)

檢得舊書三四紙，高低闊狹粗成行。自言併食尋高事，唯念山深驛路長。(之二)

公無渡河音響絕，已隔前春復去秋。今日閒窗拂塵土，殘弦猶迸鈿筝篌。(之三)

婢僕曬君餘服用，嬌癡稚女繞床行。玉梳鈿朵香膠解，盡日風吹璕瑁箏。(之四)

伴客銷愁長日飲，偶然乘興便醺醺。怪來醒後傍人泣，醉裡時時錯問君。(之五)

我隨楚澤波中梗，君作咸陽泉下泥。百事無心值寒食，身
將稚女帳前啼。（之六）

童稚癡狂撩亂走，繡毬花仗滿堂前。病身一到總帷下，還
向臨堦背日眠。（之七）

小於潘岳頭先白，學取莊周淚莫多。止竟悲君須自省，川
流前後各風波。（之八）

以上諸詩，或傷今，或撫昔；或有感於現實，或相見於夢境。屢屢的
夢見，時時的錯認，顯示出元氏的思念之情，無時不存，無地不在；
無限的哀傷之情，不盡於詩中。雖然元氏抵江陵之後，於元和六年納
妾安氏〔註 31〕，但對亡妻韋氏的思念，並不曾因納妾而停止，「悼亡
詩滿舊屏風」〔註 32〕，深深的悼念之情，盈盪於元氏心中。面對好友
如此的傷痛，白居易不禁也有「人間此病治無藥」〔註 33〕的慨嘆，並
勸元氏或以讀楞伽經，藉宗教來排遣傷痛的情緒。

元和九年（814），元稹於役潭州，曾作有〈夢成之〉一詩：

燭暗船風獨夢驚，夢君頻問向南行；覺來不語到明坐，一
夜洞庭湖水聲。

據今人陳寅恪先生考證，元稹所作悼亡詩中，可考年代者以此爲最
晚。翌年（元和十年）五月，元氏即續娶裴淑，中饋再次得人主持，
於是對亡妻韋氏的思念，也逐漸放淡下來，或因此而難再見其悼亡詩
的創作。

除上述詩作外，現存《元氏長慶集》中尚載有〈遣悲懷〉三首：

謝公最小偏憐女，自嫁黔婁百事乖。顧我無衣搜盡篋，泥
他沽酒拔金釵。野蔬充膳甘長藿，落葉添薪仰古槐。今日

<hr>

〔註 31〕元稹〈葬安氏誌〉：「予稚男荊母曰安氏，字仙嬪，……始辛卯歲，
予友致用，憫予愁，爲予卜姓而授之。」案：辛卯歲即元和六年（811）。
今人張達人撰《唐元微之先生稹年譜》，以爲元稹納安氏當在是年七
月以後。見張著年譜，頁 77，臺灣商務印書館。

〔註 32〕元稹〈答友封見贈〉，《元氏長慶集》卷九。

〔註 33〕白居易〈見元九悼亡詩因以此寄〉：「夜淚闇銷明月幌，春腸遙斷牡
丹庭；人間此病治無藥，唯有楞伽四卷經。」（《白居易集》卷十四）

俸錢過十萬，與君營奠復營齋。

昔日戲言身後意，今朝皆到眼前來。衣裳已施行看盡，針線猶存未忍開。尚想舊情憐婢僕，也曾因夢送錢財。誠知此恨人人有，貧賤夫妻百事哀。

閒坐悲君亦自悲，百年都是幾多時。鄧攸無子尋知命，潘岳悼亡猶費詞。同穴窅冥何所望，他生緣會更難期。唯將終夜長開眼，報答平生未展眉。（〈三遣悲懷〉）

此三首詩究竟作於何時，今已不可考，但若據第一首「今日俸錢過十萬」來看，則此詩或約成於穆宗長慶二年（822）以後，時元氏俸錢方得以過十萬〔註34〕；然據後二首內容來看，似乎詩成時韋氏剛病逝不久。此費解難題，前人辯論已多，莫衷一是。但就此三詩表現來看，在所有元氏的悼亡詩中，以此三首最為著名；詩中從過往追憶到今日思念，將今昔並論，流露出無限的哀傷之意；而第三首末尾的「唯將終夜長開眼，報答平生未展眉」，更直接希望以行動來報答韋氏當年的恩情。是元氏悼亡詩中，流露出無限的哀悼追念之意。若不論其日後繼娶一事，光就其當時對韋氏的悼傷，深情摯意，實無以復加。而元氏的繼娶，在當時自由開放而功利的社會中，本是自然，實無可厚非，今人每以此苛責元氏，或未免有失於主觀。

3. 李商隱悼亡

李商隱（812～858），字義山，懷州河內人。文宗開成三年（838），年二十七，娶涇原節度使王茂元之女。婚後兩人雖以義山仕途坎坷，離別時日頗多，但大抵而言，夫婦情感甚篤〔註35〕。宣宗大中五年（851）秋，王氏不幸因病謝世，時義山正欲轉受柳仲郢梓州幕辟，

〔註34〕時元氏以工部侍郎同平章事，未幾雖罷為同州刺史，然翌年冬復遷為越州刺史、浙東觀察使。依《新唐書》卷五五〈食貨志〉載百官俸錢，侍郎、上州刺史八萬，觀察使十萬，故有此推測。唯《新唐書》所載，乃唐武宗會昌以後俸錢數，元氏早在會昌以前，故僅能供為參考，並不十分肯定。然長慶二年以前，元氏官卑職小，俸錢不大可能過十萬，故此推測尚為可信。

〔註35〕見上一章第二節中所述。

因此而略事耽擱,至十月方抵梓州幕。在妻亡到將赴梓州幕這一段期間內,義山曾留下數首詩篇,抒寫喪妻之痛,如〈房中曲〉:

> 薔薇泣幽素,翠帶花錢小。嬌郎癡若雲,抱日西簾曉。枕是龍宮石,割得秋波色。玉簟失柔膚,但見蒙羅碧。憶得前年春,未語含悲辛。歸來已不見,錦瑟長於人。今日澗底松,明日山頭蘗。愁到天池翻,相看不相識。(《李義山詩集》卷中)

義山此詩,當是王氏逝後不久所作。先藉外在景物,烘托出獨自思念亡妻的癡凝;其次轉至房中,哀悼於景物依舊、人事全非;更追憶當年淒涼的分別,而今日歸來,人卻已邈不可見;最後重言己身的悲痛之情,除非天地相翻倒,才能夠睹物不思人。無盡的傷痛,沈潛於詩中。

同爲此時所作之詩,尚有:

> 此夜西亭月正圓,疏簾相伴宿風煙。梧桐莫更翻清露,孤鶴從來不得眠。(〈西亭〉)

> 樹遶池寬月影多,村砧塢笛隔風蘿。西亭翠被餘香薄,一夜將愁向敗荷。(〈夜冷〉)

> 謝傅門庭舊末行,今朝歌管屬檀郎。更無人處簾垂地,欲拂塵時簟竟牀。嵇氏幼男猶可憫,左家嬌女豈能忘。秋霖腹疾俱難遣,萬里西風夜正長。(〈王十二兄與畏之員外相訪見招小飲時予以悼亡日近不去因寄〉)

王茂元崇讓宅中有東亭、西亭,當年義山夫婦似曾在西亭住過,是以此時悼亡,提及西亭更爲哀傷。是皆以舊日初婚王氏,寓居王家時的喜樂映襯,哀傷於今日空床獨守的悲悽。

自大中五年秋王氏病逝起,至大中十二年(858)義山卒,七年間,義山對亡妻的思念不曾停止過,感念之情,時發於詩章之中,如:〔註36〕

> 佳兆聯翩遇鳳凰,雕文羽帳紫金牀。桂花香處同高第,柿

─────────

〔註36〕詩作繫年,參考朱鶴齡、馮浩、葉蔥奇等人說法。

葉翻時獨悼亡。烏鵲失棲長不定，鴛鴦何事自相將；京華
庸蜀三千里，送到咸陽見夕陽。(〈赴職梓潼留別畏之員外同年〉)
——大中五年

劍外從軍遠，無家與寄衣；散關三尺雪，回夢舊鴛機。(〈悼
傷後赴東蜀辟至散關遇雪〉) ——大中五年

許靖猶羈宦，安仁復悼亡。茲辰聊屬疾，何日免殊方。秋
蝶無端麗，寒花只暫香。多情真命薄，容易即回腸。(〈屬疾〉)
——大中六年

鸞扇斜分鳳幄開，星橋橫過鵲飛迴。爭將世上無期別，換
得年年一度來。(〈七夕〉) ——大中七、八年

長亭歲盡雪如波，此去秦關路幾多。惟有夢中相近分，臥
來無睡欲如何。(〈過招國李家南園二首〉之二) ——大中十年

荷葉生時春恨在，荷葉枯時秋恨成；深知身在情常在，悵
望江頭江水聲。(〈暮秋獨遊曲江〉) ——大中十年

密鎖重關掩綠苔，廊深閣迥此徘徊。先知風起月含暈，尚
自露寒花未開。蝙拂簾旌終展轉，鼠翻窗網小驚猜。背燈
獨立餘香語，不覺獨歌起夜來。(〈正月崇讓宅〉) ——大中十
一年

以上諸詩中，皆表現出義山對於自己獨遭妻亡命運無限的傷痛；而這
種傷痛，往往又和詩人仕途的坎坷融合：「烏鵲失棲常不定」、「劍外
從軍遠，無家與寄衣」、「許靖猶羈宦，安仁復悼亡」，化為一種對身
世的哀淒，表現出無限的悲涼之情。

　　和前一位元稹相比，同樣是對亡妻表現出無限的哀傷悼念之情，
而在實際行為上，兩人卻有很大的不同。元氏雖有「唯將終夜常開眼，
報答平生未展眉」的誓語，然妻亡僅二年，即納妾安氏；又四年，便
續娶裴氏。且和裴氏成婚後，往日對亡妻韋氏的誠摯真情便幾不復見
詩文中。義山則不然，其悼亡詩雖不如元氏數量之多，也不曾見有殷
殷誓言，然自妻亡至其老死，七年間不曾聞另結新歡，反倒有因柳仲
郢欲將營妓張懿仙嫁與，而為文、作詩，力辭美意，堅拒不納的事情

發生。如〈李夫人三首〉：

> 一帶不結心，兩股方安鬢。慚愧白茅人，月沒教星替。
>
> 剩結茱萸枝，多擘秋蓮的。獨自有波光，綵囊盛不得。
>
> 螢絲繫條脫，妍眼和香屑。壽宮不惜鑄南人，柔腸早被秋波割。清澄有餘幽素香，鰓魚渴鳳眞珠房。不知瘦骨類冰井，更許夜簾通曉霜。土花漠漠雲茫茫，黃河欲盡天蒼蒼。
>
> （《李義山詩集》卷中）

此三首詩表面上是詠史，實際卻是悼亡。馮浩以爲是義山〈上河東公啓〉力辭柳仲郢欲將營妓張懿仙嫁他時所作。第一首前二句意謂其和張氏毫無情愫，後二句則對柳公一番好意表示愧負：「白茅人」指柳公，「月」喻亡妻，「星」指張懿仙。第二首則表現出心中的凄苦，傷嘆美景不再，佳人難復留，以申明星難替月之道理。第三首則藉漢武帝鑄李夫人形以慰思念，卻不料反引起無限的傷感事，來暗喻柳欲嫁張氏與自己，轉鈎起自己對亡妻無限的相思與眷念。時義山身在梓州，而王氏墳塋遠在河南，兩地相隔，末二句寫出詩人心中無限的悲苦之情。

　　義山的愛情詩，向來爲研究者所津津樂道的，或以爲其戀愛的對象包括有道士，宮嬪等〔註37〕；而義山的愛情詩，首首情深意摯，似乎其對王氏以外諸女，用情亦頗深〔註38〕。雖然如此，終義山一生卻僅只有王氏一妻而已〔註39〕，是其雖多情、浪漫，但對妻子王氏的情感，仍是其情感世界中最重要的一環；王氏的地位，畢竟是他人所無法取代的。

4. 其 他

　　現存唐詩中，除上述三人有豐富的悼亡詩作外，其他詩人亦間

〔註37〕主張義山和女道士、宮嬪談變愛最力的，是蘇雪林女士，見蘇著《玉溪生詩謎正續合編》，臺灣商務印書館。

〔註38〕此乃研究義山詩者共同的觀點。

〔註39〕楊柳《李商隱評傳》以爲義山和王氏結婚時已是再娶，然所舉證據十分薄弱，且他人皆無此說，故不予採信，仍以義山婚王氏爲初婚。

或存有一、二悼亡詩篇，數量雖不多，但所流露出的，皆是妻婦亡後丈夫心中傷痛哀念的情感〔註40〕。如王建〈贈離曲〉：

> 合歡葉墮梧桐秋，鴛鴦背飛水分流。少年使我忽相棄。雌號雄鳴夜悠悠。夜長月沒蟲切切，冷風入房燈焰滅。若知中路各西東，彼此不忘同心結。收取頭邊蛟龍枕，留著箱中雙雉裳。我今焚卻舊房物，免使他人登爾牀。(《全唐詩》卷二九八)

白居易〈爲薛台悼亡〉：

> 半死梧桐老病身，重泉一念一傷神；手攜稚子夜歸院，月冷空房不見人。(《白居易集》卷十三)

趙嘏〈悼亡二首〉：

> 一燭從風到奈何，二年衾枕逐流波。雖知不得公然淚，時泣闌干恨更多。

> 明月蕭蕭海上風，君歸泉路我飄蓬。門前雖有如花貌，爭奈如花心不同。(《全唐詩》卷五五○)

李中〈悼亡〉：

> 巷深芳草細，門靜綠楊低。室邇人何處，花殘月又西。武陵期已負，巫峽夢終迷。獨立銷魂久，雙雙好鳥啼。(《全唐詩》卷七四八)

又〈悼懷王喪妃〉中提到：

> 音容寂寞春牢落，誰會樓中獨立情。(《全唐詩》卷七四九)

是皆寫出妻婦亡後，丈夫心中無限哀思之情。

除此之外，在唐人的挽歌中，間或有所描寫，唯表現非常少，如孫逖〈故程將軍妻南陽郡夫人樊氏挽歌〉中：

> 白日期偕老，幽泉忽悼亡。(《全唐詩》卷一一八)

又岑參〈韓員外夫人清河縣君崔氏挽歌二首〉之一中有：

> 仙郎看隴月，猶憶畫眉時。(《岑嘉州詩》卷三)

〔註40〕悼亡詩作，或悼亡妻，或悼亡妾，以詩人未曾明言，或有難於判斷者。但列於此，不另分別。

所表現亦以丈夫的深情思念爲主。

由上述中可以發現，唐代詩人表現妻亡後丈夫心中的情感，全部流露出深情相憶、悲傷哀悼的情懷；而其他如薄倖寡恩、夫婦怨懟的情感，則全不見詩人抒寫、吟詠。

（二）亡妻的情感

《全唐詩》卷八六六中，載有一些名爲亡妻鬼魂所作的詩篇，所表現出的情感，亦以深情相憶爲主，如唐暄妻張氏〈答夫詩二首〉：

> 不分殊幽顯，那堪異古今。陰陽徒自隔，聚散兩難心。
> 蘭階兔月斜，銀燭半含花。自憐長夜客，泉路以爲家。

又如韋璜〈贈夫二首〉：

> 不得長相守，青春天蘚華；舊遊今永已，泉路卻爲家。
> 早知離別切人心，悔作從來恩愛深。黃泉冥冥雖長逝，白日屏帷還重尋。

魏朋妻〈贈朋詩〉：

> 孤墳臨清山，每睹白日晚。松影搖長風，蟾光落巖甸。故鄉千里餘，親戚罕相見。望望空雲山，哀哀淚如霰。恨爲泉臺客，復此異鄉縣。願言敦疇昔，勿以棄疵賤。

此諸詩寫成的方式雖或各不相同〔註41〕，但所表現的情感大抵是相同的，皆流露出對因自己先亡，導致夫婦分離，無限孤寂、悲悽、難捨的幽怨情懷。而幽州張衙將妻孔氏的〈贈夫詩〉中，則在孤寂、悲悽的情懷外，又更有忿怨的情緒：

> 不忿成故人，掩涕每盈巾。死生今有隔，相見永無因。
> 匣裏殘妝粉，留將與後人。黃泉無用處，恨作冢中塵。
> 有意懷男女，無情亦任君。欲知腸斷處，明月照孤墳。

孔氏所以對丈夫懷有忿怨之情，主要是因丈夫續娶後婦李氏虐遇其所生五子〔註42〕。以此特殊情況，使孔氏詩中除了哀傷自己早亡，導

〔註41〕詳見《全唐詩》詩前小傳。
〔註42〕同註41。

致夫婦分離淒苦外，另有忿怨情緒產生。然而表現在詩中孔氏的情感，卻仍是深深的眞情流露，就此點來看，和前所述諸詩，實無多大差別。

三、妾 亡

（一）漢武帝思李夫人

李夫人，乃漢武帝寵妃，李延年之妹，容顏絕麗，善歌妙舞，生一子，封昌邑哀王。產子後不久，即臥病在床。病重之時，武帝曾親自前往探視，而李夫人卻蒙被不肯見，恐因病色衰而使君寵衰絕。李夫人死後，武帝傷念不已，《漢書》卷九七〈外戚傳〉記載：「上思念李夫人不已，方士齊人少翁言能致其神。乃夜張燈燭，設帷帳，陳酒肉，而令上居他帳，遙望見好女如李夫人之貌，還幄坐而步。又不得就視，上愈益相思悲感，爲作詩曰：是邪？非邪？立而望之，偏何姍姍其來遲！令樂府諸音家絃歌之。」又卷二五〈郊祀志〉：「乃拜少翁爲文成將軍，賞賜甚多，以客禮禮之。文成言：上即欲與神通，宮室被服非象神，神物不至。乃作畫雲氣車，及各以勝日駕車辟惡鬼。又作甘泉宮，中爲臺室，畫天地泰一諸鬼神，而置祭具以致天神。」胡三省注《資治通鑑》時，以爲《漢書》誤記〔註43〕。雖說如此，然而故事流傳，以訛傳訛，但求其浪漫唯美，深刻動人，並不深考其眞僞，是以唐人歌詠漢武帝思念李夫人的情誼，或依《漢書》記載及後人傳說，加以想像，發爲詩句。如白居易〈李夫人〉：

漢武帝，初喪李夫人；夫人病時不肯別，死後留得生前恩。君恩不盡念不已，甘泉殿裡令寫眞。丹青畫出竟何益？不言不笑愁殺人。又令方士合靈藥，玉釜煎鍊金爐焚。九華帳深夜悄悄，反魂香降夫人魂。夫人之魂在何許？香煙引到焚香處。既來何苦不須臾？縹緲悠揚還滅去。去何速兮來何遲？是耶非耶兩不知。翠蛾髣髴平生貌，不似昭陽寢

〔註43〕見《資治通鑑》卷十九武帝元狩四年胡三首注。

疾時。魂之不來君心苦，魂之來兮君亦悲。背燈隔帳不得語，安用暫來還見違。傷心不獨漢武帝，自古及今皆若斯。君不見穆王三日哭，重璧臺前傷盛姬？又不見泰陵一掬淚，馬嵬坡下念貴妃？縱令妍姿艷質化爲土，此恨長在無銷期。生亦惑，死亦惑，尤物惑人忘不得。人非木石皆有情，不如不遇傾城色。（《白居易集》卷四）

鮑溶〈李夫人歌〉：

璿閨羽帳華燭陳，方士夜降夫人神；葳蕤半露芙蓉色，窈窕將期環佩身；麗如三五月，可望難親近；嚬黛含犀竟不言，春思秋怨誰能問？欲求巧笑如生時，歌塵在空瑟銜絲；神來未及夢相見，帝比初亡心更悲；愛之欲其生又死，東流萬代無回水；宮漏丁丁夜向晨，煙銷霧散愁方士。（《全唐詩》卷四八五）

張祜〈李夫人歌〉：

延年不語望三星，莫說夫人上涕零。爭奈世間惆悵在，甘泉宮夜看圖形。（《全唐詩》卷五一一）

李商隱〈漢宮〉：

通靈夜醮達清晨，承露盤晞甲帳春。王母不來方朔去，更須重見李夫人。（《李義山詩集》卷上）

徐夤〈李夫人二首〉之二：

招得香魂爵少翁，九華燈燭曉還空。漢王不及吳王樂，且與西施死處同。（《全唐詩》卷七一一）

以上諸詩，皆從傳說記載著筆，抒寫漢武帝對李夫人的思念。除此之外，或從宮怨角度，寫出武帝孤寂悲傷、深刻的思念之情，如李賀〈李夫人歌〉：

紫皇宮殿重重開，夫人飛入瓊瑤臺。綠香繡帳何時歇，青雲無光宮水咽。翩聯桂花墜秋月，孤鸞驚啼商絲發。紅壁闌珊懸佩璫，歌臺小妓遙相望。玉蟾滴水雞人唱，露華蘭葉參差光。（《昌谷集》卷一）

本詩後四句，從李夫人死後，宮中笙歌樂舞，歡愉宴遊的不再，景色

的悲悽，襯寫出武帝思念夫人的悲悽寡歡心情。

又如曹唐〈漢武帝思李夫人〉：

> 惆悵朱顏不復歸，晚秋黃葉滿天飛；迎風細荇傳香粉，隔
> 水殘霞見畫衣。白玉帳寒鴛夢絕，紫陽宮遠雁書稀。夜深
> 池上蘭橈歇，斷續歌聲徹太微。（《全唐詩》卷六四○）

又徐夤〈李夫人二首〉之一：

> 不望金輿到錦帷，人間樂極即須悲。若言要識愁中貌，也
> 似君恩日日衰。

是皆哀傷於天人兩隔的悲痛，生前縱使多嬌艷、多恩愛，死後亦徒留
悲傷。表現出漢武帝對李夫人無盡的悲念情懷。

（二）唐玄宗思念楊貴妃

楊貴妃，李玄宗子壽王瑁妃，後為玄宗所鍾愛，先度為女道士，
號太真。天寶初，進冊貴妃，禮教實同皇后。天寶十四載（755），安
祿山反，玄宗與妃倉皇出京，據《新唐書》載〔註44〕：「及西幸至馬
嵬，陳玄禮等以天下計誅國忠，已死，軍不解。帝遣力士問故，曰：
『禍本尚在！』帝不得已，與妃訣，引而去，縊路祠下，裹屍以紫茵，
瘞道側，年三十八。帝至自蜀，道過其所，使祭之，且詔改葬。禮部
侍郎李揆曰：「龍武將士以國忠負上速亂，為天下殺之。今葬妃，恐
反仄自疑。」帝乃止。密遣中使者具棺槨它葬焉。啟瘞，故香囊猶
在，中人以獻，帝視之，淒感流涕，命工貌妃於別殿，朝夕往，必為
鯁欷。」

抒寫楊貴妃亡後，唐玄宗哀悼懷情的唐人詩篇中，以白居易〈長
恨歌〉最著名：

> 漁陽鼙鼓動地來，驚破霓裳羽衣曲。九重城闕煙塵生，千
> 乘萬騎西南行。翠華搖搖行復止，西出都門百餘里。六軍
> 不發無奈何，宛轉蛾眉馬前死。花鈿委地無人收，翠翹金
> 雀玉搔頭；君王掩面救不得，迴看血淚相和流。黃埃散漫

〔註44〕見《新唐書》卷七六，《舊唐書》卷五一亦有相同之記載。

風蕭索，雲棧縈紆登劍閣；峨嵋山下少人行，旌旗無光日
色薄。蜀江水碧蜀山青，聖主朝朝暮暮情；行宮見月傷心
色，夜雨聞鈴腸斷聲。天旋日轉迴龍馭。到此躊躇不能去；
馬嵬坡下泥土中，不見玉顏空死處。君臣相顧盡霑衣，東
望都門信馬歸。歸來池苑皆依舊，太液芙蓉未央柳。芙蓉
如面柳如眉，對此如何不淚垂？春風桃李花開夜，秋雨梧
桐葉落時。西宮南苑多秋草，落葉滿階紅不掃。梨園弟子
白髮新，椒房阿監青娥老。夕殿螢飛思悄然，孤燈挑盡未
成眠。遲遲鐘鼓初長夜，耿耿星河欲曙天。鴛鴦瓦冷霜華
重，翡翠衾寒誰與共。悠悠生死別經年，魂魄不曾來入夢。
臨邛道士鴻都客，能以精誠致魂魄。爲感君王展轉思，遂
教方士殷勤覓。排空馭氣奔如電，昇天入地求之遍。上窮
碧落下黃泉，兩處茫茫皆不見。忽聞海上有仙山，山在虛
無縹渺間。樓閣玲瓏五雲起，其中綽約多仙子。中有一人
字太眞，雪膚花貌參差是。金闕西廂叩玉扃，轉教小玉報
雙成。聞道漢家天子使，九華帳裡夢魂驚。攬衣推枕起徘
徊，珠箔銀屏迤邐開。雲鬢半偏新睡覺，花冠不整下堂來。
風吹仙袂飄飄舉，猶似霓裳羽衣舞。玉容寂寞淚闌干，梨
花一枝春帶雨。含情凝睇謝君王，一別音容兩渺茫。昭陽
殿裡恩愛絕，蓬萊宮中日月長。回頭下望人寰處，不見長
安見塵霧。惟將舊物表深情，鈿合金釵寄將去。釵留一股
合一扇，釵擘黃金合分鈿。但教心似金鈿堅，天上人間會
相見。臨別殷勤重寄詞，詞中有誓兩心知。七月七日長生
殿，夜半無人私語時。在天願作比翼鳥，在地願爲連理枝。
天長地久有時盡，此恨綿綿無絕期！（《白居易集》卷十二）

〈長恨歌〉一首，自玄宗廣求美女，楊貴妃受寵寫起，將玄宗貴妃一
段生死戀情作了生動的記載。就貴妃亡後，玄宗的思念部份而言，從
馬嵬坡掩面救不得，「迴看血淚相和流」；幸蜀途中淒涼相憶；回京路
過貴妃死處，「躊躇不能去」，一句「東望都門信馬歸」，將玄宗心中
無限惆悵失意，生動地表現出來。重返長安後，以景物依舊，人事全
非，空宮寂寥，襯寫出玄宗的傷痛；最後以蜀道士蓬萊仙山訪得太眞

仙子，一方面表現出玄宗無限的思念，一方面則將貴妃雖死，卻不能忘情的深深哀痛，透過行容的抒寫，表現出來。本詩中，雖引用一些當時的傳說，殊不可信〔註45〕，然卻將玄宗貴妃死別後，兩心無限的哀思、憾恨，在真假虛實的描寫中，真摯而又深刻的表達出來。

　　除白居易〈長恨歌〉外，其他詩人對玄宗思念貴妃一事，亦多有所抒寫，然大抵不出白氏所述，如李益〈過馬嵬二首〉之二：〔註46〕

　　　　金甲銀旌盡已回，蒼茫羅袖隔風埃。濃香猶自隨鑾輅，恨魄無由離馬嵬；南內真人悲帳殿，東溟方士問蓬萊；唯留坡畔彎環月，時送殘輝入夜臺。（《全唐詩》卷二八三）

張祜〈南宮歎〉亦述玄宗追恨太真妃事：

　　　　北陸冰初結，南宮漏更長；何勞卻睡草，不驗返魂香；月隱仙娥豔，風殘夢蝶揚；徒悲舊行跡，一夜玉階霜。（《全唐詩》卷五一○）

又張祜〈雨霖鈴〉：

　　　　雨霖鈴夜卻歸秦，猶是張徽一曲新；長說上皇和淚教，月明南內更無人。（《全唐詩》卷五一一）

溫庭筠〈馬嵬驛〉：

　　　　穆滿曾為物外遊，六龍經此暫淹留；返魂無驗青煙滅，埋血空生碧草愁；香輦卻歸長樂殿，曉鐘還下景陽樓。甘泉不復重相見，誰道文成是故侯。（《溫飛卿詩集》卷四）

吳融〈華清宮四首〉之三、之四：

　　　　上皇鑾輅重巡遊，雨淚無言獨倚樓。惆悵眼前多少事，落花明月滿宮秋。

　　　　別殿和雲鎖翠微，太真遺像夢依依。玉皇掩淚頻惆悵，應歎僧繇彩筆飛。（《全唐詩》卷六八五）

〔註45〕詳見陳寅恪《元白詩箋證稿》第一章〈長恨歌〉。

〔註46〕《全唐詩》卷五一九〈李遠過馬嵬山〉一首和此詩頗為相近，一說以為此詩乃李遠作。李遠詩如下：「金甲雲旗盡日迴，倉皇羅袖滿塵埃；濃香猶自飄鑾輅，恨魄無因離馬嵬；南內宮人悲帳殿，東溟方士問蓬萊。唯餘坡上彎環月，時送殘蛾入帝臺。」

徐夤〈華清宮〉中則有：

> 君王魂斷驪山路，且向蓬瀛伴貴妃。（《全唐詩》卷七〇八）

又〈再幸華清宮〉：

> 腸斷將軍改葬歸，錦囊香在憶當時。年來卻恨相思樹，春
> 至不生連理枝；雪女塚頭瑤草合，貴妃池裏玉蓮衰；霓裳
> 舊曲飛霜殿，夢破魂驚絕後期。（《全唐詩》卷七〇八）

除此之外，尚有多首，表現大多近似，是皆以當時人之傳聞，配合史
實，發爲詩篇，描寫出貴妃亡後，玄宗皇帝無限的哀思之情。

《詩話總龜》卷二三〈紀夢門〉載有題爲李隆基（即玄宗）所作
之詩二首，表達對亡妃思念之情：

> 風急雲驚雨不成，覺來仙夢甚分明。當時苦恨銀屏影，遮
> 隔仙姬衹聽聲。（〈幸蜀回居南內夢中見妃子於蓬山太真院作詩遺
> 之使焚於馬嵬山下〉）

> 羅襪羅襪，香塵生不絕。細細圓圓地下得。瓊鉤窄窄，弓
> 弓手中弄初月。又如脫履露纖圓，恰似同衾見時節。方知
> 清夢事非虛，暗引相思幾時歇。（〈又作妃子所遺羅襪銘〉）

此二詩不見錄於《全唐詩》中。是否眞爲玄宗所作，頗爲可疑，然若
僅就詩內容來看，第一首因夢勾起相思之情，第二首因貴妃羅襪而
生相思，所描述的相思情誼皆甚淺薄，反不若後人描寫的深刻、悲
淒。

是楊貴妃死後，唐玄宗流露出無限的哀傷、思念情懷。

（三）楊虞卿悼小姬英英

楊虞卿，字師皋，元和五年（810）進士擢第，文宗大和六年（832）
轉給事中，是年所寵小姬英英不幸死亡，傷念之餘，作有〈過小妓英
英墓〉一詩，抒寫哀痛之心情：

> 蕭晨騎馬出皇都，聞說埋冤在路隅；別我已爲泉下土，思
> 君猶似掌中珠；四弦品柱聲初絕，三尺孤墳草已枯；蘭質
> 蕙心何所在，焉知過者是狂夫。（《全唐詩》卷四八四）

是經過亡姬之墓，遙想當年的嬌艷與才華，愛寵無比；而今墳上草長

又枯，早已亡故多時；末二句從人死無知，寫出生者心中無盡的傷痛與惆悵。

楊師皋悼念小英英一事，在當時曾有不少詩人吟詩唱和，代寫楊氏傷悼之情。如劉禹錫〈和楊師皋給事傷小姬英英〉：

> 見學胡琴見藝成，今朝追思幾傷情。撚弦花下呈新曲，放撥燈火謝改名；但是好花皆易落，從來尤物不長生；鸞臺夜直衣衾冷，雲雨無因入紫城。（《全唐詩》卷三六○）

此詩從英英善奏胡琴追憶起，哀歎美人的早亡；而後寫楊氏的孤枕獨眠，從側面著筆，寫出楊氏的傷愛姬亡故之情。又如白居易〈和楊師皋傷小姬英英〉：

> 自從嬌騃一相依，共見楊花七度飛。玳瑁牀空收枕席，琵琶弦斷倚屏幃；人間有夢何曾入，泉下無家豈是歸。墳上少啼留取淚，明年寒食更沾衣。（《白居易集》卷二六）

是假借楊師皋口吻，寫出喪愛姬後心中的哀痛。而姚合〈楊給事師皋哭亡姬英英竊聞詩人多賦因而繼合〉一詩，則從第三者眼光，表示對英英的哀悼之意，並抒寫出英英喪亡後，楊氏心中哀念的情懷：

> 眞珠爲土玉爲塵，未識遙聞鼻亦辛；天上還應收至寶，世間難得是佳人；朱絲自斷虛銀燭，紅粉潛銷冷繡襦；見說忘情唯有酒，夕陽對酒更傷神。（《全唐詩》卷五○二）

以酒澆愁愁更愁，正是此詩中所表現出楊氏的哀悼之情。

（四）韋莊悼亡姬

韋莊（836～910），世稱秦婦吟秀才，作有弔亡姬詩五首，在現存可見唐代詩人自悼亡姬中，詩作數量最爲可觀。此五首詩，俱收錄於《全唐詩》卷七○○中。第一首〈悼亡姬〉：〔註47〕

> 鳳去鸞歸不可尋，十洲仙路彩雲深。若無少女花應老，爲有姮娥月易沈；竹葉豈能消積恨，丁香空解結同心。湘江水闊蒼梧遠，何處相思弄舜琴。

又〈獨吟〉：

〔註47〕排列依其在《全唐詩》中次第。此五首詩不見於韋氏集中。

　　　默默無言惻惻悲，閒吟獨傍菊花籬；只今已作經年別，此
　　　後知爲幾歲期；開篋每尋遺念物，倚樓空綴悼亡詩；夜來
　　　孤枕空腸斷，窗月斜輝夢覺時。

〈悔恨〉：

　　　六七年來春又秋，也同歡笑也同愁。纔聞及第心先喜，試
　　　說求婚淚便流；幾爲妒來頻斂黛，每思閒事不梳頭。如今
　　　悔恨將何益，腸斷千休與萬休。

〈虛席〉：

　　　一閉香閨後，羅衣盡施僧。鼠偷筵上果，蛾撲帳前燈。土
　　　蝕釵無鳳，塵生鏡少菱；有時還影響，花葉曳香繒。

〈舊居〉：

　　　芳草又芳草，故人楊子家。青雲容易散，白日等閒斜。皓
　　　質留殘雪，香魂逐斷霞；不知何處笛，一夜叫梅花。

第一首抒寫姬亡後相思不得的憾恨；第二首睹物生情，寫孤枕獨眠的
傷懷；第三首回憶起亡姬昔日的共樂同愁，一顰一笑，不禁更生悵念
之情；第四首則從弔祭亡姬的靈席寫起；第五首藉舊居景物，襯寫出
哀念情愁。由此五首詩中可以看出，韋莊和此姬生前相處六、七年
中，情深意摯，是以死後悼念不斷，無限哀傷之情，盈溢於詩中。

（五）其　他

　　除上述外，現存《全唐詩》中尚有悼亡姬、妾的詩篇，或由喪姬
者自作，或爲友人唱和、代擬之作。如楊炯〈和崔司空傷姬人〉：

　　　昔時南浦別，鶴怨寶琴弦；今日東方至，鸞銷珠鏡前；水
　　　流銜硯咽，月影向窗懸；妝匣悽餘粉，熏爐滅舊煙，晚庭
　　　摧玉樹，寒帳委金蓮；佳人不再得，雲日幾千年。（《全唐詩》
　　　卷五十）

又杜審言〈代張侍御傷美人〉：

　　　二八泉扉掩，帷屏寵愛空；淚痕消夜燭，愁緒亂春風；巧
　　　笑人疑在，新妝曲未終；應憐脂粉氣，留著舞衣中。（《全唐
　　　詩》卷六二）

溫庭筠〈和友人悼亡〉：

　　　　玉貌潘郎淚滿衣，畫羅輕鬢雨霏微；紅蘭委露愁難盡，白
　　　　馬朝天望不歸；寶鏡塵昏鸞影在，鈿箏弦斷雁行稀；春來
　　　　多少傷心事，碧草侵階粉蝶飛。（《溫飛卿詩集》卷四）

又〈和友人傷歌姬〉：

　　　　月缺花殘莫愴然，花須終發月須圓；更能何事銷芳念，亦
　　　　有濃華委逝川；一曲艷歌留婉轉，九原春草妬嬋娟；王孫
　　　　莫學多情客，自古多情損少年。（《溫飛卿詩集》卷四）

劉滄〈代友人悼姬〉：

　　　　羅帳香微冷錦裯，歌聲永絕想梁塵；蕭郎獨宿落花夜，謝
　　　　女不歸明月春。青鳥罷傳相寄字，碧江無復採蓮人；滿庭
　　　　芳草坐成恨，迢遞蓬萊入夢頻。（《全唐詩》卷五八六）

而曹鄴《梅妃傳》中亦載有唐玄宗題梅妃畫眞一首：

　　　　憶昔嬌妃在紫宸，鉛華不御得天眞；霜綃雖似當時態，爭
　　　　奈嬌波不顧人。

諸如此類者，尚有多首，以近似雷同，故不多作舉例。是此類詩作中，皆充滿對亡姬無限的惆悵哀思之情，慨嘆多才多藝佳人的早亡，徒留餘音殘景，不時勾起丈夫的哀思回憶。

　　比較上述三種情形下的夫婦死別情感表現，可以發現：

　　1. 在夫亡的情感表現方面，由於唐代婦女精通文墨的並不算太多，因此由妻婦自抒哀痛情感的，僅關盼盼和若耶溪女子二人而已，餘皆爲男性詩人代擬情感，或假前代故實傳說抒寫，或以第三者角度描寫孀婦對夫亡情感的流露情形；而在妻亡和妾亡的情形恰和此相反，除抒寫前人故實，不得不代擬情感，並依該故實眾所公認的傳說內容以爲抒寫外，多是自抒情感的詩作，因此就表現的情感而言，較爲眞摯、深刻且生動，而表現夫亡孀婦情感的詩作，以第三者抒寫，終究隔了一層，反不如此眞切。

　　2. 就抒寫親身情感而言，妻亡妾亡雖同爲丈夫遭遇，然情感表現卻頗有差異。大抵而言，對亡妻的悼念，多半深刻而且長遠，或是

－195－

終身相憶，至死不渝的，其發爲吟詠，數量往往頗多，隨時隨地皆可有思念之情產生。對亡妾的悼念，雖或頗深刻，然一詩人多僅只見一、二短篇，且多成於姬妾初亡之時，是傷悼之情雖深刻，但並不長久。此或和妻妾的角色地位有關：妻有上事下繼之重責大任，與丈夫爲一體，因媒聘而娶，不可輕易背離，是終身的生活伴侶；妾則不同，本因愉悅而相結合，易於相知相棄，因此妾亡後丈夫的悼念之情，終不如妻亡的深刻長遠。

3. 悼亡妻之詩，雖或有人代作，但並不算多，而他人唱和者卻極爲少見；悼亡妾詩則恰好相反，不僅他人代作普遍，且往往一詩有很多人唱和，以妾亡吟詠爲風流勝事，由此亦可看出唐代詩人對妻亡與妾亡所抱持的截然不同的態度。

4. 雖然夫婦因死別所產生的情感，有如上述的差異存在，然而詩中所表現出的情感，不論是夫亡、妻亡、或是妾亡，皆是哀傷、惆悵、相思的情感呈現，是一往深情的抒寫。

第三節　綜合觀察

在唐人抒寫有關夫婦關係消失後情感的詩作中，可以發現存在唐代社會中兩種截然相反的觀念與現象：

一、婦人一志，丈夫百行

白居易〈婦人苦〉中提到：

> 人言夫婦親，義合如一身，及至生死際，何曾苦樂均，婦
> 人一喪夫，終生守孤子，有如林中竹，忽被風吹折，一折
> 不重生，枯死猶抱節，男兒若喪婦，能不暫傷情，應似門
> 前柳，逢春易發榮，風吹一枝折，還有一枝生。(《白居易集》
> 卷十二)

此詩中，正表現出傳統禮教「丈夫百行、婦人一志」的觀念，將男女命運的差異做一大膽的揭露；同爲婚姻中另一半的死亡，妻婦必須「終身守孤子」、「枯死猶抱節」，堅守一志而不改嫁；丈夫雖然「能

不暫傷情」，但是不久便「逢春易發榮」，另有新的愛寵對象、情感寄託。

除了白居易此詩明白揭露外，從前面兩節的描述中，亦可看出唐代男女這種不平等的情感表現差異：就妻婦方面而言，當妻婦面臨被棄，或因外力介入而不得不分離的命運時，往往表現出對前夫無限的相思、關懷之情，雖不免有所傷感、怨恨，但仍懷抱著重拾舊好的期望；倘若不幸夫亡，則流露出無盡的傷痛與思念，是皆因「婦人一志」而產生的情感表現。而在丈夫方面，人為的夫婦關係結束原因，其中有一便是夫棄婦。而夫棄婦最常見的，便是丈夫的寵新棄舊──「百行」的行為；此外，妻婦的亡故雖使丈夫感到悲傷，但這種傷悼或難以持久，如元氏雖誓如鰥魚不合眼，以報答韋氏生前恩情，但未及二年便納妾安氏，又四年續取裴氏，從此悼念之情轉淡；李商隱雖不曾續絃，然浪漫的愛情詩終身不斷；而悼妾詩更為明顯，多僅妾初亡時傷悼，而後便絕少聽聞〔註48〕，是皆因「丈夫百行」的觀念，使丈夫情感未若妻婦的永恆專一不變。

二、守節與改嫁

在唐代文人士子的歌詠中，對婦人的守節──「一志」的行為頗為重視。如李益〈雜曲〉中提到：

楊柳徒可折，南山不可移；婦人貴結髮，寧有再嫁資。

又孟郊〈列女操〉：

梧桐相待老，鴛鴦會雙死；貞女貴徇夫，捨生亦如此；波瀾誓不起，妾心井中水。（《全唐詩》卷三七二）

然而在另一方面，由於社會現實的存在，使詩人雖注重守節，但又不得不有改嫁、棄夫等失節的吟詠，如楊志堅的〈送妻詩〉，李賀的〈謝

〔註48〕對妾哀悼長久的，有漢武帝思李夫人，唐玄宗傷悼楊貴妃。然漢武帝事著重故實引用，已受到限制，所呈現無法代表唐朝；唐玄宗雖為唐人，然其對楊貴妃的寵愛，使禮數同於皇后，是雖不得為后（妻），然其情感態度實已無二致，非純為妾，實屬特例。

秀才有妾縞練改從於人秀才引留之不得後生感憶座人製詩嘲誚賀復繼四首〉，寒山詩的「纔死渠便嫁」，缺名五言白話詩的「身死妻後嫁」詩句等，皆呈現出當時社會中存在著改嫁、棄夫的行為。

　　一志與百行，守節與改嫁，此二截然相反的觀念與行為，卻同時在唐代社會中並行，反映出唐代社會雖受胡俗影響，風氣趨向於自由開放，然在內心的觀點抱持上，卻仍受到傳統禮教的深刻影響。而這種影響，在詩人文士身上尤其明顯。

第六章 結 論

　　現存唐詩中有關夫婦情感的詩作，計有一千餘首〔註1〕；詩人遍
布整個唐朝，身分繁多，有帝王后妃、文人士子，閨閣婦女、僧侶倡伎
等等，所吟詠出的，是當時詩人心中的情感；不管是親身經驗，或代
擬情感，唱和詩作，所反映出的，皆是可做為當時社會現象的表徵。

　　就此一千餘首詩來看，其中有關夫婦相處情感的，約有三百首；
分離情感的，約佔五百首；夫婦關係消失後情感的，亦約三百首左右。
就此分布，可以看出，詩人對夫婦情感的表現，雖是普遍重視，然而
有關分離情感部份，卻特別為詩人所喜愛，較常引以為吟詠。細究之，
描寫夫婦相處情感和關係消失後情感詩作中，詩人有較多自我情感的
呈現，雖或引前代故實以為抒寫的媒介，然多數的詩作多從己身經驗
著筆；而在分離的情感表現中，詩人抒寫自我情感的，卻約僅佔十分
之一而已〔註2〕，其餘十分之九，詩人以代擬情感方式抒寫，且多引
用樂府古題。

　　在另一方面，由於詩人多為男性，因此在自抒情感方面，所呈現
的是丈夫的情感，或從丈夫角度，表現對己身妻婦情感的看法。所流
露出的，皆是丈夫的深情關懷。而代擬情感的部分，最常見的是呈現
妻婦的情感，而這種表現，往往是幽怨哀傷的：無限的深情潛藏心中，

〔註 1〕此約計數仍依個人檢擇所得為說。
〔註 2〕參見第四章第二節表一。

因深情不得回報而幽怨哀傷。大抵而言，詩中所呈現的夫婦情誼，深情依戀是最主要的流露。

就詩中表現情感，夫對妻妾的差別上，在婚姻關係中，由於妻承擔有上事下繼的家庭責任，與丈夫爲一體，乃終身的生活伴侶；妾則不同，或以容色受寵、歌舞見悅，可用來贈、換，有如丈夫財產。是在婚姻角色地位上，妻妾對夫的重要性即有明顯的不同。這種差異，影響到丈夫對妻妾的情感表現。從詩人自抒情感的詩作來看，絕大多數皆以夫妻爲對象，或抒寫相處時夫妻間彼此的關懷；或抒寫分離時夫妻間深情的相思與關懷；縱使夫妻關係消失後，夫對亡妻的悼念也遠較對亡妾哀傷之情更爲眞摯且長久。是在夫婦關係中，夫妻間的情感受到較多的深情關懷與重視。

唐詩中的夫婦情感，表現以深情依戀爲主，而在另一方面，則流露出明顯的夫尊婦卑婚姻地位，「用不用，唯一人」；而在「丈夫百行，婦人一志」的觀念下，表現出的情感，往往婦深於夫；夫雖言情的的，卻不免有薄倖背離，婦死續娶；而婦幾乎全是抱持著從一而終的觀念，對丈夫全然的託付。是反映出唐代女子地位雖較前代提高，而不平等現象仍存。

現實唐代社會，受胡俗影響深刻，禮教幾乎無法發揮其約束作用：男女社交自由，縱使閨門失禮亦不以爲恥；女子地位提高，妻悍夫弱的記載屢見；且因不反對再嫁，婦女改嫁的情形頗爲平常。凡此種種悖於禮教的行爲和情感表現，雖是社會中頗爲普遍存在的事實，在唐人詩歌中卻受到詩人嚴重的摒棄，非常少見；縱使提及，亦是引以爲警惕、諷刺，而更突顯、強調夫婦情感眞摯、永恆、專一的可貴。由此可以看出，唐代詩人對夫婦關係，基本上仍抱持著傳統的觀念，並不因時代的變遷，風氣的開通而有基本的改變；雖然社會風氣的自由開放，文人們或沈溺於攜妓、飲酒、遊樂的生活，「十年一覺揚州夢，贏得青樓薄倖名」，然而在此享樂、放蕩的行爲下，唐代的詩人們，對夫婦關係仍一如傳統，抱持著對永恆、眞摯、專一的追求。

主要參考書目

先依資料性質，分為書籍、學位論文、一般論文三類；各類之中，再依書名筆劃多寡排列。

一、書　籍

1. 《九朝律考》，程樹德，臺灣商務印書館。
2. 《大唐開元禮》，蕭嵩等，臺灣商務印書館。
3. 《大唐新語》，劉肅，新文豐出版公司。
4. 《三國志》，陳壽，鼎文書局。
5. 《女孝經》，鄭氏，收錄於《增補津逮秘書》第三函，中文出版社。
6. 《女誡》，班昭，鼎文書局。
7. 《女論語》，宋尚宮，收錄於鼎文書局印《古今圖書集成》第三十九冊。
8. 《廿二史箚記校證》，趙翼，仁愛書局。
9. 《王子安集》，王勃，臺灣商務印書館。
10. 《王右丞集》，王維，臺灣商務印書館。
11. 《元氏長慶集》，元稹，中文出版社。
12. 《元白詩箋證稿》，陳寅恪，里仁書局。
13. 《元次山文集》十卷，元結，臺灣商務印書館。
14. 《元稹評傳》，劉維崇，黎明文化事業公司。
15. 《牛李黨爭與唐代文學》，傅錫壬，東大圖書公司。

16. 《中國女性的文學生活》，不著撰人，河洛圖書公司。

17. 《中國文化的「深層結構」》，孫隆基。

18. 《中國文學發展史》，劉大杰，華正書局。

19. 《中國文學史》，葉慶炳，臺灣學生書局。

20. 《中國文學史》，文復書局。

21. 《中國古代婚姻史》，陳顧遠，臺灣商務印書館。

22. 《中國婦女生活史》，陳東原，臺灣商務印書館。

23. 《中國娼妓史》，王書奴，三聯書店上海分店。

24. 《中國婚姻史》，陳顧遠，臺灣商務印書館。

25. 《中國詩史》，明倫出版社。

26. 《中國詩歌研究》，羅宗濤，中央文物供應社。

27. 《中國詩學——設計篇、鑑賞篇、考據篇、思想篇》，黃永武，巨流圖書公司。

28. 《古小說鉤沉》，魯迅。

29. 《古今圖書集成》——明倫彙編家範典、閨媛典，陳夢雷編，鼎文書局。

30. 《古詩源》，沈德潛編，世界書局。

31. 《北史》，李延壽，鼎文書局。

32. 《本事詩》，孟棨，臺灣商務印書館。

33. 《白虎通義》，班固等。

34. 《白居易集》，白居易撰，里仁書局。

35. 《白居易研究》，楊宗瑩，文津出版社。

36. 《白香山詩集》，白居易，世界書局。

37. 《冊府元龜》，王欽若等編，大化書局。

38. 《玉泉子》，不著撰人，臺灣商務印書館。

39. 《史記會注考證》，瀧川龜太郎，洪氏出版社。

40. 《左傳》，藝文印書館十三經注疏本。

41. 《玉溪詩謎正續合編》，蘇雪林，臺灣商務印書館。

42. 《玉臺新詠箋注》，徐陵撰／吳兆宜箋注，世界書局。

43. 《朱文公校昌黎先生集》，朱熹等校，臺灣商務印書館。

44. 《全唐文》，中文出版社。

45. 《全唐詩》，清聖祖御定，文史哲出版社。

46. 《全唐詩外編》，王重民、孫望、童養年等人輯錄，木鐸出版社。

47. 《全唐詩話》，尤袤，上海商務印書館。

48. 《全漢三國晉南北朝詩》，丁福保編，世界書局。

49. 《因話錄》，趙璘，世界書局。

50. 《李太白文集輯註》，李白撰／王琦注，正光書局。

51. 《李白集校注》，瞿蛻園等，里仁書局。

52. 《李商隱研究》，吳調公，明文書局。

53. 《李商隱評傳》，劉維崇，黎明文化事業公司。

54. 《李商隱評傳》，楊柳，木鐸出版社。

55. 《李商隱詩研究論文集》，國立中山大學中文學會主編，天工出版社。

56. 《李商隱詩集疏注》，葉蔥奇疏注，里仁書局。

57. 《李賀詩注》，曾益、王琦、姚文燮、方世舉等注，世界書局。

58. 《李賀詩集》，葉蔥奇疏注，里仁書局。

59. 《李義山詩研究》，黃盛雄，文史哲出版社。

60. 《杜工部詩集》，朱鶴齡注，中文出版社。

61. 《杜甫作品繫年》，李辰冬，東大圖書公司。

62. 《杜甫詩研究》，簡明勇，學海出版社。

63. 《杜詩鏡銓》，楊倫，華正書局。

64. 《宋書》，沈約，鼎文書局。

65. 《我國社會的變遷與發展》，朱岑樓，東大圖書公司。

66. 《孝經》，藝文印書館十三經注疏本。

67. 《社會人類學導論》，loan M. lewis 原著／黃宣衛、劉容貴譯，五南圖書出版公司。

68. 《社會學》，龍冠海，三民書局。

69. 《岑嘉州詩》，岑參，臺灣商務印書館。

70. 《吳興畫上人集》，釋皎然，臺灣商務印書館。

71. 《周易》，藝文印書館十三經注疏本。

72. 《周書》，令狐德棻，鼎文書局。

73. 《孟姜女研究》，楊振良，臺灣商務印書館。

74. 《孟郊研究》，尤信雄，文津出版社。

75. 《孟浩然集》，孟浩然，臺灣商務印書館。

76. 《金華子雜編》，劉崇遠，臺灣商務印書館。

77. 《牧齋初學集》，錢謙益，文海出版社，。

78. 《昭明文選》，蕭統編／李善注，漢京文化事業有限公司。

79. 《毘陵集》二十卷，獨孤及，臺灣商務印書館。

80. 《後漢書》，范曄，鼎文書局。

81. 《唐才子傳校正》，辛文房撰／周本淳校，文津出版社。

82. 《唐大詔令集》，宋綬、宋敏求，鼎文書局。

83. 《唐王朝の賤人制度》，濱口重國，京都大學文學部內東洋史研究會。

84. 《唐元微之先生積年譜》，張達人，臺灣商務印書館。

85. 《唐代文苑風尚》，李志慧，文津出版社。

86. 《唐代文學與佛教》，孫昌武，谷風出版社。

87. 《唐代社會文化史研究》，那波利貞，東京：創文社。

88. 《唐代詩人塞防思想》，黃麟書，九龍：造陽文學社。

89. 《唐代詩文六家年譜》，羅聯添。

90. 《唐代詩學》，正中書局。

91. 《唐代戰爭詩研究》，洪讚，文史哲出版社。

92. 《唐代藩鎮與中央關係之研究》，王壽南，嘉新水泥公司文化基金會研究論文第一四六種。

93. 《唐史》，章群，香港龍門書店。

94. 《唐史索隱》，李樹桐，臺灣商務印書館。

95. 《唐律疏議》，長孫無忌等，弘文館出版社。

96. 《唐國史補》，李肇，世界書局。

97. 《唐會要》，王溥，世界書局。

98. 《唐摭言》，王定保，世界書局。

99. 《唐語林》，王讜，世界書局。

100. 《唐詩的世界（一）長代長安和政局》，栗斯，木鐸出版社。

101. 《唐詩的世界（二）唐世風光和詩人》，栗斯，木鐸出版社。

102. 《唐詩紀事》，計有功，鼎文書局。

103. 《唐詩通論》，劉開揚，木鐸書局。

104. 《唐韓柳年譜》，馬曰璐，臺灣商務印書館。

105. 《通志二十略》，鄭樵，世界書局。

106. 《通典》，杜佑，新興書局。

107. 《晉書》，房玄齡，鼎文書局。

108. 《家庭社會演變》，高達觀，東方文化書局複刊。

109. 《家庭社會學》，林顯宗，臺灣商務印書館。

110. 《高常侍集》，高適，臺灣商務印書館。

111. 《高適詩集編年箋註》，劉開揚，漢京文化事業有限公司。

112. 《幽閑鼓吹》，張固，藝文印書館。

113. 《韋蘇州集》，韋應物，新文豐出版公司。

114. 《婦女、離婚問題》，章錫琛等，東方文化書局複刊。

115. 《梅妃傳》，曹鄴，新文豐出版公司。

116. 《婚姻研究》，朱岑樓，霧峰出版社。

117. 《婚姻進化史》，F. Müller-lyer 原著／葉啓芳譯，臺灣商務印書館。

118. 《婚姻關係與適應》，藍采風，張老師出版社。

119. 《張籍詩注》，陳延傑注，臺灣商務印書館。

120. 《開元天寶遺事》，王仁裕，臺灣商務印書館。

121. 《雲仙雜記》，馮贄，臺灣商務印書館。

122. 《雲溪友議》，范攄，世界書局。

123. 《雲麓漫鈔》，趙彥衛，世界書局。

124. 《溫飛卿詩集》，曾益、顧予咸注，臺灣商務印書館。

125. 《隋書》，魏徵，鼎文書局。

126. 《隋唐五代史》，呂思勉，九思出版社。

127. 《隋唐史研究》，布目潮渢，京都大學文學部內東洋史研究會。

128. 《隋唐史》，王壽南，三民書局。

129. 《隋唐史新編》，林天蔚，現代教育研究社。

130. 《隋唐嘉話》，劉餗，藝文印書館。

131. 《朝野僉載》，張鷟，新文豐出版公司。

132. 《敦煌變文》，國泰文化事業有限公司。

133. 《敦煌變文社會風俗事物考》，羅宗濤，文史哲出版社。

134. 《新唐書》，歐陽修、宋祁，鼎文書局。

135. 《新校資治通鑑》，胡三省注，世界書局。

136. 《詩經》，藝文印書館十三經注疏本。

137. 《詩與美》，黃永武，洪範書店。

138. 《詩話總龜》，阮一閱，廣文書局。

139. 《漢代婚姻制度》，劉增貴，華世出版社。

140. 《漢書》，班固，鼎文書局。

141. 《漢唐史論集》，傅樂成，聯經出版事業公司。

142. 《樊川文集》，杜牧，九思出版社。

143. 《樂府詩集》，郭茂倩，臺灣商務印書館。

144. 《穀梁傳》，藝文印書館十三經注疏本。

145. 《增補全像評林古今列女傳》，劉向撰／茅坤補，廣文書局。

146. 《論語》，藝文印書館十三經注疏本。

147. 《劉賓客嘉話》，韋絢，新文豐出版公司。

148. 《劉隨州詩集》，劉長卿，臺灣商務印書館。

149. 《劇談錄》，康駢，新文豐出版公司。

150. 《儀禮》，藝文印書館十三經注疏本。

151. 《歷代社會風俗事物考》，尚秉和，臺灣商務印書館。

152. 《錢考功集》，錢起，臺灣商務印書館。

153. 《獨斷》，蔡邕，藝文印書館。

154. 《魏書》，魏收，鼎文書局。

155. 《韓昌黎全集》，韓愈，新文豐出版公司。

156. 《韓愈研究》，羅聯添，臺灣商務印書館。

157. 《韓翰林集》，韓偓，臺灣商務印書館。

158. 《禮記》，藝文印書館十三經注疏本。

159. 《舊唐書》，劉昫，鼎文書局。

160. 《雜纂》，李商隱，新文豐出版公司。

161. 《讀杜心解》，浦起龍，臺灣商務印書館。

162. 《權載之文集》，權德輿，臺灣商務印書館。

二、學位論文

1. 《中國古代女性倫理觀》，宋昌基，政大中文所碩士論文。

2. 《中國唐代婦女生活研究》，申美子，政大中文所碩士論文。

3. 《正史列女傳研究》，李美娟，政大中文所碩士論文。

4. 《全唐詩婦女詩歌之內容分析》，嚴紀華，政大中文所碩士論文。